Dear Korean readers,

'What Has Left Will Not Return'

is a hybrid book, that's to say, one that combines fiction, non-fiction and autobiography (I have written several such books before, starting with my third novel, Flaubert's Parrot.) It is also, very consciously, my last book, and it serves as both a thank-you to the reader, and a farewell. If this is the first book of mine that you read (and if you enjoy it), then at least there will be twenty or more waiting for you. We have never met, but I like to think of your presence out there on the other side of the world, and of our minds meeting halfway between here and there. And I send you my very best wishes.

LONDON, JANUARY 2026
Julian Barnes

한국의 독자 여러분께

『떠난 것은 돌아오지 않는다』는 하이브리드입니다. 다시 말해 픽션과 논픽션, 자서전이 합쳐진 책이지요. (나는 이미 이런 방식의 책을 몇 권 썼고, 그 시작은 세 번째 소설인 『플로베르의 앵무새』였습니다.)

이 책은 또한 나의 마지막 책입니다. 실제로 이게 마지막이라는 사실을 강하게 의식하고 쓴 책이고, 그런 점에서 독자에게 건네는 감사의 인사이자 작별의 말이기도 합니다. 만약 이것이 당신이 처음으로 읽는 나의 책이라면(그리고 이 책이 재미있다면), 당신을 기다리고 있는 나의 책이 아직 스무 권 이상 있으니 이게 마지막이라는 게 크게 아쉽지는 않을 겁니다.

우리는 한 번도 만난 적이 없지만, 나는 세계의 저쪽 반대편에 있는 당신이라는 존재를 생각하곤 합니다. 여기와 거기, 그 중간쯤에서 우리의 마음이 만난다고 생각하지요. 당신에게 진심 어린 인사를 드립니다.

2026년 1월 런던에서
줄리언 반스

떠난 것은 돌아오지 않는다

떠난 것은 돌아오지 않는다

DEPARTURE(S)

줄리언 반스 장편소설
정영목 옮김

# 떠난 것은
# 돌아오지 않는다

다산
책방

# 이 책에 쏟아진 찬사

줄리언 반스 같은 작가는 없다. _가디언

문장 속에 하나의 세계 전체가 살아 숨 쉬는 소설의 대가. _옵서버

반스는 지성과 유려함을 겸비한 작가다. 그 결과는 언제나 흥미롭다.
_뉴욕 타임스

반스는 눈부신 작가다. _로스앤젤레스 타임스

현대 소설가 중에 반스의 문학적 에너지와 대담함은 비견할 대상이
없다. _뉴 리퍼블릭

반스의 문장은 우아하고, 호기심은 끝이 없으며, 지성은 압도적이다.
_로스앤젤레스 리뷰 오브 북스

초점과 스케일 모든 면에서 프루스트적이다. 반스의 철학적 도약은 W. G. 제발트를 떠올리게 하지만, 그 안에는 분명히 그만의 따뜻함과 인간미, 그리고 유머가 깃들어 있다. 매혹적인 작가가 펼쳐 보이는 보람차고도 심오한 인간 조건에 관한 탐구. _북리스트

이 우아하면서도 재치 있는 소설에서 반스는 기억과 정체성, 노화를 탐색한다. 여전히 절정의 기량을 뽐내고 있다. 이언 매큐언의 정밀한 문장을 사랑하는 독자나 시그리드 누네즈의 콜라주식 메타픽션을 즐기는 독자라면 그의 신작에 깊이 빠져들 것이다. _라이브러리 저널

사랑과 죽음, 기억에 관한 계시적인 명상. 반스는 시간과 필요 속에서 기억이 어떻게 미끄러지듯 변형되고 무엇이 잊히는지를 정면으로 파고든다. 결코 잊히지 않을 작가가 남긴 품위 있는 작별 인사다. _퍼블리셔스 위클리

자전적 픽션에 가까운 회고. 소설 쓰기라는 행위의 공과를 묻고, 그것이 작가로 하여금 과장과 배신을 감행하게 만드는 방식을 성찰한다. 반스가 어떤 긴박함 속에서 이 글을 쓴 게 틀림없다. _커커스 리뷰

줄리언 반스가 쓰는 모든 글은 모든 것을 바꿔놓는다. _프랜시스 윌슨(『일렉트릭 스파크(Electric Spark)』 저자)

**일러두기**
본문의 각주는 모두 옮긴이주다.

레이철 일라이에게

# 차례

# DEPARTURE(S)

. . . . . . . . . . .

## 01

## 스스로 있는 위대한 나

며칠 전 깜짝 놀랄 만한 가능성을 하나 발견했다. 아니, 더 나쁘다. 깜짝 놀랄 만한 사실을 하나 발견했다.

방사선과 자문의사*로 일하는 친구가 하나 있는데, 그녀는 오랫동안 나에게《브리티시 메디컬 저널British Medical Journal》에서 스크랩한 글을 보내주었다. 그녀는 나의 관심이 엽기적이고 극단적인 쪽으로 기운다는 것을 알고 있다. 나의 기억―쇠퇴와 윤색이 겹치는 공간―에는 가열된 메스 때문에 몸 안의 가스에 불이 붙어 폭발한 환자, 초기 MRI 스캐너를 사용하던 시절 몸 안의 금속 봉합 클립이 폭탄 파편처

---

* 영국 의료 체계에서 어떤 병원 특정 분야의 최고 전문의.

럼 빠르게 살을 뚫고 자석에 달라붙은 환자의 사례가 보관되어 있다. 이런 스크랩에는 가끔 사진이 따라붙기도 한다. 예를 들어 발톱이 구부러질 만큼 길게 자라—내 기억으로는 몇 미터—오랫동안 걷지도 못한 남자의 사진. 또 의사라는 직업에 일상적으로 따르는 일로, 환자가 삼키거나—예를 들어 못이 든 주머니—직장에 강제로 쑤셔 넣은 예상치 못한 물건을 꺼내는 작업. (오래전에 인기 있던 항문 자가 이식물은 나폴레옹의 작은 흉상이었는데, 이는 쾌락에 애국심을 섞는 습관이었음이 분명하다.) 또 특별히 내 기억에 남은 것은 기관 절개 튜브를 끼운 환자의 사례다. 이 남자가 검진을 받으러 왔을 때 의사들은 튜브를 끼운 구멍 주위의 노르스름한 얼룩을 보고 당황했다. 결국 이 환자는 필사적으로 흡연에 매달리는 자로, 입으로 담배를 피울 수 없게 되자 튜브를 뺀 구멍에 담배가 딱 맞는다는 사실을 알아냈다는 것이 밝혀졌다. 담배에 불을 붙이고 허파를 부풀리기만 하면 되는 일이었다. 남자들은 (이런 괴상한 행동을 하는 사람 대부분은 남자였다) 자기 최선의 이익에 정면으로 어긋나는 경우에조차—아니, 특히 그럴 때에는—대단히 기발해질 수 있다.

닥터 재키가 보내준 최신 스크랩은 어울리게도 "프루스트와 마들렌—시상視床에서 함께 Proust and madeleine: Together in the thalamus"라는 문학적 제목을 달고 있었다. 물론 나는 얼른 그다음을 읽어나갔다. "독자도 기억하겠지만, 마들렌은 프루스트가 평생 가장 사랑한 사람의 이름이 아니라 차에 담갔을 때 본인도 모르게 불수의不隨意 자전적 기억involuntary autobiographical memory, IAM을 불러낸 비스킷이었다." 기사의 출처는《뉴롤로지 클리니컬 프랙티스Neurology Clinical Practice》였으며, 연구 대상은 좌측 시상 후부 출혈성 뇌졸중을 겪은 마흔다섯 살 남자였다. 이 환자의 뇌졸중 결과는 프루스트가 마들렌―정확히 말하면 '비스킷'이라기보다는 순례자의 상징인 가리비 모양에 세로로 골이 파인 통통하고 작은 케이크―에서 받은 가벼운 충격보다 훨씬 극단적이고 특수했다. 이 환자는 "애플파이를 맛보면 자신이 그때까지 맛본 모든 파이의 기억이 떠오른다"고 밝혔다. "그 기억은 정확히 시간 순으로 경험되며, 마치 폭포처럼 머릿속으로 밀려온다."

  앞서 말한 대로 나의 첫 반응은 경악이었다. 잊힌 기억들이 그런 식으로 당신을 고속 공격하는 것을 상상해 보라. 현재에 대한 당신의 인식을 가로지르며 요란스럽게 달려와 당신 자신에 대한 느낌 자체를 찢어발기는 역사의 사태沙汰. 게다가 한 친구가 지적했듯이, 기억을 촉발하는 경험이 애플파이를 먹는 것만큼 삶에 긍정적인 것이 아니라면 어떻게 될까?

그 친구는 말했다, 만일 애써 소리를 죽여 방귀를 뀌었는데, 그 순간 당신 몸에서 새어 나간 모든 방귀가 하나하나 시간 순서로 제시된다면? 수많은 예가 있을 것이고, 당신은 당신만의 예를 어렵지 않게 제시할 수 있을 것이다. 베이컨 샌드위치 수천 개가 우리 의식을 휙휙 지나가는 것을 생각하면―또는 보면―얼마나 진이 빠질지 상상해 보라(거기에 그것들의 품질과 차이, 또 당신이 그 각각에 보인 반응까지 재생된다면?).

나는 이제 칠십 대 중반이고, 나이 든 사람들이 대부분 그렇듯이 가끔 나 자신이 지겨워진다. 나의 생각과 행동, 그리고 특히 의견을 반복해서 기억하는 게 그렇다는 뜻이다. (절대 자신이 지겹지 않은 사람들, 공개 석상에서 자기 살아온 이야기와 반복되는 일화들을 되풀이하며 즐거움을 맛보는 사람들은 대개 이 행성에서 가장 지겨운 인간들이다. 이들 또한 남자들이다, 대체로.) 하지만 미친 듯이 공격해 대는 고속 IAM의 지겨움은 과연 어떤 것일지, 어쨌든 지금 이 순간에는 상상할 수도 없다. 자살하고 싶은 마음이 들지 않을까?

나의 두 번째 반응은 더 생각을 해본 뒤에 나온 것이고, 더 작가스러운 것이었다. IAM은 물론 자서전에 도움을 줄 것이다. 당신은 뭔가를 '딱 그대로' 기억한다고 생각하며, 그걸 여러 번 기억하고 되풀이해 이야기할수록, 그 진실성을 더 확신하게 된다. 하지만 만일 누가 당신을 멈춰 세우고 정정해 준다면……. 그리고 그게 당신 자신의 뇌라면? 뇌가 당신 앞에 당신이 반복해서 했던 이야기를 쭉 늘어놓고 당신이 점진적으로, 그러나 체계적으로 원래의 이야기로부터 멀어져 왔음을 증명한다면? 괴상하고 혼란스럽지 않을까? 하지만 동시에 도움도 될 것이다. 당신 자신의 시상이 하는 말을 당신이 뒤집을 수는 없는 노릇이니까. 안 그런가?

만일 뇌에 단지 당신이 지금까지 먹은 모든 파이만이 아니라 도덕적으로 행동하거나 부도덕하게 행동한 순간들의 목록도 시간 순서에 따라 정리되어 있다면 어떨까? 당신이 진심이든 아니든 "사랑해" 하고 말했던 모든 순간. "사랑해" 하고 말했어야 했으나 말하지 못했던, 말하고 싶었으나 말하지 못했던 모든 순간. 당신의 모든 거짓말, 위선, 피할 수 있었던 또 피할 수 없었던(그렇게 보였던) 잔혹, 매정한 망각, 시치미, 지키지 못한 약속, 언행 불일치의 기록─시간 순서에 따른 기록─과 어떻게 마주할까? 실제로 저질렀던 실수만이 아니라 상상하고 원했던 실수까지. **욕정**에 관한 지미 카터 대통령의 유명한 《플레이보이》지 인터뷰를 떠올려 보라. 인터뷰에서 그는 대담하게 고백했다. "나는 마음으로 여러 번 간음했다." 우리 대부분도 그랬다. 의식적인 기억에서는 우리의 공상 가운데 더 매혹적이고 죄책감을 덜 유도하는 것만 남겨놓는 경향이 있지만. 하지만 우리가 억누르는 쪽을 택한 더 당혹스럽고, 인정할 수 없고, 지저분한 마음의 간음은 어떨까?

카터 대통령의 유명한 고백에는 후반부가 있는데, 나는 이것이 훨씬 대담하게 느껴진다. 그는 꿈에서 지은 죄를 고백한 뒤 말을 잇는다. "이것은 하느님도 내가 으레 그럴 거라고 인정하는 것이고—실제로 나는 그랬고—하느님은 내가 그러는 걸 용서한다." 이 말은 비신자에게는 적잖은 거드름으로 보인다. 전능한 존재는 최후의 심판 때 지미 카터를 용서할 뿐 아니라, **그가 살아가는 동안**, 간음의 심장이 고동칠 때마다 그를 용서하고 있다는 것이니까. 하지만 대통령들은 뭐 우리 같은 사람들보다 신의 본성이나 아량을 더 깊이 통찰하고 있겠지.


이제 다른 질문이 생긴다. 환자가—당신이나 내가—애초에 비극적인 뇌졸중을 겪지 않고 IAM을 끌어낼 방법이 있다면 어떨까? 사실 인간은 신석기시대 이래 서로 머리뼈에 구멍을 뚫어왔다. 악마와 악한 영과 광기를 몰아내기 위해서, 뇌에 가해지는 압력을 줄이기 위해서, 간질을 비롯한 정신적 질병을 다스리기 위해서. 16세기 초 북유럽 그림에는 '광기의 돌멩이 추출'이라는 인기 있는 하위 장르가 있었다. 가장 잘 알려진 예는 히에로니무스 보스의 그림으로, 여기에서는 나이 든 통통한 농민이 나무 왕좌에 등을 기댄 채 앉아 있고, 머리에 양철 깔때기를 쓴 외과의가 환자의 이마를 쪼고 있다. (깔때기가 이 외과의가 사기꾼임을 보여주는 것 같기는 하지만.)

우리의 기억을 한껏 방출하는 것을 목표로 최소한의 피해만 주면서 머리뼈에 정밀하게 구멍을 뚫을 수 있다면 어떨까? 인정하거니와, 신경외과의가 그런 시술에 동의하거나 그런 시술의 사회적 이익을 이해한다는 건 상상하기 힘들다("어머니를 더 잘 기억하고 싶습니다"라든가 "내 자서전을 쓰는 데 큰 도움이 될 겁니다"는 별로 설득력이 없는 이유다). 드물긴 하지만, 자기 스스로 머리뼈에 구멍을 뚫어온 역사도 길다. 따라서 기억상실증이나 조기 치매를 겪고 있는 일부 용감한 사람들은 이 시술의 효용을 스스로 믿게 될지도 모른다(이런 무모한 지원자 역시 남자일 가능성이 크다). 치과의사의 드릴이 자기 머리뼈에 구멍을 뚫는 한 가지 인기 있는 방법인 듯하다. 이 괴짜들은 '뇌의 혈류를 촉진하기' 위해 그렇게 한다. 또 영적 깨달음을 준다고 하는 그 '제3의 눈'을—거의 말 그대로—만들기 위해.

하지만 좀 더 나아가, 그런 시술이 어느 시점에 외과적으로 실행에 옮길 수 있고 또 합법화되었다고 상상해 보라. 당신은 그렇게 하고 싶을까? 아마 처음에는 뇌물을 받고 시술을 받는 지원자가 있을지도 모른다. 그게 피를 파는 것보다 딱히 나쁠 것도 없다고 여기고서.

IAM은 그저 필연적이고 불가피한 머리글자일 뿐이다. 하지만 앞의 한 글자와 다음 두 글자를 떼어놓으면 I AM을 얻게 된다. 이것은 적절하다. 우리가 스스로에게 자주 되풀이하듯이, 기억은 정체성이다. 그렇다면 우리 안에 저장된 IAM이 합쳐져 우리가 누구이고 어떤 사람인지, 또 과거에는 어땠는지 보여주게 된다. 이것을 넘어선 곳에 '스스로 있는 위대한 나The Great I AM'●라는 표현이 자리 잡고 있는데, 이것은 기독교의 하느님을 언급하는 한 가지 방법이다. 이 하느님은 우리가 한 낱낱의 행동, 그리고 우리를 통과해 간 모든 생각과 감정을 기억하기 때문에 우리에게 벌을 주거나 상을 내리곤 했다. 여전히 많은 사람이 죽은 뒤에 최후의 심판

● 「출애굽기」에서 하느님은 "I am who I am"이라고 자신을 밝히는데, 개역성서는 이 부분을 "나는 스스로 있는 자이니라"라고 옮겼고, 공동번역성서는 "나는 곧 나다"라고 옮겼다.

이 기다린다고 믿지만, 이제 이와 경쟁하는 죽음 전 심판을 이용할 수 있을지도 모른다. 근대화되고 세속화된 심판이다. 우리의 죄 목록은 성 베드로의 엄청난 기록부에 새겨져 있는 게 아니라 우리 자신의 뇌에 담겨 있다. 그 열쇠를 찾는 데는 아마도 신경학자 한 팀이면 족할 것이다.

하지만 그렇다 해도 누가 하느님 노릇을 하겠는가? 솜씨 좋은 조력자에 불과할 뇌 수술 전문의는 아니다. 따라서 재판관 노릇을 하게 되는 건 우리 자신일 것이다. 이것은 자기 방종으로 이어질지도 모른다. 거꾸로 이것이 우리가 성장할 수밖에 없는 계기가 되지 않는 한.


나는 그간 먹은 모든 파이를 기억한 남자의 사례에 관해 더 알아냈다. 그의 IAM은 뇌졸중 아홉 달 뒤에 시작되었으며, 이 기억에 담긴 시간대는 인생 첫해(보통 기억하지 못하는 걸로 여겨진다)부터 현재까지 인생 전체를 포괄한다. 기억의 계기는 접촉이 될 수도 있고, 냄새가 될 수도 있고, 맛이 될 수도 있고, 갑자기 눈에 띄는 것이 될 수도 있다. 한번은 신선한 빵 반죽 냄새가 유년의 기억을 불러냈다. 어머니 손을 잡고 할머니의 부엌을 맨발로 걷던 기억. 그는 할머니의 앞치마를 다시 보았고 "내 발바닥이 통통하다고" 느꼈다. 이 모든 것이 매우 프루스트적으로 들린다.

하지만 기억의 '폭포'는 가끔 아무런 구체적인 감각 신호 없이도 찾아오곤 했다. 어느 날에는 세 살 때인 1967년 몬트리올 엑스포에 가족이 함께 간 일이 세세하게 기억났다. 나아가서, 어쩌면 이상할 수도 있지만, 뇌졸중 뒤에 일상적 기억 능력이 나아지고 있었다. 또 원하면 IAM이 터져 나오는 것을 의지로 누를 수 있다는 것도 알게 되었다. 그런 차단 스위치는 아마 그것을 겪는 사람에게는 크게 안도감을 줄 것이다. 예를 들어 당신이 자서전을 쓰고 있다고 해보자. 당신은 쓰면서 당신 뇌에서 트림처럼 솟구치는 정보의 홍수를 잠깐 멈추게 하고 편집할 수도 있다. 또 어쩌면 나중에 작동 스위치도 발견할 수 있을지 모르고, 그러면 과거의 내용 전체에 원하기만 하면 언제든 접근할 수도 있을 것이다. 여기서 질문 하나. 당신은 과연 당신 자신에 관해 모든 것을 완벽하게 알고 싶을까? 그게 좋은 생각일까, 나쁜 생각일까?

이것은 또 하나의 질문으로 이어진다. 당신이 먹은 모든 파이의 그 시각적 폭포를 '기억'이라고 부르는 게 정확할까? 우리가 관습적으로 기억이라고 여기는 것은 평생에 걸쳐 자주 또는 가끔 떠오르면서 말로 옮길 때마다 조금씩 변형을 일으켜 마침내 우리가 스스로 진실이라고 믿는 형태로 굳는 것이기 때문이다. 하지만 그 임상 보고서의 원래의 연구 대상은 몬트리올 엑스포에 갔던 일의 "세세한 과정 전체"를 경험했지만, 이 과정을 전에 떠올린 적은 없었을 것이다(가족이 그에게 이야기해 준 적은 분명히 있겠지만). 따라서 이것은 정상적으로 퇴화한 기억이라기보다는 최초 경험의 재현, 즉 어른이 기억하는 것이 아니라, 잊고 있던 오래전 그날 소년의 뇌가 받아들인 것의 정확한 재생일 것이다. 이것은 심지어 "최초 기억"도 넘어서는 것으로, 당시의 뇌가 처리한 그대로인 **사건 자체**일 것이다. 혹시 이게 당신이 자기 머리뼈에 살짝 구멍을 뚫고 싶은 유혹을 느끼게 할 수도 있지 않을까?

이 단계에서 언급할 두 가지.

1) 이야기—또는 이야기 속의 이야기—가 나오겠지만 아직은 아니다. 그리고
2) 이게 내 마지막 책이 될 것이다.

앞서 원치 않는, 또는 적어도 요청하지 않은 고속 IAM의 지속적이고 격렬한 공격 때문에 자살하고 싶어질지도 모른다는 가설을 세웠다. 어쩌면 그건 과장일 것이다. 하지만 애

폴파이 사나이처럼 스위치를 차단할 방법을 찾지 못한다면 IAM이 정상적인 삶을 방해할 것은 틀림없다. 소비에트의 신경심리학자 A. R. 루리아는 고전적 연구인 『기억술사의 정신The Mind of a Mnemonist』에서 'S'의 사례를 묘사하는데, 그는 1920년대에 처음 루리아의 삶 속으로 들어왔다. S는 엄청난 기억력을 가지고 있었으며, 이 기억의 기능과 기법은 30년이라는 기간에 걸쳐 실험실에서 엄격히 연구되었다. 그는 일련의 연속되는 글자나 수, 구절이나 서로 관련 없는 단어를 아주 정확하게 기억했고, 그런 테스트를 10여 년 뒤에도 완벽하게 떠올렸다. 그가 이용한 한 가지 방법은 핵심 단어에 주관적 직관상直觀像의 이미지를 부여하는 것이었다.

내가 **코끼리**라는 단어를 받았다고 해보자. 그러면 나는 동물원을 본다. **아메리카**라는 단어를 받으면 엉클 샘●의 이미지를 떠올린다. **비스마르크**라면 떠올린 이미지를 비스마르크 조각상 가까이에 둔다. **초월적**이라는 단어를 들으면 선 채로 어떤 기념물을 보고 있는 스승 셰르비니를 본다.

●  Uncle Sam. 미국을 의인화한 상징. 보통은 흰 머리와 턱수염을 한 인물로 그려진다.

S는 또 공감각共感覺에 시달렸는데, 이 때문에 일상생활에서 부담이 늘어났다. 그가 듣는 모든 소리에는 빛과 색이 따라왔다. 어떤 특정한 담장을 기억하냐고 물으면 그는 물론 기억한다고 대답했다. "그 담장은 아주 짠맛에 아주 거친 촉감입니다. 나아가서 귀를 찢을 듯이 날카로운 소리가 나지요." 식당에 가면 "음식의 이름, 즉 그 말의 소리에 따라 뭘 먹을지 결정합니다. 마요네즈가 맛있다고 말하는 건 어리석어요. z[러시아 철자에서]가 맛을 망칩니다 ─그건 매력적인 소리가 아니에요……. 또 메뉴의 글씨가 엉망이면 절대 못 먹습니다 ─음식이 너무 더러워 보여요." 듣다 보면 진이 빠지는데, 실제로도 그랬다. S가 기억에 접근하려 할 때 갑자기 소리가 들리거나 한눈팔 일이 생기면 그게 "증기를 뿜거나" "물을 튀겨" 그가 읽으려던 기억을 지워버렸다. S는 불가피하게 무대에서 공연을 하는 사람이 되었는데, 객석에서 그를 도우려는 관객이나 방해하려는 관객이 좋은 뜻으로든 나쁜 뜻으로든 개입하면 믿을 수 없을 만큼 압박감을 느꼈다.

이 모든 일은 그의 성격과 사생활에 어떤 영향을 미쳤을까? S에 대한 루리아의 첫인상은 "약간 답답하고 소심한 사람"이지만, "유년 초기에 대한 기억이 보통 사람보다 비할 수 없이 풍부하다"는 것이었다. 그는 어른이 되어 일자리를 수십 번 바꾼 끝에 직업적 기억술사가 되었으며, 문제 해결과 뛰어난 기억력으로 생계를 유지했다. 그러나 이것을 빼면 이 이상한 재능은 그에게 심한 불편을 주는 일이 많았다. 예를 들어 그는 사실상 책을 읽을 수 없었다. 다른 책에 나오는 비슷한 특징을 가진 사람들이 기억났고, 이 사람들이 눈앞에 있는 책 속으로 계속 밀고 들어왔기 때문이다. 상징적인 사고와 언어를 도저히 이해할 수 없었기 때문에 시를 읽는 것은 거의 불가능했다. 그는 루리아에게 여러 번 말했다. "나는 시각화할 수 있는 것만 이해할 수 있습니다." 또 그는 기억하지 **않는** 것이 불가능했다. 자기 뇌에서 그 부분을 가동하지 않을 수가 없었다. 다른 사람의 눈에 그는 어느 모로 보나 몽상가였다. 그는 시간이 흐르는 것을 알아채지 못했다. 그는 대화 중에 끝도 없이 샛길로 빠지곤 했다. 그는 체질적으로 한 가지 주제를 이어가지 못했다. 예를 들어 누가 그에게 "말馬"이라는 단어를 말하면 그는 "그 말의 색깔과 맛도 생각할 수밖에 없다."

이런 종잡을 수 없는 면 때문에 그는 걸핏하면 당황하여 어쩔 줄 모르는 것처럼 보이곤 했고, 그래서 사람들은 그가 "둔하고 서툴고 약간 멍한 사람"이라고 생각했다. 루리아는 S에게 가족―"훌륭한 부인과 성공작인 아들"―이 있다는 점에 주목했지만 이 또한 그는 뿌연 안개를 통해 인지했다. 루리야는 결론을 내렸다. "사실 그에게 뭐가 더 현실적인지 말하기는 어려울 것이다. 그가 살고 있는 상상의 세계인지, 아니면 그가 잠시 손님으로 머무는 현실 세계인지." 이것은 부럽기는커녕 무서운 상황으로 보인다. 자기 삶에 잠시 머무는 손님이라니.

프루스트의 서술자 마르셀이 마들렌을 차에 담가 맛보는 유명한 사건은 텍스트에 적혀 있듯이 불수의 자전적 기억, 즉 IAM이 아니다. 오히려 아주 느긋하고 반은 수의隨意이고 반은 자동인 기억very leisurely, semi-voluntary, semi-automatic memory, 즉 VLSVSAM인데 이 머리글자는 기억하기가 어렵다. 마르셀은 소설의 여러 지점에서 저 밖에—또는 저 아래에— 존재하는 어떤 종류의 본질적이고 더 깊은 현실을 인식하는데, 이 현실은 우리가 보통 다가갈 수는 없지만 포착되기를, 또는 다시 포착되기를 기다리고 있다. 이런 거의 초월적 순간 가운데 첫 번째가 소설 앞부분에 나온다. 마르셀은 시골의 소도시 콩브레에 대한 생각에 빠져드는데, 이곳은 그가 어린 시절 조부모와 함께 휴가를 보냈던 곳으로, 그는 매일 두 방향—스완네 집 쪽 또는 게르망트네 집 쪽—가운데 한

쪽으로 산책하러 나갔다. 뒷날 그의 인생을 둘로 나누게 될 두 사회적 계급을 상징적으로 예시하는 산책이었다. 하나는 부유하고 교양 있는 부르주아지, 또 하나는 중간계급을 경멸하지만 결국 그들에게 먹히는 귀족.

마르셀은 콩브레를 기억하려 할 때마다 답답한 기억 규범만 적용된다는 것을 알게 된다. 그곳이 "어두컴컴하고 흐릿한 배경을 등지고 선명한 윤곽 속에 또렷하게 빛나는 네모난 장면"으로만 보이기 때문이다. 그리고 늘 같은 장면들만 되풀이해 나타난다. 그는 이것이 "수의적 기억, 지성의 기억"에 의해 촉발된 장면들이기 때문이라는 사실을 깨닫는다. "그런 종류의 기억이 보여주는 그림은 과거 자체의 어떤 것도 보존하지 않기" 때문에 그는 "콩브레의 그런 찌꺼기를 곰곰이 되짚어 보려는" 시도를 하지 않는다. 그에게 "그것은 사실상 완전히 죽은 것"이었다.

그러다 놀라운 일이 벌어진다. 오랜 세월이 지난 어느 날, 기분이 가라앉은 상태에서 집에 돌아오자 사랑하는 어머니가 추위에 떠는 그에게 차를 마시라고 권한다. 그가 "보통은 잘 마시지 않는 것"이었다. 또 어머니는 작은 마들렌을 하나 사 오게 한다. 그는 그 케이크 한 조각을 차에 담갔다가 숟가락으로 건져 입으로 들어 올린다. 그리고 그것을 맛보는 순간 짜릿한 쾌감이 몸을 훑고 지나간다. 그 쾌감은 맛을 넘어선 것으로, 영혼을 바꾸어놓는다. 그의 "뻔하고 우연적이고 필멸적인" 일상의 분위기가 사라지고 "압도하는 기쁨"과 함께 자신의 어떤 본질에 다가가게 된다.

그러면 콩브레는? 서둘지 말자. 마르셀은 두 번째 조각을 맛보는데 그것은 첫 번째와 다를 바 없다는 것을 알게 된다. 세 번째는 그보다 못하다. "멈출 때가 되었다. 묘약은 마법을 잃고 있다." 마르셀은 이 과정을 한참 생각해 보다가, 마지막 시도로 차에 담근 케이크 첫 조각을 먹었을 때의 그 기쁜 순간으로 억지로 돌아가 보기로 한다. 그러자 그의 내부에서 뭔가가 올라온다. 그것은 자신의 깊은 곳으로부터 끌려 나와 "반향을 일으키며 큰 공간들을 가로지르며…… 천천히 올라오고 있다." 뭔가가 나타날 듯하다가, 다시 심연으로 미끄러져 내린다. 그는 어딘지 모르는 그 심연으로부터 뭔지 모르는 그것을 끌어내려고 **열 번이나** 시도한다.

"그때 갑자기 기억이 자신을 드러냈다." 이것은 "수의적 기억, 지성의 기억"이 아니라 더 깊고 더 먼 어떤 것이다. 그 기억이 촉발된 것은 마들렌을 보았기 때문이 아니라―그는 그동안 그런 케이크를 수천 개는 보았다―더 원시적이고 본질적인 어떤 것 때문이었다. "오로지 맛과 냄새, 더 부서지기

쉽지만 더 지속적인 것." 그렇게 해서 그는 다시 콩브레로 돌아가 어느 일요일 아침에 레오니 아주머니를 찾아가고, 그때 아주머니는 작은 마들렌 조각을 자기 라임꽃 차에 담갔다가 그에게 먹여준다. 이제 기억들이 마치 일본 전통 놀이에서 물에 찢어 던진 종잇조각이 꽃으로 펼쳐지듯 그의 앞에 펼쳐진다. 콩브레와 그곳의 모든 잊힌 부분이 원래의 색깔과 형태로 복원된다. 그는 "나의 차 한 잔으로부터 그 마을과 주변의 선한 사람들이 소도시나 정원들과 더불어 형태와 실체를 갖추고 살아 나왔다"고 기억한다.

이에 관한 몇 가지 메모. 첫째, 프루스트는 "수의적 기억, 지성의 기억"을 더 깊고 더 본질적인 어떤 것에 다가가게 해주는 불수의 기억과 구별한다. 그러나 이에 대한 묘사에서 그 과정은 아주 분명하게 의지와 연결된다. 마르셀은 자신의 내부에서 그 깊이 가라앉은 기억을 끌어내려고 열 번이나 시도한다. 처음에는 불수의적이었을 수도 있지만(예상치 못했던 차/마들렌의 조합), 그 냄새와 맛을 따라가고, 기억의 동아줄을 잡아당기는 등 수의적인 요소도 많이 끼어든 것으로 보인다. 둘째로, 콩브레의 기억을 완전히 복원하는 데 성공했을 때 그 결과물은 묘사에서 알 수 있듯이 수의적 기억의 진부하고 제한적인 결과물과 질적으로 달라 보이지 않는다. "마을의 선한 사람들과 그들의 작은 거처들" 등등. 마르셀이 지금 보인다고, 또는 다시 보인다고 우리에게 말해주는 것은 그의 수의적 기억이 전에 드러낸 것보다 포괄적이기는 하다. 하지만 거기에 더 큰 '본질'과 '현실'이 있는가? 이 독자의 눈에는 그렇게 보이지 않는다.

어쩌면 나의 회의적인 태도는 나 자신은 한 번도 그런 초월적 기억을 해본 적이 없다는 사실에서 나오는지도 모른다. 나는 지금껏 수의적 기억이라는 딱딱한 러스크˚만 먹고 살아왔다. 가까운 친구 몇 명에게 물어봤지만 그들도 프루스트적으로 기억이 전개되는 경험은 하지 못했다. 요즘에는 오랫동안 잊고 있던 것에 다가가고 싶은 마음이 간절한 사람들이 기억과 인식의 문을 열기 위해 심리 치료나 LSD 같은 향정신성 약물을 시도하는지도 모르겠다. 나라면 그렇게 할까? 아마 안 할 것이다. 하지만 나는 마르셀과는 달리 지성의 기억이 가진 한계 때문에 좌절을 느껴본 적이 없다. 또 1940년대 말이나 1950년대 초의 액턴 W3˚에 다시 다가갈 수 있다 해도, 모든 것이 물속의 일본 꽃처럼 열리면서 나에게 잊고 있던 것들과 잊고 있던 행복을 일깨워 줄 거라고 생각하지도

---

◐ 살짝 구운 빵이나 비스킷.

◑ 작가가 어릴 때 살던 런던의 구역 이름.

않는다. 또 어떤 후각적 열쇠가 갑자기 내 과거의 문을 여는 효과를 발휘할지도 짐작이 가지 않는다. 우연히 얻어걸린 축축한 케이크 한 조각은 확실히 아니다. 내가 모형 비행기를 만들 때 쓰던 접착제나 광택제 냄새, 또는 베이컨 굽는 향기, 축축하게 젖은 골든 리트리버의 냄새라면 몰라도.

버지니아 울프(프루스트에게 감탄하는 동시에 그를 부러워했던 인물)는 에세이 「지난날의 스케치」에서 희한한 재기를 발휘하여 IAM을 활용하는 가능한 미래 세계와 콩브레를 연결했다.

내 생각에, 기억은 내가 잊은 것을 제공하기 때문에 마치 독립적으로 진행되는 것처럼 보인다. 사실 그걸 진행하는 건 나지만. 어떤 우호적인 분위기에서는 기억—잊고 있던 것—이 표면으로 올라온다. 만일 그렇다면, 나는 종종 궁금한데, 우리가 아주 강렬하게 느낀 것이 우리 정신과 독립적으로 존재하는 것도 가능한 일 아닐까? 사실 지금도 그렇게 존재하고 있는 게 아닐까? 그렇다면 미래에 우리가 그것들을 꺼낼 수 있는 어떤 장치가 발명될 가능성도 있지 않을까? 내 눈에는 그것이—과거가—내 뒤에 놓인 길로 보인다. 장면들, 감정들로 이루어진 긴

리본. 그 길의 끝에는 여전히 정원과 아기방이 있다. 그 장치가 생긴다면 나는 여기에서 어떤 장면 저기에서 어떤 소리를 기억하는 대신 벽에 플러그를 꽂고 과거를 듣게 될 것이다. 나는 1890년 8월을 택할 것이다. 나는 강한 감정은 분명히 자취를 남긴다고 느낀다. 다시 그 자취와 결합되는 방법을 발견하는 게 문제일 뿐이며, 그런 방법만 있다면 우리는 처음부터 쭉 우리 삶을 다시 살 수 있을 것이다.

IAM만이 아니라 HSAM, 즉 '고도로 우월한 자전적 기억 highly superior autobiographical memory'이라고 알려진 현상도 있다. 이 능력을 누리는, 또는 이 능력으로 고통받는 사례는 100건 정도만 알려져 있다. 한 사례는 지나온 인생의 어느 하루에 자신이 한 일만이 아니라 입었던 옷과 먹은 음식까지 묘사할 수 있는 열여덟 살의 캐나다 여자다. 그녀의 말에 따르면 하루하루가 뇌에 "작은 영화"처럼 보관되며, 그녀는 마음대로 그것을 재생할 수 있다. 그렇게 넘쳐나는 깨알 같은 자신에 대한 지식의 이점은 하나도 상상하기 어렵지만 큰 약점은 쉽게 눈에 들어온다. 원치 않는 기억을 편집·축소·폐기할 수 없다는 것. 고통스러운 기억도 물론 건드릴 수가 없다. 우리 같은 사람들은 시간이 지나면서 그런 기억이 흐릿해지고, 심지어 사라질 수도 있지만, 그녀는 늘 처음 겪을 때처럼 불쾌하고 생생하게 남아 있을 것이다. 이걸 떠나서, 자신의 과거를 지속적으로 꺼내 볼 수 있다는 게, 루리아의 기억술사처럼 무대나 텔레비전 쇼의 재료로 삼지 않는다면, 달리 어떤 쓸모가 있겠는가?

우리는 "기억이 우리에게 장난을 친다"는 이야기를 한다. 하지만 누가 HSAM을 가진 사람을 부러워하겠는가? 아무런 장난을 치지 않는, 늘 변함없고 피할 수 없고 장난에서 자유로운 기억……. 그런 사람은 틀림없이 '정상적' 기억을 가진 사람을 부러워하게 될 것이다. 뇌의 짓궂은 책략 가운데 하나는 이른바 은재隱在 기억으로, 이것은 잊고 있었던 기억이 떠오를 때 그것을 과거의 기억으로 인식하는 게 아니라 새롭고 독창적인 생각으로 여기는 것이다. 이 현상은 1874년 잉글랜드의 한 심령주의자 영매가 스테인턴 모지스라는 이름의 은재-심령주의자에게서 처음 확인했다. 놀랄 일이 아니지만, 이것은 종종 표절이나 사기와 연결된다. 하지만 은재기억의 가장 유명한, 또 진짜로 보이는 사례는 니체와 관련이 있는데, 니체는 『차라투스트라는 이렇게 말했다』의 텍스트 어느 지점에서 반세기 전에 출간된 책에 나온 장면을 단어 하나 안 틀리고 되풀이했다. 표절? 그렇지 않다, 니체의 여동생에 따르면. 그녀는 오빠가 실제로 열두 살에서 열다섯 살 사이에 그 글의 출처인 텍스트를 읽었다는 사실을 확인해 주었는데, 그때 이미 니체의 기억력은 막강했다. 그러나 『차라투스트라는 이렇게 말했다』를 쓸 때는 편집증을 동반한 인지 능력 감퇴로 고생하고 있었다. 여동생은 이런 '기억의 재부상'이 니체에게는 진짜로 그 자신이 막 떠올린 독창적인 생각으로 다가왔을 것이라고 확신했다. 자신의 기억을 잊어버리는 것—아니, 다른 사람의 말을 전유하면서 그것이 새롭다고 생각하는 것—은 생각할 게 많은 주제다. 가끔은 뇌가 우리를 그냥 가지고 노는 듯한 느낌이 든다.

내가 깨달은 바로는 IAM의 존재, 그리고 그것에 대한 우리의 인정은 우리와 우리 뇌의 관계에 변화를 가져온다. 뇌에 관해 생각하는 것은 어렵다. 그런 생각을 하려면 바로 그 뇌를 이용해야 하기 때문이다. 복잡하고 또 어쩌면 결국에는 무익한 시도다. 그럼에도 우리 대부분은 우리가 어떤 식으로든 우리 뇌를 책임지고 있다고 생각한다. 틀린 비유일 수도 있겠지만, 잠수함을 책임지는 함장 비슷하다고 느낀다. 잠망경 위로! 수평선 탐색! 어어이, 침입자 발견! 그런 식으로 우리 뇌에게 어느 방향으로 어뢰를 겨누고, 언제 발사할지 명

령할 수 있다고 상상한다. 그러나 우리가 뇌를 질서 정연하게 통제하고 있다는 가정은 꼼꼼히 따져보면 금세 무너지고 만다. 우리가 쥐고 있는 뇌의 비밀보다 뇌가 쥐고 있는 우리의 비밀이 훨씬 많다. 뇌는 우리가 아는 것을 모두 아는 반면 우리는 뇌가 아는 것의 일부만 알기 때문이다.

보통의 뇌는 매일 74기가바이트의 정보를 처리한다. 다르게 표현하면, 7만 가지 생각을 처리한다고 한다. 낮이나 밤이나 윙윙거리며 돌아가고 있다. 우리는 자지만 뇌는 자지 않는다. 밤에는 활동을 줄일 수 있지만 우리가 최종적으로 멈추기 전에는 절대 멈추지 않는다. (아니, 순서를 바꿔야 한다. 뇌가 멈춰야 우리가 최종적으로 멈춘다.) 따라서 뇌에 관해 생각해 보는 다른 방법은 그것을 슈퍼컴퓨터들의 군주로 보는 것이다. 우리가 뭔가 알고 싶으면 뇌는 구글보다 빠르게 뭐가 뭔지 말해준다.

하지만 이 또한 잘못된 모델일 수도 있다. 이 모델도 여전히 우리에게 지나치게 많은 힘을 부여하기 때문이다. 여전히 우리가 뇌를 책임진다고, 또 우리가 뇌에게 원하는 것을 요구한다고 상상하게 하기 때문이다. 사실 우리는 훨씬 수동적이다. 한 철학자 친구가 나에게 지적한 대로 뇌는 자신이 처리하고 지나가는 모든 것을 일일이 우리에게 알려줄 수가 없다.

그러면 우리는 압도당할 것이다. 너무 많은 정보에 파묻혀, 우리는 바들바들 떨며 훌쩍거리는 동물이 되고 말 것이다. 뇌는, 그녀가 이어서 말해준 바에 따르면, 알아야 할 필요가 있다고 판단하는 정보만 제공할 뿐이다. 이게 훨씬 현실에 가까우며, 여기에서 또 다른 비유가 떠오르는데, 이 비유 또한 지금만 그럴듯해 보이는 것일지도 모른다. 자, 첩보, 그러니까 존 르카레°의 세계를 생각해 보라. 뇌를 서커스—르카레가 영국 정보국 본부에 붙인 이름—라고 생각해 보라. 우리 자신, 즉 우리의 자아는 현장에서 뛰어다니는 요원이며, 그런 요원으로서 훨씬 큰 그림 가운데 오직 일부만, 우리가 그럴싸하게 행동하고 우리 기능을 수행할 수 있을 만큼만 정보를 전달받는다고 생각해 보라. 물론 우리가 잘 알다시피 현장 요원은 본부로부터 버림받을 수도 있고, 존재를 부정당할 수도 있고, 자금과 정보가 끊길 수도 있고, 배신당할 수도 있다. '컨트롤'°이 우리를 관리하고 있다. 그러나 동시에, 다름 아닌 우리가 우리의 뇌이기도 하다. 아무리 르카레라 해도 이 관계의 모든 복잡성이나 속임수와는 경쟁할 수가 없다.

나는 (초고에서) 앞의 두 문단을 어느 목요일 새벽 4시 50분

---

● 첩보 소설을 주로 쓴 영국 소설가(1931-2020).
● Control. 존 르카레의 소설에서 서커스의 수장, 즉 정보국장을 일컫는 말.

에 열린 창 가까이에서 전기 타자기로 쳤다. 어두운 거리에서 들리는 것은 내 타자기 소리뿐이었다. 그때 이 문단을 쓴 것은 내가 잠을 깨 누워 있고 내 뇌가 조용히 공회전하다가 갑자기 "알아야 할 필요"라는 표현, 나의 철학자 친구가 화요일 저녁 8시쯤 사용한 표현으로 나를 쿡쿡 찔렀기 때문이다. (그렇다면 이것은 불수의 기억일까 아니면 반수의 기억일까?) 이때 나는 나의 뇌가 몇 시간 뒤 아침에 다시 그것을 나에게 상기시켜 줄 거라고 자신할 수가 없었다. 그렇게 하지 않는다는 증거를 이미 다수 확보하고 있었기 때문에. 그래서 어쩔 수 없이 침대에서 나와 그 구절을 썼고, 그런 뒤에 그 구절을 낳은 또 그 구절이 낳은 위의 생각들을 썼다. 밤중에 어떤 생각이 아무리 생생하다 해도 뇌가 몇 시간 뒤에 그것을 기억할 거라고—또 당신에게 상기시켜 줄 거라고—기대할 수는 없는 노릇이다. 뇌는 사실 당신의 허드렛일꾼이 아니니까.

마지막, 현학적인 생각 하나. 애플파이 사나이(또는 그의 의료계 관찰자들)는 그의 폭포처럼 쏟아지는 기억이 그가 먹은 파이를 하나도 빼놓지 않고 **모두** 담고 있다고 확신할 수 있었을까? 어떤 건 잊었을지도 모르고, 어떤 건 어쩌면 상상에 불과할지도 모르는데. 또 그 파이들이 정확하게(또는 대충이라도) 시간 순서로 등장했는지 증명이 가능할 성싶지도 않다.

어쩌면 그도 모르게 편집이 이루어지거나 시냅스가 약해져서 그는 파이 껍질과 그 내용물 가운데 일정 비율만 다시 보고 있었던 건지도? 하지만 그렇다 해도…….

프루스트의 유명한 '마들렌 사건'은 『잃어버린 시간을 찾아서』 첫 권의 '서장' 끝에 나온다. 그다음에 바로 '콩브레' 150페이지가 이어지는데, 여기에서 이 소도시, 그 거주자와 그들이 하는 일이 법의학적으로—또는 프루스트적으로—세밀하게 묘사된다. 하지만 우리는 사실 저자의 이 모든 기억이 차 한 잔에서 나왔다고 생각하지는 않는다. 안 그런가? 맛과 냄새가 우리의 기억을 풀어놓는 강력한 효과가 있다고 프루스트가 믿는 것은 분명하다. 제2권인 『꽃핀 소녀들의 그늘에서』에서 그는 "우리 기억의 가장 좋은 부분은 우리 바깥에, 비 냄새 섞인 숨결에, 꼭 닫힌 방의 냄새에, 처음 불꽃을 피워 올린 불의 냄새에 있다"고 되풀이한다. 하지만 '마들렌 사건'은 그 자체로 삶에서 진실이었다 해도 초월적 열쇠인 동시에 허구적 장치로 간주되어야 할지도 모른다. 어쩌면 프루스트는 자신의 작품을 뒷받침할 이론을 탐색하는 소설가였는지도 모른다. 이 자체가 매우 프랑스적인 것일 테지만.

소설가들이 우리에게 허구라는 아름다운 거짓말을 할 때

우리는 그들을 신뢰할 수 있고 신뢰해야 한다. 하지만 그들이 작업 방식에 관해서 이야기하거나(그들이 작업에 투여한다고 하나같이 주장하는 그 묵직한 시간) "어디에서 아이디어를 얻었는지" 밝힐 때는 다정하면서도 회의적인 태도를 보여도 괜찮다. 예를 들어 프루스트는 늘 철학자 앙리 베르그송에게서 불수의 기억에 관해 배웠다고 주장했다. 베르그송은 프루스트의 인척이었고 기억에 관해 많이 썼기 때문에 그 주장은 오랫동안 논란의 여지가 없는 듯했다. 하지만 지금은 전만큼 그럴듯해 보이지는 않게 되었는데, 거기에는 두 가지 이유가 있다. 첫 번째는 베르그송이 암기로 만든 기억과 "자연발생적" 기억(갑자기 번쩍하는 순간 저장된 지각과 인상을 드러내는 기억)을 구분하기는 하지만, 순수하게 프루스트적인 의미의 불수의 기억을 논의한 적은 없다는 것이다. 두 번째 이유는 프루스트가 불로뉴의숲 가장자리에 있는 한 병원에서 보낸 비참한 여섯 주와 관계가 있다.

이 소설가는 의사의 아들이었지만―어쩌면 그랬기 때문에―의술을 매우 불신했다. 그는 의술이 "의사가 저지르는 일련의 모순적 실수 일람표"라고 묘사했다. 또 오랫동안 어머니에게 자신의 평생 지병인 천식을 치료할 방법을 찾겠다고 계속 다짐했지만 1905년에 어머니가 죽고 나서야 그 말을 지켰다. 그가 선택한 병원의 원장은 위대한 신경학자 샤르코의 가장 뛰어난 제자로 꼽히는 폴 솔리에였다. 솔리에의 연구는 폭이 넓어 히스테리, 알코올중독, 간질, 딸꾹질, 거식증, 척수매독, 도박, 임종 시 정신상태, 기적에 관한 글을 남겼다. 또 이른바 '정상적인' 사람들의 정신상태를 비교하기 위한 체계를 개발했는데, 이것이 결국 IQ 검사로 이어졌다. 프루스트가 쟁쟁한 신경학자들 가운데 솔리에를 택한 것은 한편으로는 그가 짧은 치료 기간을 제시했기 때문이고, 또 한편으로는 동성애에 관심을 가졌기 때문이다. 치료 과정은 형식적으로는 고립 치료로 이루어졌다. 환자는 처음 한 주 동안 침대에 누운 채로 오직 우유를 기반으로 한 식단을 제공받았다. "침대와 우유au lit et au lait"라고 알려진 이 요법은 당시에는 흔한 것이었다. 1909년 폐공기증과 동맥경화 진단을 받은 일기 작가 쥘 르나르는 이 치료를 받으며 인생의 마지막 해를 보냈다. 프루스트에게 이 치료를 받게 한 것은 이 치료 과정에서 심리적 퇴행이 일어나 환자가 의사에게 더 의존하게 되고 그러면 치료도 쉬워질 것이라고 생각했기 때문이다.

그러나 프루스트의 여섯 주 치료의 출발은 좋지 않았다. 첫 대화에서 프루스트는 솔리에에게 베르그송을 읽었느냐고 물었다. "네, 읽어야만 한다고 생각했죠. 우리 둘 다 똑같은 분야에 관심이 있으니까요. 하지만 나는 그 사람이 큰 혼란에 빠졌고 편협하다고 생각합니다." 그런 답이 돌아왔다. 프루스트는 한 친구에게 말했다. "나는 내 얼굴에 지적 자부심을 보여주는 다빈치의 미소가 스쳐 가는 걸 느꼈는데, 이게 치료의 성공에는 도움이 되지 않았어." 이 작가의 '고립 치료'에 대한 완강한 저항도 도움이 되지 않았다. 솔리에는 이 환자의 고집을 알아봤는지 프루스트가 구술로든 자필로든 매일 계속 엄청난 양의 편지를 쓰는 것을 허락했다. 프루스트는 또 매주 화요일, 목요일, 토요일 오후에 두 시간씩 면회도 허락받았다. 프루스트는 나중에 그 병원에 입원했던 게 쓸모없었을 뿐 아니라 역효과를 낳았으며, "엄청나게 아픈" 상태로 퇴원했다고 불평했다. 이것은 사실일 수도 있고 아닐 수도 있다. 프루스트의 전기 작가 조지 페인터는 "프루스트는 그들[의사들]에게 아버지에게 하던 것처럼 겉으로는 복종했지만 실제로는 회피하는 태도를 보였다"라고 말했다.

솔리에의 이름은 오랫동안 잊혔다. 1942년 3월 연합군이 근처 르노 공장을 폭파하면서 그의 병원과 모든 기록이 파괴되었기 때문에 그는 망각 속에 더 깊이 묻혔다. 그러나 프루스트의 여섯 주 입원은 그의 주장과는 달리 "역효과를 낳은” 것과는 거리가 멀었다. 솔리에는 불수의 기억이라는 생각에 매력을 느끼고 있었다. 그는 과거를 수의적으로 복구하는 우리의 기제가 우리 생각보다 훨씬 능률이 떨어진다고 썼다. “기억을 불러내는 데서 우리의 의지가 하는 역할은 사실 사소하며, 기억을 불러내게 되었을 때 그게 자유롭고 수의적인 노력에 힘입은 결과라고 생각하는 것은 착각이다.” 예를 들어, “내가 어떤 사고를 목격하며 강한 감정을 느끼고 있을 때, 이런 감정 상태는 실제 일어난 사고와는 아무런 관계가 없지만 비슷한 감정 상태를 낳았던 기억을 내 안에서 되살려낸다.” 이를 보면 프루스트가 그의 생각 가운데 일부를 직접적으로든 책을 통해서든 솔리에에게서 얻지 않았다는 것은 생각도 할 수 없는 일로 보인다. 그가 이 의사의 이름을 펜으로 적은 것은 딱 한 번 뿐이지만, 그 한 번이 중요한 증거가 된다. 프루스트의 1908년 수첩에는 불수의 기억에 대한 몇 가지 메모 옆에 이렇게 적혀 있다. “솔리에.”

DEPARTURE(S)

02

# 이야기의 시작

이야기는 두 부분으로 나뉜다. 실제로 사이에 긴 공백을 둔 채 앞뒤 두 부분을 산 이야기이기 때문이다. 그 이야기를 전하는 나의 서술도 질감이 두 가지로 서로 다르다. 전반은 전적으로 기억에, 거기에 추가로 사진 한두 장에 의지한다. (T. S. 엘리엇이 기억에 관해 뭐라고 했더라? 아무리 장뇌*로 싸 놓아도 좀먹기 마련이라고.) 후반이 시작될 때 나는 이미 작가였고, 사실 작가로 산 지가 꽤 오래되었다. 그래서 수첩에 메모를 하고―대체로 사건과 동시에―일기를 썼는데, 일기는 대체로 며칠 또는 몇 주 내로 썼다. 당신은 그런 기록이 좀

───

○ 의약품, 비닐 제조, 좀약 등에 쓰이는 하얀 물질.

먹은 오래전 기억보다 신뢰할 만할 것이라고 가정할지도 모르겠다. 하지만 나는 그렇게 확신하지 않는다(요즘에는 전보다 확신하는 게 줄었다). 내가 기록하는 것은 내가 기억하고 싶은 것─따라서 일종의 선별이 일어나고 있다─그리고/또는 나중에 글을 쓸 때 쓸모가 있을지도 모른다고 생각하는 것─따라서 또 한 종류의 선별이 발생한다─이다. 하지만 삶에 대한 이런 자세한 주석이 **실제로 벌어진 일**과 마찬가지라고 연역하는 것은 어리석을 터다. 나는 중요한 걸 간과하거나 잊는 일이 흔하다. 확실성으로 향해 서둘러 달려가다 길을 잃곤 하기 때문이다.

이제부터 나올 이야기는 실화지만 몇 가지 단서가 붙는다. 첫째, 두 중심인물의 이름을 바꾸었다. 두 사람 각자에게, 따로, 절대 그들에 관해 쓰지 않겠다고 약속했다는 간단한 이유 때문이다. (그래, 당신이 무슨 생각을 하는지 알겠다. 내가 그런 맹세를 깬다면 이 이야기가 진짜라는 나의 장담은 얼마나 믿을 만하겠느냐?) 하지만 사람들이 종종 나에게 자기 이야기를 하는 것은 내가 작가이기 때문이 아니다. 오히려 내가 작가임에도 불구하고 한다. 나는 대부분의 인간 삶에 관심이 있으며, 또 나의 어떤 태도 때문에 사람들은 속을 털어놓고 싶어지는 듯하다─어쨌든 과거에는 그랬다. 가끔 사람들은 미리, 신경을 곤두세우고 말한다. "이거 써먹을 거 아니지, 응?" 또는, 그만큼 자주 있는 일은 아니지만, 자신 있는 태도로 말하기도 한다. "너한테 해줄 이야기가 있어." 두 가지 경우 모두 나는 답한다. "이 일이 그런 식으로 되는 게 아니야." 그건 사실이다. 대체로 나는 픽션을 쓰는데, 삶이 픽션의 쓸 만한 재료가 되려면 천천히 썩어 퇴비가 되는 과정이 필요하다. 그런데 이야기를 들을 당시에는 내가 지금 듣는 게 픽션의 가능성으로 분해될지 되지 않을지 전혀 알지 못한다. 이보다는 덜하지만, 사실 논픽션에 관해서도 똑같은 말을 할 수 있다. 이제 나올 스티븐과 진의 이야기 같은 논픽션.

두 번째 단서는 늙어가는 작가라면 대개 공감할 만한 것이다. 어떤 이야기든 이야기를 하려면 어느 정도 배경을 제공해야 한다. 당신도 형식을 알고 있지 않은가. 누가, 어디서, 언제, 왜. 날씨는 어땠는지, 그리고 그게 이야기와 관련이 있는지. 인물들이 누구이고 어떻게 말하는지. 또 그들의 사회적 뿌리와 교육적 배경, 그들의 직업적 경로. 누가 때 이르게 머리가 벗겨졌는지, 누가 눈가의 잔주름을 외과적 방법으로 밀어내 버렸는지, 삶의 단계마다 자위 습관은 어떠했는지. 사실 이걸 쓰는 것만으로도 좀 지치는 느낌이다. 당신 또한 지친다 해도 당신을 탓하지는 않을 것이다. 따라서 이런 건 대부분 최소한으로 줄이도록 하겠다. 당신은 나에게 고마워할 수도 있고, 고마워하지 않을 수도 있다. 어쨌든 작가들은 나이가 들면서 자기중심적으로 팽창하거나, 아니면 이렇게 생각한다—이만 자제하고 본론으로 들어가자. 베르디는 나이가 들어서 "음악을 덜 쓰는 법을 배웠다"고 말한 적이 있다. 하지만 아니, 나를 베르디와 비교하겠다는 건 아니다.

마지막 단서는, 앞서 말했듯이, 이 이야기는 가운데 큰 구멍이 있다는 것이다. 내가 주요 인물을 둘 다 보지 못한 40여 년의 기간. 따라서 나는 이야기의 시작과 끝만 전할 수 있을 뿐이다. 중간의 빠진 부분은 그들 둘 다 나에게 개략적으로만 이야기해 주었다. 그리고 우리 셋 가운데 누구도 좌측 시상 후부 출혈성 뇌졸중을 겪은 적이 없기 때문에, 전반부에서 나의 진실성은 우리 셋의 겹치는 기억, 흔한 결함이 있는 일상적 기억에 의존하고 있다. 질문 한 가지. 우리가 정말로 IAM을 통해 우리 삶에서 "진짜로 벌어졌던" 일에 접근할 수 있다면 자서전(그리고 픽션) 쓰기가 쉬워질까 어려워질까? 나는 어려워질 거라고 본다.

우리 셋은 옥스퍼드에서 만났다. 이 말을 써놓고 잠깐 멈춘다. 오래전 나의 소설 『플로베르의 앵무새』(1984)에서 서술자는 픽션에서 일시적 또는 영구적으로 금지해야 할 주제목록을 제시했다(나도 대체로 동의했다). 금지 항목 4번은 이렇게 시작한다. "옥스퍼드나 케임브리지를 배경으로 한 소설은 20년 금지, 다른 대학 배경 픽션은 10년 금지한다." 계산해 보면 이 법령은 사실 2004년에 해제되었는데, 나는 누구에게도 말하지 않고 금지 기간을 20년 연장했다. 따라서 만일 이 이야기가 픽션이라면, 우리 셋을 브리스틀이나 서식스나 맨체스터의 대학으로 보내야 할 것이다.

어쨌든 나는 1964년부터 1968년까지 옥스퍼드에서 공부했다(원한다면 구글에서 검색해 봐도 된다). 나는 상대적으로 유서 깊은 명문 칼리지에 속하는 매그덜린 소속이었다—당시에는 남학생뿐이었다. 칼리지는 자체의 사슴 공원을 거느리고 있었고—건립자 기념일에는 사슴고기가 나왔다—물가 목초지에는 드문 종류의 패모貝母*가 자랐고, 부지 중심을 관통하지는 않았지만 둘레에 강이 흘렀다. 우리는 너벅선을 탔고,* 우리 의식의 가장자리에는 우리가 특권적인 길을 가고 있다는 생각이 강하게 자리 잡고 있었다. 더 자세히 말하지는 않겠다. 수많은 영화나 텔레비전 드라마에서 봤을 테니까. 다만 그런 이야기에는 공립 중등학교 출신 장학생, 여드

---

* 백합과의 여러해살이풀.
* 너벅선 타기는 옥스퍼드대학의 전통적인 여가 활동이다.

름, 비듬, 지적·사회적·도덕적 자신감의 무시무시한 결핍 같은 것들은 대체로 빠지지만. 가끔 우리는, 처음 생겨났을 때는 넘치는 자신감으로 실행에 옮겨졌던, 그리고 우리 때도 다른 학생들은 그렇게 실행에 옮기고 있었던 삶의 방식을 진정성도 없이 복제만 하고 있다는 느낌이 들었다.

　(기억 하나. 중등학교에는—구글 검색 가능, 런던 시티, 1957-1964—호러스 브리얼리라는 이름의 수학 교사가 있었다. 나는 열다섯 살에 수학을 포기했지만 어찌된 일인지 내가 그곳에서 보낸 마지막 몇 주 동안 그 교사가 특별반을 책임지고 있었다. 아마 '공민' 과목을 위한 반이거나, 대학 진학자들을 위한 특별한 일회성 설명회였을 것이다. 어느 오후 미스터 브리얼리가 우리에게 말했다. "너희가 그곳에서 보내는 시간이 너희 인생 최고의 몇 년이 될 거라는 걸 잊지 마라." 옥스퍼드에 다니는 동안 이 예언이 이따금 나를 무겁게 짓눌렀다. "이게 도달할 수 있는 가장 좋은 상태라는 건가?" 나는 그런 의문을 품으며 우울로 빠져들곤 했다. 브리얼리에게는 마이클이라는 아들이 있었는데 그는 학교 크리켓팀 주장이었다. 그는 나중에 잉글랜드 대표팀 주장이 되었고, 그다음에는 정신분석가가 되었다. 학창 시절 그는 나보다 네 살 위였고—그래, 지금도 마찬가지다—그래서 나는 당연히 그와 만난 적이 없었다. 하지만 나는 그의 행보를 지켜보고 있었고, 2022년 우리 둘 다 이제

회색에서 흰색으로 머리 색깔이 바뀌는 나이에 이르러 어느 저녁 식사 자리에서 우연히 그를 만났다. 그는 자기 아버지를 기억하느냐고 물었다. 나는 기억한다고 대답하고, 반은 예언이고 반은 명령이었던 그의 말, 내가 오랫동안 분개해 온 그의 말을 그대로 읊어주었다. 마이클은 잠깐 입을 다물었고, 의아한 표정을 짓다가 이윽고 한마디 했다. "**나**한테는 그런 말 한 적 없는데.")

나는 학부 과정을 망쳤다, 이게 얼마나 대단한 일인지는 몰라도. 어쨌든 이렇게 말하니까 실제와는 달리 나에게 무슨 대단한 계획이라도 있었던 것처럼 들린다. 나는 입학해서 근대어(프랑스어와 러시아어)를 공부했지만 두 학기 뒤에 별로 '진지한' 주제가 아니라고 판단하여—문학은 혼자 공부할 수 있다, 나는 그렇게 생각했다—철학과 심리학으로 전공을 바꾸었다. 하지만 이번에는 이 주제들이 당시 나의 두뇌에는 너무 '진지하다'는 게 확인되어, 다시 두 학기 뒤에 창피하고 약이 올랐지만 프랑스어 공부로 돌아갔다. 칼리지에서는 내가 최우등을 받을 거라고 기대한다고 말했지만, 놀랍지도 않게 나는 우등에 그쳤다.

이 모든 일이 내가 하려는 이야기와 관련이 있는 것은 단지 내가 학부 과정이 둘로 나뉜 덕분에 스티븐과 진을 각각 알게 되었고, 또 나를 통해 그들이 서로를 발견했기 때문이다.

이전 작가들이라면 나를 '그들의 운명의 계기'라고 묘사했을지도 모른다. 더 그런 것이, 수십 년 뒤에 내가 두 번째로 똑같은 역할을 했기 때문이다. 그러나 나는 그런 고상한 걸 믿는 사람이 아니고, 어쨌거나 '비극의 시대'는 지난 지 오래다. 우리는 그런 표현을 정당화할 만큼 거창하지 않다. 물론 지금도 쓰기는 한다. "정말 큰 '비극'이었지!" 뭐가 잘못됐을 때, 암이 생겼을 때, 그저 그런 정치가가 수모를 당했을 때, 무고한 아이가 이 땅에 사는 우리에게 흔하디흔한 위험한 방식으로 죽임을 당했을 때 그렇게 말한다. 어쩌면 우리는 비극 이후 작아진 삶의 크기에 맞는 적당한 말을 아직 찾아내지 못한 건지도 모른다. 아니면 오늘날의 이야기들이 우리가 찾지 못하는 말을 어떤 식으로든 암호화하고 있는 것인지도 모른다. 판단은 당신에게 맡기겠다. 내가 여기에서 하고자 하는 말은, 내가 '하느님 노릇'을 하려 하지 않았다는 것이다―조금도.

당시 옥스퍼드에는 남학생과 여학생의 통계적 불균형이 컸다. 여학생은 16퍼센트였다. 따라서 여자 한 명 대 남자 5.25명, 이게 비율이었다. 토론과 강의에서는 남학생이 여학생을 몰래 힐끔거리곤 했다. 여자에게 접근하기 쉬운 조건은 자신감, 돈, 차 소유였는데, 나는 셋 다 없었다. 게다가 이성과 어울리는 방법을 익힐 여자 형제도 없었다. 따라서 장차 수많은 오해가 생기게 된다. 내가 옥스퍼드에서 처음 키스한 여자애의 반응은 몹시 실망스러웠다. "내가 창녀라고 생각해?" 그러더니 자신만만한 윈체스터 칼리지 학생인 자기 오빠가 한번은 키스가 어떻게 진행되는지 보여준다며 그 애의 손등에 입을 댔고, 곧이어 혀가 손등을 밀치기도 하고 꿈틀거리며 움직이기도 했다는 이야기를 해주었다. 십 대였던 그 애는 그게 역겹다고 생각했다. 나는 이런 종류의 복잡한 상황에는 대비가 되어 있지 않았다는 것을 깨달았다. 그 애의 오빠가 우리와 한방에 있는 느낌이었다. 몇 년에 걸쳐 그 애와 가끔 만났지만 나는 다시는 키스를 시도하지 않았다. 그 애도 지금은 죽었을 것이다. 그 시간과 장소에 속하는 내 친구들 대부분과 마찬가지로.

학생 대다수에게 어떤 것이든 감정적 관계는 삶에서 처음 겪는 것이었고, 따라서 다들 당연히 서툴고 무지하기 짝이 없었다(가끔은 심지어 섹스도 없었다). 어떤 쌍이 맺어지면 전과 달리 눈에 띄게 으스대는 동시에 불안해했다. 또 마지막 학년에는 "공황 결혼"이라는 현상도 있었다. 한동안 붙어 다니다 학창 생활의 끝이 다가오는 것을 보고 갑자기 결혼하는 쌍들. 그 모두가 임신 결혼처럼 보였을지 모르지만(가끔 실제로 그렇기도 했고) 대부분 이유는 그게 아니었고 각자 달랐다. 모든 통계적 불리함을 이겨내고 여자 친구를 발견하고 유지해 온 남자는 자신의 승리가 사라지는 것을 원치 않았다. 반면 이곳의 사회적·지적 유전자 집단에서 이미 선택권을 행사한 여자에게는 바깥세상에서 더 나은 선택을 하지 못할 수도 있다는 두려움이 있었다. 당사자들은 절대 그런 불안을 입 밖에 내지 않았고, 또 대부분은 스스로 받아들이지도 않았다. 모든 것이 유쾌하고 낙관적이고 빠른 흐름에 쓸려갔다. 물론 그들은 서로 사랑했고, 늘 자신들의 날이 끝날 때까지 사랑하겠다고 했다. 가끔은 실제로 그렇게 되기도 했다. 반면 자기 파트너를 이런 말로 소개한 남학생도 기억난다. "여기는 내 첫 번째 아내야." 당시에는 그런 게 재치 있고 세련돼 보였다.

집 어딘가에, 불가피하게 쌓인 잡동사니 속에 그 시절 칼리지 단체 사진 두 장이 있다. 잿빛 뜰의 층이 진 널판자에 서 있는 우리에게 사진사가 사진을 두 장 찍을 거라고 설명하던 기억이 난다. 한 장은 진지하고 공식적인 공개용 사진, 또 하나는 우리가 원한다면 '껄렁대도' 되는 사진. 이 '껄렁댐'에 속하는 행동들은 아주 온건한 것이었다. 담배에 불을 붙이거나, 밀짚모자를 쓰거나, 가짜 콧수염을 붙이거나, 멍청하게 얼굴을 찌푸리는 정도. 어떤 학생 그룹은 2미터짜리 판지 호랑이를 가져왔다. 어떤 주유소에서 꺼내 온 호랑이였는데, 아마 그 주유소에서는 "연료 탱크에 호랑이를 넣어라"라는 장수한 에소 석유 광고 캠페인의 도구로 쓰였을 것이다. 어떤 학생들은 아무것도 없는 허공을 가리켰다. 어떤 학생들은 역시 있지도 않은 해를 피해 눈에 손으로 그늘을 만들었다. 두 사진을 보니 내가 '공식' 사진에서는 붙임성 있게 따분한 표정이고, '껄렁대는' 사진에서는 붙임성 있게 못마땅한 표정인 게 눈에 들어온다(못 알아볼 정도는 아니지만 희미한 차이). 반면 스티븐은 나와 몇 미터 떨어진 곳에 있는데 두 사진 모두 똑같아 보인다. 그 자리에 있지만 어쩐 일인지 뒤로 물러선 듯하고, 주의 깊지만 탐탁하지도 탐탁하지 않지도 않은 표정. 덕분에 세 층으로 늘어서서 우스꽝스러운 표정을 짓고 있는 젊은 남자들 속에서 유일하게 어른으로 보인다.

그 시절로부터 갑작스럽게 찾아온 또 다른 기억. 1학년 때 미국인 친구 프리실라가 나를 찾아왔다. 그때는 여자의 칼리지 방문 시간을 엄하게 규제했다. 하지만 내 방에서 저녁 시간이 흘러가는 동안 그녀가 그 규칙을 깨게 될 거라는 걸 둘다 깨달았다. 그러나 그녀는 괘념치 않는 것처럼 보였다. 나는 남자로서, 또 방 주인으로서 책임을 져야 할 처지였다. 하지만 그런 건 내 전문이 아니었다. 그럼에도 아침에 문제가 생길 거라는 건 인식했다. 나의 '사환'(내 방을 청소하고 우유를 갖다주는 일 등을 하는 중년의 남자)은 대충 8시 반 또는 9시에 올 예정이었다. 하지만 여자는 10시, 어쩌면 심지어 11시 전에는 칼리지에 들어오는 것이 허락되지 않았다. 만일 그 시간 전에 여자가 남자 방에서 발견되면 그 남자는 한 학기, 또는 어쩌면 1년 동안 정학을 당했다. 다 명문화되어 있는 것이었다.

나는 책임을 지는 사람으로서 프리실라가 숨어야 한다는 것을 깨달았는데, 숨을 수 있는 유일한 장소는 옷장이었다. 그러나 또 다른 문제가 있었다. 그 애에게서는 아주 진한 향이 났고, 사환은 내 단칸방에 들어오는 순간 바로 그 냄새를 알아챌 터였다. 나는 그것을 가릴 수 있는 강한(그리고 내가 당시 이용 가능한 자원으로 만들어낼 수 있는) 냄새는 오직 새까맣게 탄 토스트 냄새뿐이라고 판단했다. 그래서 동이 트기 전 어느 시점에 나는 식빵 봉지를 끄집어내고 막대 하나짜리 전기풍로를 켠 다음 토스트 몇 개를 검게 태웠다. 그걸 휴지통에 던져 넣고 좁은 침대로 돌아갔으나, 둘 다 너무 불안한 나머지 욕망도 제 몫을 해내지 못했다. 이윽고 아침에 사환이 오기 한 시간쯤 전에 나는 프리실라를 옷장에 넣고(아마도 그녀가 가져왔을 소지품과 함께) 다시 침대로 돌아갔다.

마침내 사환이 문을 두드리고 들어왔다. "오, 프레드." 나는 늘쩍지근한 목소리로 말했다. "오늘은 늦잠을 잘 거예요." 그는 이미 검게 탄 토스트와 여자 향수, 거기에 커다란 쥐가 함께 만들어내는 냄새를 맡고 있었다―틀림없이 전에도 여러 번 맡아 보았겠지만. "자네 거기서 사십 분 뒤에는 나오는 게 좋을 것 같군." 그가 엄하게 말했다. 어쩌면 20분, 아니 30분이라고 했을 수도 있다. 어쨌든 그 시간이 지난다 해도 여자가 눈에 띄는 게 허락되는 시간까지는 한참을 더 기다려야 했다. 이런 젠장, 나는 생각했다. 그 단계에서 프리실라를 옷장에서 나오게 했는지 아닌지는 기억나지 않는다. 하지만 프레드―그도 아마 나를 두고 그 나름의 딜레마에 빠졌을 것이다―는 다시 나타나지 않았고, 프리실라가 합법적 존재가 되고 나서 몇 분 뒤 나는 그 애를 칼리지 정문까지 데려다주었다.

하지만 우리가 그때 얼마나 엉망진창이었는지는 당신도 알 수 있을 것이다. 덕분에 지금 이렇게 '할 이야기'가 생기기는 했지만.

이상하게도 (당시의 나에게는 덜 이상했지만 지금 나에게는) 프리실라와 나는 한 번도 관계의 완성에 이르지 못했다. 오랜 세월이 지난 뒤, 미국에서 책 홍보 여행을 하고 있을 때 한 여자가 행사 전에 몇 분 보고 싶다고 요청했다. 알고 보니 그녀는 프리실라의 여동생이었는데, 나에게 프리실라가 10년 전쯤 죽었다고 말해주었다. 그리고 언니가 늘 나를 좋게 이야기했다고 덧붙였다. 그 말은 매우 놀랍게 다가왔다. 나는 그녀에게 늘 죄책감을 느끼고 있었기 때문이다. 왜냐하면……. 하지만 이 이야기는 나와 그녀에 관한 것이 아니다. 이건 그냥 사회-성적 배경일 뿐이다.

스티븐과 진.

아, 그래, 또 한 가지. 마약. 1960년대는 모두가 알다시피 '섹스'와 '마약'의 10년이었다. 하지만 전자는 실제로나 심리적으로나 지금보다 훨씬 복잡했다. 후자는 내 눈에는 띄지 않았다. 우리 칼리지에 잘 아는 척하며 '큰 H'와 '작은 H'⚊—나는 이게 뭔지 파악하는 데 한참이 걸렸다—에 관해 떠들던 학생이 하나 있었지만 그 10년 가운데 전성기 4년 동안, 즉 1964년부터 1968년까지 나는 리퍼⚋ 하나 피워보라는 말도 듣지 못했다. 일반적 마약은 알코올과 담배였다. 나는 담배를 피우지 않았고, 알코올도 별로 좋아하지 않았다. 맥

⚊ 헤로인(heroin)과 해시시(hashish).
⚋ 마리화나가 든 궐련.

주는 역한 맛이 났고 와인도 산 적이 거의 없다.

스티븐과 진.

또 한 가지. 생각해 보니, 내가 더 프루스트적이라면 검게 탄 토스트 냄새를 맡을 때 늘 옷장 속의 프리실라가 떠올랐을지도 모른다. 하지만 한 번도 그런 적이 없다. 게다가 공교롭게도 20여 년 전쯤 나는 후각을 많이 잃었고, 그 때문에 '마들렌의 순간'을 맞이할 가능성이 대부분 날아가 버렸다. 무슨 냄새를 맡으려면 꽃 속이나 와인 잔 깊이 코를 들이밀어야 한다. 그런데 묘하게도 탄 토스트는 위층에서도 쉽게 냄새를 맡을 수 있다. 하지만 그건 내게 탄 토스트 냄새일 뿐, 그 이상은 아니다. 그리고 그게 IAM의 '폭포'를 촉발하여, 내가 있던 자리에서 토스트가 탄 모든 경우를 하나하나 끝없이 떠올리게 하지 않는 것에 감사한다.

스티븐은 키가 크고 호리호리했다―하다―했다. 양말 위로 살이 드러나 바지가 짧아 보일 때가 많았고, 두 팔을 휘저으면 동시에 여러 방향으로 가려고 하는 것처럼 보였다. 그는 검은 재킷 두 벌, 회색 바지 두 벌, 하얀 셔츠 여러 벌을 소유하고 있었다. 그의 옷은 이게 전부였다. 우리는 그에게 꽃의 힘° 셔츠와 나팔바지를 사주자고 농담하곤 했다. 하지만 그런 변신은 재미가 없었을 것이다. 아이러니로도.

그의 내면은 외면과 조화를 이루지 않았다. 말씨는 부드러웠고 태도가 조심스러웠으며, 절대 팔다리를 휘두르듯 자신의 주장을 내던지지 않았고 아주 주의 깊었다. 아니, 그 이상이었다. 적극적으로 주의를 **기울였다**. 누가 말을 하건 진짜로 그 사람이 하는 말에 귀를 기울였다. 따분한 사람들조차 그에게는 어떤 쓸모가 있는 듯했다. 그는 나와 마찬가지로 중간계급 출신의 장학생이었다. 그러나 나와는 달리 자기가 어디로 가고 있는지 알았다. 장차 공무직 또는 경영 분야에서 일하려고 철학을 공부하며 뇌를 정돈하고 있었다. 반면 나는 철학이 나를 더 진지한 사람으로 만들어주고, 생각하는 방법과 사는 방법 양쪽을 가르쳐줄 거라는 어설픈 생각으로 그걸 공부하고 있었다. 스티븐은 내 머리로는 잘 파악되지 않는 이론이나 명제를 설명해 주곤 했다. 그는 참을성 있고 친절했다. 하지만 자유분방함 같은 건 전혀 없었다. 하긴 당시 내 친구 대부분이 그랬다. 그 점은 사실 나도 마찬가지였다.

진은 러시아어를 공부하다 만났다. 그녀는 스티븐이나 나보다는 약간 더 화려하고 약간 더 불안정한 집안 출신이었다.

● 히피의 구호. 따라서 그 셔츠는 히피들이 즐겨 입던 셔츠.

부모는 별거 중이었고 아버지에게는 애인이 있었으며 집에서는 말다툼이 잦았다(우리 집은 말다툼이 전혀 없었고, 스티븐 네도 마찬가지였다). 상황이 아슬아슬해지기도 했고, 진도 마찬가지였다. 그녀는—당시에 우리가 어떤 형용사를 사용했더라—원기 왕성하다? 아니, 그건 더 나이 든 사람한테 쓰는 말 같다. 씩씩하다? 너무 1920년대다. 발랄하다, 톡 쏜다, 충동적이다? 거침없다? 그런 말들이 조금 더 가깝지만 여전히 근사치다. 어쨌든 우리는 잘 지냈다. 한편으로는 그녀가 나와는 노는 물이 다르다는 것을 내가 반쯤 인정했기 때문이기도 하다. 그녀는 사물, 생각, 사람들로 직진해 들어갔다. 상대가 달려들기를 기다리기보다는 먼저 달려들었다. 이해되는가? 그리고 세상을 보고 싶어 했다. 이미 스페인과 이탈리아와 모로코에 가보았고, 러시아 여행 계획을 짜고 있었다—당시에는 그렇게 쉬운 일이 아니었다. 그녀는 담배를 피웠고 화이트와인을 많이 마셨으며 남자한테 가볍게 수작 거는 걸 아주 즐겼다. 여자 대 남자 비율이 1 대 5.25였기 때문에 그녀는 즐겁게 지낼 수밖에 없었다. 어쨌든 겉으로는 그렇게 보였다. 머리 색깔은 황금과 옥수수 중간이었으며 살짝 붉은 기가 있었다. 물론 타고난 색깔이었다. 당시에는 아무도 머리를 염색하지 않았다, 심지어 어른들도, 어쨌든 내가 보기에는. 다이애나 도스나 매릴린 먼로 같은 여자들은 제외하고. 그런 여자들은 예외였다. 어쩌면 진의 아버지의 애인은 머리를 염색했을 수도 있다. 염색은 그런 애인이 한다고 여겨지는 종류의 일이었으니까. 하지만 그 여자를 만난 적은 없다.

나는 지붕 덮인 시장에 있던, 우리가 노동자들의 카페라고 생각하고 싶어 하던 곳에서 둘을 소개해 주었다. 그 가게에서는 베이컨 샌드위치와 사기 머그에 따른 차를 팔았다. 하지만 록 케이크°나 컵과 쟁반을 갖춘 차도 있었다. 거기서 식사하는 시장 짐꾼들이 있었는지 몰라도, 어쨌든 우리 나태한 학생들이 등장했을 시간에는 이미 사라진 지 오래였고 주요 고객은 장 보러 나온 여자들이었다. 그곳에서 어느 날 아침 진과 내가 커피를 마시고 있는데 스티븐이 지나갔다. 나는 두 사람을 소개하면서 각각을 약간 우스꽝스럽게 묘사했고, 스티븐은 망설이는 척도 하지 않고 합석했다. 남자 둘에 여자 하나. 일반적 비율을 완성할 3.25는 어디로 사라지고 없었을까? 나는 어느 날 아침 카페에 들어가 "6과 4분의 1명 앉을 자리 부탁합니다" 하고 소리치는 상상을 했다. 물론 그

---

° 겉이 울퉁불퉁하고 속에 말린 과일이 든 작은 쿠키.

런 조은 한 번도 없었다.

당시에 우리는—다시 말해서 스티븐이나 나처럼 남녀가 분리된 환경에서 교육받은 젊은 남자들은—여자에 관해 수많은 원시적이고 이론적인 관념을 여전히 고수하고 있었다. (프리실라와는 어땠는가, 당신은 물어볼 수도 있겠다. 그러고 보니 그녀가 한번은 나에게 여성 심리에 관한 책을 주면서 거기에 "여자 형제가 없는 줄리언에게"라고 미국인 필체로 헌사를 적어준 일이 기억난다.) 우리는 자신감이 전혀 없었기 때문에 자기 연민을 땀처럼 흘리며 상대의 거부를 지레짐작했고, 여자애들도 그 순간에 비슷한 걸 느낄지도 모른다는 상상은 하지 못했다. 최근 소년의 두뇌 발달이 소녀보다 상당히 늦다는 이야기를 읽은 적이 있다. 여성의 소뇌는 열한 살에 완전한 크기에 이르는데 남자들은 열다섯이라는 고령에 이르러야 비슷한 단계에 이른다. 이게 남자아이들의 행동 방식 몇 가지를 설명해 주는 게 분명하다. 그렇지 않은가? 게다가 '아이는 어른의 아버지'❛이므로, 성인 남자의 행동 또한 마찬가지다.

기를 죽이는 다른 요인들도 있었다. 어떤 여자애들은 남자애들보다 책에 관심이 많았다. 또 어떤 여자애들은 이미 우

---

❛ 윌리엄 워즈워스의 시 「하늘의 무지개를 볼 때마다」에 나오는 표현.

리보다 나이도 많고 능숙한 남자들을 만난 적이 있었다. 또 어떤 여자애들은 (직관에 의해서건 사회적 조건화에 의해서건) 자기들이 뭘 추구하는지 알았고, 우리가 그들의 목표가 아님을 알았다. 극장에 자주 드나들던 몇몇 아이들은 우리와 달리 파트너를 구하는 걸 쉽게 생각하는 것 같았다. 더 분명하게 말하자면 섹스 파트너를. 우리는 이것을 우리끼리 논리적으로 설명해 주었다. 연기의 핵심은 다른 사람인 척하는 것이며, 따라서 그런 아이들은 실제보다 더 매력적이고 재미있는 사람인 척하는 것일 뿐이다. 이 말은 곧 그들의 관계는 실패할 운명이라는 것이었다. 물론 두 사람이 모두 상대의 외면이 내면의 깊이를 표현해 주는 것이라 믿고 계속 함께한다면야 이야기가 다르지만. 그 모든 것 때문에 우리는 우월감을 느꼈다. 우리는 적어도 진정성이 있다고 서로 안심시켜 주었다. 진정성과 외로움.

이것이 일반적인 환경의 대체적 윤곽이다. 따라서 스티븐과 진이 함께하게 되었을 때 그들을 아는 아이들은 선망이 배제된 쾌감을 느꼈다. 일종의 대리 로맨티시즘이랄까. 대체로 그들이 함께 있을 때 서로 아주 다정했기 때문이다. "남자애가 여자애 책을 들어줬어" 같은 식으로. 아니, 그렇게 말하는 건 으스대는, 심지어 냉소적인 태도다. 우리는—적어도 나는—계급·사회·종교·정치 같은 공적인 일에서는 냉소주의를 시전했지만 진짜로 중요한 것, 개인적 관계나 예술에 대해서는 그런 걸 전혀 느끼지 않았다. 나는 (또는 우리는) 그런 문제는 신성불가침이라고 생각했고, 우리 부모나 부모의 친구가 보여주는 어떤 인간적 관계들이 덜 거룩하다고 느끼는 만큼이나 우리 자신의 관계에는 매우 이상주의적으로 다가갔다. 세상을 다시 발명하지 않을 거라면 새로운 세대가 무슨 소용이란 말인가?

나는 이들 둘을 옥스퍼드에서 열여덟 달 정도 알았고, 그 다음에는, 괴상한 일이지만, 40년 뒤에 또 비슷한 시간을 알았다. 앞서 말한 대로 나는 어린 시절 나의 삶, 또는 다른 사람들의 삶에 관해 메모를 약간 해왔다. 그런데 일반적으로 우리는 다시 보지 못할 거라고 믿는 사람들은 상대적으로 잘 기억하지 못한다. 그래서 내 머릿속에 담긴 예전 그들의 이야기는 오래된 묵주처럼 순간과 이미지라는 닳아버린 구슬로 연결되어 있을 뿐이다. 심야의 빨래방을 지나다 그들이 각각 무릎에 책을 올려놓은 채 일주일 치 빨래를 함께 하는 걸 보기도 했다(하지만 너무 소심해서 그들을 방해하지는 못하고). 어떤 공식 만찬이나 무도회에 차려입고 나온 그들을 꼼꼼히 뜯어보기도 했다. 스티븐은 입던 옷보다도 잘 맞는 빌린 디너 재킷 차림이었고, 진은 어깨에 주름 장식이 달린 긴 감청색 벨벳 드레스에 목에는 진주 목걸이를 걸었다(이것이 당시 삶의 슬픈 진실 가운데 하나다. 우리가 차려입으면 더 성숙한 자기 모습으로 보이기보다는 우리 부모의 젊고 불완전한 복제품으로 보인다는 것). 또 내 방에서 차를 마시던 두 사람. 방에는 의자가 둘밖에 없어 진은 바닥에 앉아 스티븐의 다리에 등을 기댔는데, 그렇게 말하면 굴종적인 것처럼 들릴지 모르지만 사실 그 자리에서 공간을 지배한 건 그녀였다. 또 그들 둘 사이의 갑작스러운 오해. 둘은 각자 나를 찾아와 울면서 내가 뭔가 알고 있는지, 그리고/또는 내가 해결해 줄 수 있는지 알고 싶어 했다(나는 몰랐고, 해결해 줄 수 없었지만 자문 상대가 된 것에 묘한 자부심을 느꼈다). 하지만 몇 주 같은 며칠이 지난 뒤 그 문제는, 어떤 문제였는지는 잊었지만, 해결되었다. 또 껍질이 벗겨지는 플라타너스 밑 벤치에 앉아 졸업시험 과제를 수정하고 있던 두 사람. 그들은 깊이 함께였지만 불가피하게 따로였다. 둘 다 상대의 전공을 이해하지 못했기 때문에. 그러다가 스티븐이 나에게 와 아주 거창하게 속을 털어놓았다(“그 애는 내가 지금껏 원했던, 또 앞으로도 영원히 원하게 될 유일한 존재야.”) 나의 능력이나 응답 범위를 넘는 진술이라 나는 지혜로운 척 고개만 끄덕였을 뿐이다. 진도 비슷한 이야기를 했다("나는 그 애를 사랑해. 하지만 너무 **어려**"―내가 용기를 내 그 자리에서 둘이 동갑이라는 사실을 지적했지만.)

하지만 불과 몇 주 뒤에 그들은 따로 나를 보러 왔다. 우리 모두 졸업시험을 마친 뒤 빈둥거리고, 술에 취해 토하고, 타협과 자기기만으로 이루어진 멍청한 성인 세계에서 우리를 기다리고 있는 미래를 두렵게 상상하고 있었다. 장례식 때나 입을 것 같은 검은 양복을 입어 음울해 보이는 스티븐은 말했다. "안타깝게도 우리는 결혼하거나 아니면 헤어져야 할 지점에 이른 것 같아." 이틀 뒤에는 진이 책에서 흔히 나오는 표현대로 "용감하게 미소를 지으며" 나타나더니 결국 똑같은 말을 쏟아냈다. "안타깝게도 우리는 결혼하거나 아니면 헤어져야 할 지점에 이른 것 같아." 나는 이게 특별한 우연의 일치라고 생각하다가, 마침내 둘의 논의를 최종 정리한 표현인 게 분명하다는 걸 깨달았다. 외교적 성명서, 우리가 곧 진입할 참인 그 위선적인 세계에서 온 전보였다. 나는 이해하지 못해서―이해하고 **싶지** 않아서―부드럽게 "중간의 어떤 걸 시도해 볼 수는 없을까?" 하고 제안했지만, 이것은 상황 파악을 하지 못한 발언으로 각하되었다.

나는 결혼에 찬성하는 쪽이었다. 내가 아는 누구도 그 단계 근처에도 가지 못했고, 그게 멋지고 대담한 한 수, 전혀 관습적이지 않고 외려 정반대로 우상 파괴적인 한 수로 생각되었기 때문이다. 나아가 나에게도 그들의 들러리가 되어 희극적으로 반지를 찾아 허둥거리고, 재치와 성적 암시가 가득한 축사를 할 기회가 생길 수도 있었다. 물론 이런 유아론적 욕망은 고백하지 않았지만. 하지만 나는 또 우리가 친구로 계속 이어지는 것이 거의 그들에게만큼 나에게도 좋다고 생각했다. 이런 순진하고 자비로운 상태는 그들의 최초 선택에 내가 제안했던 중간 선택지가 포함되어 있지 않다는 게 분명해지면서 박살 났고, 그들은 진짜로, 제대로 헤어졌다. 나는 그들의 관계에 내가 의식했던 것보다 마음을 훨씬 많이 투자하고 있었기 때문에 배신감을 느꼈다. 나 또한 거부당했고 어떤 기능도 더는 부여받지 못한다는 느낌이었다. 이윽고 진은 고골 같은 작가를 연구하러 떠났고 스티븐은 시간제 일자리를 전전하면서 공무원시험 준비를 했다. 나는 아주 느리게 나 자신의 삶을 계속 살아나갔다. 첫 번째 변화는 나에게 여자 친구가 생겼다는 것이었는데, 그 애를 스티븐과 진에게 소개할 필요가 없는 게 다행이라는 생각이 들었다. 왜냐하면─이걸 어떻게 설명해야 할까?─그들의 관계는 내 마음에서 어떤 식으로인가 오염되어 있었으며, 나는 나의 새로운 관계가 거기에 물들지 않기를 바랐기 때문이다. 이게 말이 되는가? (그때는 됐다.) 그리고 나중에 그녀와 내가 헤어지기로 결정할 차례가 왔을 때, 우리는 우정은 이어간다는, 그들과 똑같은 전제하에 그렇게 했고, 실제로 몇 년 동안 계속 보았다. 그러는 동안 스티븐과 진 양쪽과 몇 번 친근한 우편엽서가 오가다 연락이 끊어졌고, 나는 다시 상처를 받았으며, 나만 옳다는, 심지어 내가 도덕적으로 우월하다는 생각까지 했다. "오 그래, 그럴 거면 씨발 어디로든 꺼져버려"라는 오래된 말로 표현되는 감정.

그래서 그들은 그렇게 서로에게서 떠났고, 또 나에게서도 거의 떠났다.

세월이 흐른 뒤, 내가 옥스퍼드에서 키스한 첫 여자애, "내가 창녀라고 생각해?" 하고 물었던 여자애, 그간 드문드문 연락을 유지하던 여자애가 그 후에 옥스퍼드에서 만난 연인 이야기를 해주었다. 나도 좀 아는 애였는데, 그 애한테 창녀로 오해받고 있다는 느낌을 주지 **않은** 건 분명했다. 그 남자애는 둘이 침대에 갈 때마다 먼저 베토벤의 현악사중주를 튼다고 말했다. 늘 같은 곡을. 나는 그게 작품 번호 131이었을 거라고 생각하지만, 작품 번호 127이었을지도 모르겠다.

그때 그 애한테, 나중에, 예컨대 라디오에서 그 사중주를 다시 들을 때, 그들이 사랑을 나누던 게 떠올랐는지, 그래서 그 곡을 피하게 되었는지, 아니면 듣고 전율을 느꼈는지, 아니면 그냥 무심했는지 물어보지 못했던 게 아쉽다. 얼굴을 붉혔는지, 몸이 팽팽하게 긴장했는지, 예전의 자신에게 너그럽게 미소를 지었는지? 하지만 내가 검게 탄 토스트 냄새에서 프리실라를 떠올리지 못했듯이 아마 그 애도 그 화음들에서 전 애인을 떠올리지 못했을 것이다. 삶과 기억은 그렇게…… 돈키호테식⁎일 수 있다. 당신도 그렇게 생각하지 않나?

⁎ 소설 『돈키호테』에서 유래한 말로, 비현실적이고 엉뚱하며 예측할 수 없고, 때로 과하게 이상주의적인 성향을 뜻함.

DEPARTURE ( S )

. . . . . . . . . . .

03

# 관리 가능

나는 바지 허리띠를 푼 채 엎드려 있었고, 전문의는 골수 조직검사를 준비하고 있었다. 국부 마취를 하느라 몇 번 따끔거리더니, 의사가 나의 엉덩뼈 능선이라고 말해주는 곳에 드릴로 뚫는다기보다는 지속적으로 강하게 누르는 듯한 느낌이 찾아왔다. 우리는 이야기를 나누고 있었다. 나는 의사들이 뭘 하고 있는지 나에게 정확하게 말해주는 걸 선호하기 때문이다. 잠시 후 내가 말했다.

"그러니까 이게 치료가 불가능하다는 거죠?"

"맞아요." 그녀는 솔직하게 말했다. "치료는 불가능하지만, 관리는 가능해요."

처음에는 내 피를 상당량 뽑는 것으로, 그다음에는 화학 치료로 관리가 이루어질 터였다. 팔에 주사를 꽂아놓는 방식이 아니라 매일 입으로 먹는 방식이었다. 상태가 안정될 때까지요? 내가 물었다. 아니요, 여생 동안 쭉. 그게 '관리 가능'의 의미다. 이 병은 죽을 때까지 당신과 동행할 거다. 추가 변이가 없는 한 아마 당신을 죽이지는 않을 거다. 당신은 그 병 때문에 죽는 게 아니라 그 병과 함께 죽을 거다.

그녀는 조직검사가 잘됐고 잘생긴 몇 가닥(이 말을 사용했는지 확실치는 않지만)을 손에 넣었으며, 그 내용물이 내 혈액암이 정확히 어떤 종류인지 알려줄 거라고 말했다. 보시겠어요? 그녀는 자기 손으로 한 일에 만족하는, 아니 자랑스러워하는 듯했다. 나는 사양했다. 나는 무슨 일이 왜, 어떻게 벌어지고 있는지 알고 싶기는 하지만 모든 걸 눈으로 보고 싶지는 않다. 바늘이 핏줄로 들어가거나, 메스가 눈꺼풀을 향해 내려오거나, 도관을 끼우거나(또 빼거나), 실로 여기저기 꿰매거나, 커다란 발톱을 있던 자리에서 들어 올리는 걸 보지 않고, 지금은 내 뼈 안에서 살면서 갑자기 못된 짓을 하는 즙 같은 생산물이 눈앞에 펼쳐지는 걸 보지 않는다.

이 병은 처음에는 우회적인 방식으로 여러 의사를 어리둥절하게 만들었다. 이건 놀랄 일이 아니다. 이 나라에는 척수 증식성 종양이 1년에 약 500건밖에 발견되지 않으며, 따라서 일반 지역 보건의는 한 건도 보지 못한다. 대부분은 다른 검사를 하다 나타난다. 어느 해 여름부터 가을까지 나는 피부 상태가 몹시 나빠졌는데, 이것은 두 가지 방식으로 나타났다. 다리에 바짝 성이 난 넓은 띠들이 생겼다가 몇 군데는 결국 껍질이 벗겨지며 사라졌다. 그리고 등에 작고 단단한 점 수백 개가 솟아올랐다. 나는 피부과 자문의사를 만났다. 그녀는 뭔지 잘 모르겠다며 스테로이드 크림을 처방해주었다. 다음에는 조직검사를 제안했는데 답은 찾지 못하고 손목 안쪽에 깔끔한 하얀 십자가 두 개만 기억의 표지로 남겼다. 마지막으로 그녀는 복잡한 또는 난치성 사례를 다루는 특수 클리닉에 가보겠느냐고 물었다. 그래서 어느 날 아침 나는 투팅의 세인트 조지 병원 진료실에서 팬티 차림으로 한두 시간 앉아 있었고, 그동안 피부과 전문의와 수습 의료진 30~40명이 나를 검사하며 똑같은 질문을 수도 없이 던졌다. 그들 가운데 누구도 어떤 설명이나 제안을 하지 못했지만 단 한 명, 나이 많고 성질 더러운 자문의사가 대충 흘끔거리더니 말했다. "습진이 뻔한데 왜 이리 법석을 떠는지 모르겠구먼." 그러자 나는 조금 전보다 덜 흥미로운 존재가 되었다. 나는 그에게 나의 파트너 레이첼이 내 등을 찍은 사진들로 무장하고 구글을 뒤져 내 피부 상태에 대한 한 가지 가능한 설명이 암이라는 걸 알아냈다는 말을 하지 않았다―아직 그녀가 나에게 말하기 전이었기 때문이다.

내 몸 여기저기에는 다른 꿰맨 자국들이 있다. 하지만 어느 정도 나이를 먹은 뒤에는 누구나 몸에 각자 살아온 긴 삶의 흔적과 흉터가 있으리라는 건 당신도 충분히 짐작할 것이다. 또 몸의 구멍 대부분이 하나씩 의학적 침입을 경험하게 된다. 귀, 코, 목구멍, 눈(레이저로), 엉덩이, 좆, 질.

투팅 피부과 모험 후 얼마 지나지 않아 엉덩이 침입이 또 한 번 있었다. 밤에 오줌을 더 자주 누는 것 같아 지역 보건의에게 전립선 검사를 해주겠느냐고 물었다. 나는 이 검사를 받은 지 15년 정도 지났다. 나의 지역 보건의(나보다 몇 살밖에 젊지 않다)는 그러겠다고 했지만, 진행하기 전에 의료 관련 법 또는 윤리 때문에 나에게 관찰자가 배석하기를 바라느냐고 묻지 않을 수 없었다. 나는 웃음을 터뜨렸지만 그래도 그런 태도를 존중했다. 이윽고 그는 라텍스 장갑을 낀 손가락 하나―사실 두 개 또는 세 개처럼 느껴졌다―로 뒤적거리다 선언했다. "음, 전립선암은 없다고 거의 자신합니다. 하지만 원하신다면 피검사를 해볼 수는 있어요." 반드시 해야 한다거나 시급하다거나 하는 암시는 없었지만 해볼 만한 가치가 있다는 생각이 들었다. 그는 몇 가지 전제 조건을 말해주었다. 예를 들어 성적 활동 후에는 일흔두 시간이 지나야 검사를 받을 수 있다는 것.

나는 열흘의 여유를 둔 뒤 목요일에 내 표본을 주었다. 금요일 2시에는 레이철의 여동생 결혼식이 있었다. 하지만 9시 30분에 진료소에서 전화가 왔다. 평소의 지역 보건의가 아니라 다른 의사였다. 그는 불안과 경악 중간쯤 되는 목소리로 말했다. "선생님 피검사에서 전립선 쪽 결과는 아직 받지 못했습니다. 하지만 당장 가장 가까운 응급실로 가서 칼륨 수치가 6.5라고 말씀하시는 게 좋을 것 같습니다." 나는 이게 무슨 뜻인지 전혀 알지 못했지만, 가방을 집어 들고 이런 종류의 사건이 발생했을 때 보통 필수품이라고 여겨온 것들을 챙겼다. 초콜릿, 사과, 십자말풀이를 위한 조간《가디언》, 수첩, 아이폰. 그런 다음 워킹화를 신고 병원으로 출발했다. 코로나가 막 시작된 참이었다―이때로부터 석 주 후면 봉쇄가 시작되지만, 이탈리아에서 나온 온갖 증거에도 불구하고 영국 정부는 아직 태평했으며, 선술집에 가서 다른 사람들을 감염시킬 영국인의 신성한 권리를 방어하는 데 열심이었다. 응급실 대기실은 목도리와 마스크에 대고 기침하는 나이 든 사람들로 만원이었다. (물론 나도 '나이 든' 사람이었지만 기침을 하지 않았기 때문에 상대적으로 젊다고 느꼈다.) 나는 피검사를 받았고, 그 뒤에 한 번 더 받았다. 결과는 당혹스러웠다. 칼륨 수치가 정상인 4.4와 (내가 천천히 이해했다시피) 잠재적으로 생명을 위협하는 6.5 사이를 왔다 갔다 했기 때문이다. 가슴에는 심장감시장치를 달았다.

한 시간 정도가 지나자 응급실 의사가 나를 데리러 왔다. "성함을 보는 순간 내가 선생님을 맡아야겠다고 생각했죠." 그녀가 말했다. 그 말을 듣고 병원이 책깨나 읽는 사람들이 사는 햄스테드에 있는 게 다행이다 싶었다. 그녀는 존 르카레 옆집에 산다고 말했다. 우리는 르카레 이야기를 했고, 잠시 후 그녀는 내 글에 관해 물었다. 출판 기념행사를 하는 느낌 비슷했다. 다만 청중은 한 명이고, 그녀는 내내 컴퓨터를 들여다보고 있었다. 그러다가 잠시 말이 끊어지더니 그녀는 대답 비슷한 걸 내놓았다. "음, 이게 백혈병인지 아닌지 잘 모르겠네요." 가장 먼저 든 생각은 '아, 그러니까 지금 **이게** 통보를 받는 상황이로구나'였다. 하지만 나 자신도 놀랄 만큼 나는 아주 차분했다. 다른 건 몰라도 이 점은 흥미로웠다. 나는 "인지 아닌지"가 그럴 확률이 높다는 뜻일 거라고 가정했다. 또는 더 길게 보면 그렇게 될 수도 있다는 뜻. 나는 백혈병이 처음 내 의식에 들어온 것이 케이 켄들의 죽음 때문이었다는 게 떠올랐다. 당시 "화려한 붉은 머리"라고 묘사되

던 그녀는 케네스 모어와 여러 영화에 나왔다. 왜 그 런던-
브라이턴 자동차 경주에 관한 영화에서…….

나는 제멋대로인 칼륨 수치, 그리고 그 의미에 관해 물었
다. 그건—내가 거기 있게 된 이유지만—사실 중요하지 않
았다. 내 수치는 아주 정상이었다. 하지만 백혈병일 수도 있
고 아닐 수도 있는 게 생겼을 때는 비정상적으로 높은 혈액
(적혈구, 혈소판)의 수치가 기계에 혼란을 일으켜 칼륨 수치도
극단적으로 높다고 생각하게 만드는 일이 벌어진다. 내가 기
억하는 바로는 대충 그런 내용이었다.

이윽고 누군가 나타나서 말했다. "모시고 건너편으로 넘
어가야 할 것 같습니다." 나는 이런 표현을 처음 들었다. 가
령 핀스트라이프 정장 속에 정체를 숨긴 천사가 이후 상황
이 어떻게 전개되는지 보여주기 위해 주인공을 천국으로 또
는—그들이 천국에 가 있다면—다시 지상으로 데리고 가는
1940년대 미국영화 같은 데서 나올 것 같은 표현이었다. 나
는 누군가를 따라 긴 복도를 내려갔고, 간호사 근무대 바로
맞은편 방으로 안내받았다. 나는 워킹화를 벗고 침대에 올라
갔다. 부자연스럽게 느껴졌다. 오후 2~3시밖에 안 되었으니
까. 설가 누워 **자란** 말은 아니겠지? 사람들이 들어왔다 나갔
다 했다. 가슴에 감시장치가 더 붙었다. 정기적으로 맥박을

쟀다. 금고에 맡길 귀중품이 있느냐고 물었다. 아니, 지갑은 그냥 갖고 있겠다, 그게 내 유일한 귀중품이다("내 목숨 말고는, 내 목숨 말고는……"). 나는 그렇게 대답하고《가디언》십자말풀이를 했다.

5시쯤 또 새로운 사람이 나타나서 말했다. "집에 가시는 게 좋겠습니다. 혈액내과 쪽이 주말에는 일을 안 하기 때문에 여기 계시는 게 의미가 없습니다." 그래서 내가 정식으로 입원했다는 사실을 미처 깨닫기도 전에 퇴원했다.

소설에 흔히 나오는 표현대로, 이때 런던의 다른 곳에서는……. 병원 안에서는 내 아이폰에 신호가 잡히지 않았지만, 한 번 밖으로 나와 레이철과 통화를 할 수 있었다. 나는 그녀에게 내 칼륨 수치가 6.5이고 지금까지는 그게 병원에서 알아낸 전부라고, 추가 검사를 하게 될 거라고 말했다. 그 다음부터 나는 무선통신 휴식 상태였다. 레이철은 여동생 결혼식에 참석한 터였는데, 그 여동생은 공교롭게도 런던 다른 병원의 응급실 책임자였다. 손님들 가운데는 의사가 아주 많았고, 그 의사들 가운데는 내가 그때 입원 환자로 있던 바로 그 병원의 응급실 책임자도 있었다. 또 병원 전체 책임자도 있었다. 그래서 아마도 그곳에 내 칼륨 수치에 관한 말이 퍼졌던 모양이다(내가 있던 곳에서는 의미 없는 수치로 결론이 났지만). 오후와 저녁 시간이 흘러가고, 술을 마시고, 아바를 주제로 한 공연이 시작되었는데, 평소에 레이철을 좋아하던 여의사 하나가 레이철이 앉은 자리 옆을 지나가다 작은 소리로 말했다. "칼륨 수치가 그 정도면 **정말** 높은 건데요." 그리고 잠시 후에, "6.5라, 흠……." 그러더니 마지막으로 한마디. "당신이 혼자 될 날을 기다리고 있을게요." 그 말을 듣고 나는 이게 그런 상황에서 의사들(아니, 정상적인 사람들)에게 예상할 수 있는 딱 그런 행동이라고 생각했다. 응급실 의사들에게 교수대 유머●를 허용하지 않는다면 누구에게 허용할 것인가.

이로부터 석 주 후 나는 혈액내과 자문의사를 만나 대략적인 진단을 받고, 500밀리미터의 피를 곧장 뽑았고, 그 뒤에 골수 조직검사가 이어졌다. 사흘 뒤에는 봉쇄가 시작되어, 정확히 같은 순간에 내 삶은 두 가지 형태로 정체停滯되었다. 집에 머물러야 한다는 것, 그리고 나의 혈액암을 '관리'해야 한다는 것. 몇 달 전부터 멈칫멈칫하며 소설 한 편을 쓰기 시작한 게 다행이었다. 어떤 면에서는 그 작업의 존재와 그것에 대한 기대가, 바라건대, 나에게 안정감을 줄 것 같았다. 우

●  죽음을 소재로 한 농담.

리 동네 서점에서는 고객들이 전에는 절대 '손을 대지' 않던 길고 유명한 소설을 마구 사들이고 있다고 알려주었다. 『율리시스』 『전쟁과 평화』 『미들마치』……. 나는 이런 움직임이 미심쩍게 여겨져, 주인에게 사람들이 곧 다시 원래대로 돌아가 읽기 좋은 짧은 책을 찾을 거라고 장담했다. 봉쇄가 주는 괴상한 스트레스들로 인해 장기간의 집중이 더 힘들어질 거라고 확신했기 때문이다. 나 자신은 잉마르 베리만의 영화 DVD 서른 편 박스 세트를 주문하는 것으로 봉쇄의 첫 몇 달에 대비했다. 어떤 친구들은 이게 아주 병적이라고는 할 수 없어도 좀 괴상하기는 하다고 생각하여 빈정거렸다. "웃음보가 터지겠군그래." 나는 베리만이 유머 작가로서 과소평가되었다고 이의를 제기했다. 위대한 예술은 늘 위로를 준다고 덧붙이지는 않았다. 마침내 박스 세트가 도착했고, 거기에는 내가 보지 못했던 영화가 많이, 또 들어보지도 못한 영화도 일부 포함되어 있었다. 하지만 영화들 전체의 기조는 일찌감치 확정되었다. 첫 번째 영화는 제목이 「고통」이었고, 두 번째 영화는 「위기」였다.

나는 이론적이든 실제로든 죽음과 평생 씨름해 왔고, 여러 번 죽음에 관해 썼다. 하지만 "이게 백혈병인지 아닌지 잘 모르겠네요"라는 말의 섬뜩함에도 불구하고 사형선고를 받지는 않았다. 대신 무기형을 선고받았다. 죽을 때까지 암과 함께 살라는 선고. 혹시 어떤 유전적 개량으로 나의 난폭해진 골수를 고칠 가능성이 있는지 확인차 물어보았을 때—당신도 확인해 봐야 한다—내가 들은 대답은 (더 과학적인 용어들이 섞여 있었지만) 어림없다는 것이었다. 나는 명랑한 염세주의자로서 어떤 상황에서든 좋은 점을 찾는 경향이 있다. 이 때도 병원에 간 덕에 아바를 주제로 한 결혼식에 빠질 수 있었던 건 좋은 점이었다. 그러나 저울에서 암 진단 반대편에 올려놓을 만큼은 아닌 것 같았다.

진단 후 첫 몇 달 동안 엄청난 양의 피를 뽑았다. (그걸 나중에 어떻게 처리하느냐고 물었더니 쏟아버린다는 답이 나왔다—처음에 뽑은 피는 이론적으로 재사용할 수 있지만 별로 경제적이지는 않았다.) 내 수치는 점차 내려왔고, 나는 정기 혈액 검사와 자문의사의 결과 보고에 익숙해졌다. 종종 피곤했고, 가끔은 몹시 피곤했다—열한 시간을 자고, 오후에 낮잠을 또 자기도 했다. 하지만 정확한 이유를 아는 것은 이제 나의 관심사가 아니었다. 암 때문이든, 화학 치료 때문이든, 단순히 나이 때문이든, 아니면 그 셋 전부가 합쳐졌기 때문이든. 어쨌든 결혼식에서 레이철을 기다리겠다고 약속한 의사가 가능한 가장 오랜 시간을 기다릴 수밖에 없게 만들겠다고 나는 조용히 결심했다. '결심했다'는 어떤 면에서는 잘못 쓴 말이지만. 의지력이 결과에 영향을 주는 요인이라는 뜻을 내포하기 때문에. 사실 그렇지는 않다. 우리가 믿고 싶어 하는 것과는 반대로, 정신적 태도는 암의 결과에 영향을 주지 않는다. '용감'하든, 똥을 지릴 만큼 겁을 먹든, 고집스러운 자기기만이라는 중간 지점을 차지하든, 아무런 차이가 없다. 부고에 나오는 "그는 오랜 기간 암과 싸우며 용감하게 버티다 죽었다"는 말은 "암이 그와 오랫동안 용감하게 싸운 뒤 그는 죽었다"라고 읽어야 한다.

나는 윗부분을 기억에 의존해 썼다. 정확히 말하면, 원래의 기억에, 그 기억을 계속 되새기는 과정에서 달라진 부분이 섞인 것에 의존했다. 하지만 병원에 있는 동안 메모한 다섯 페이지를 보니 다음 항목을 잊거나 없앤 걸 알 수 있었다.

1) 응급실에서는 내 칼륨 수치 6.5는 잘못 나온 것이 거의 확실하다고 말했다. 진짜 수치는 4.4이고, 이것은 아무런 문제가 없었다(사실 정상이었다). 첫 번째 표본이 열에 노출되었거나 어떤 식으로인가 오염된 게 분명했다. 하지만 그들은 안전한 쪽을 택하여, 다시 검사를 해서 또 4.4가 나오면 집에 보내주

겠다고 했다. 그 시점에 나는 수첩에 적었다. "오, 이런—이게 이야기의 끝일 수도 있겠다—나는 치명적이지 않은 선에서 뭔가 기록할 만한 게 나오기를 바랐는데." 이 말은 진지하게 신들을 유혹하는 말처럼 읽힌다.

2) 내 책을 책꽂이에 몇 권 갖고 있고 존 르카레 옆집에 사는 응급실 의사는 "내 뇌를 보호하고 싶다"고 말했는데, 그 말은 당시보다 지금 더 감동을 준다. 그녀는 나에게 심전도검사를 받게 했는데, 나는 그것에 대해 "지루하다"라고 적었다. 그녀는 또 "이걸 잘못 처리하고 싶지 않아요" 하고 말했는데, 이것은 적절한 불안을 보여주며, 내가 전에는 의사의 입에서 들어본 적이 없는 말이었다. 그녀는 내 골수가 "넘치는 활력으로" 적혈구와 혈소판을 과잉생산하고 있다고 설명했는데, 그 표현이 주목할 만하다는 생각이 들었다. 그리고 이 시점에서 그녀의 결론은 "흠, 이게 백혈병인지 아닌지 잘 모르겠네요"였는데, 이 말은 약간 경솔하게 들린다. 그보다는 "아직은 이게 백혈병인지 아닌지 단정할 수 있는 상황이 아닙니다"가 나을 것 같은데. 그게 훨씬 정확한 의학적 진술이다. 나 자신이 이 과정 내내 아주 차분한 상태를 유지한다는 사실에 주목하면서 나는 덧붙였다. "캐나다인 의사는 훨씬 걱정하는 표정이다(이것은 좋은 징조일 리 없다)." 그녀는 나중에

나에게 치즈롤과 초콜릿을 갖다줬고 내가 돈을 줬지만 받으려 하지 않았다.

3) 나는 일반 침대가 아니라 바퀴 달린 운반대에 눕혀졌다. "가슴에는 새로운 것들을 부착했고 손가락에 클립도 끼웠다. 이번에는 '우리를 불러야 할 경우에 대비'하는 것이라며 호출 버튼도 줬다. 흠. 점점 흥미로워진다."

4) "내가 있는 방[간호사 근무대 맞은편] 천장에는 뒤에서 조명을 밝힌 가로 120센티미터 세로 60센티미터 크기의 천연색 사진이 있는데 파란 하늘에 하얀 솜구름들이 떠다닌다. 그걸 보니 기운이 난다. 왼쪽 벽에는 캠던 타운 지하철역을 찍은 벽화만 한 사진이 걸려 있다."

5) 나더러 응급실로 가라고 한 이유는 칼륨 수치가 높으면 '부정맥'이 올 수 있기 때문이었다. 그건 심장마비를 약간 완곡하게 표현한 말인 듯하다. (의사들이 뇌종양을 '병변'이라고 부르던 게 기억나는데, 이건 약간 덜 겁나는 표현으로, 환자가 정말로 알고 싶은 경우에만 질문을 하도록 유도한다. 반면 '종양'은 피할 수 없게 직설적으로 들이닥친다.) "그래서 이제 그 걱정은 하지 않고 혈소판 수치가 높은 것만 걱정하고 있다(500이 아니라 1000)." "여러 차례 복부 검사와 가슴 압박―전혀 아프지 않다. 이건 백혈병일 가능성은 크지 않다는 뜻이다. 백혈병

이라면 뼈에 통증이 있다.”

6) 마지막 메모 가운데 하나. “십자말풀이는 거의 끝나간다. 그런데 **자작농의 정어리**YEOMAN’S SARDINE라는 표현이 있을 수가 있나? 다시 피검사. 질문. ‘혼자 사세요?’ ‘네.’ 그다음에는, ‘하시는 일이 있나요?’ 나는 웃음을 터뜨리고 [하도 웃는 바람에] 그녀[간호사]가 말한다. ‘그럼 나머지 질문은 하지 않을게요…….’ 다른 질문은 아마도 ‘인공항문 주머니가 있나요?’ 등등이리라.”


“아직은 이게 백혈병인지 아닌지 단정할 수 있는 상황이 아닙니다”와 최종 진단—‘단지’ 혈액암의 한 종류에 불과하다는 것을 알게 되었을 때—사이의 휴지 상태에서 자연스럽게 나는 끝나든 안 끝나든 나의 마지막 책이 될 책을 이루게 될 메모를 하기 시작했다. 대부분의 사람이 아마도 이런 상황을 상상해 보고, 나라면 어떻게 대응할지 생각해 본다. 나의 대응 방식은 딱 한 가지였다. 적어라. 그래서, 2020년 3월 24일, 코로나 때문에 전국이 봉쇄된 날, 나는 공책의 새 페이지에 “예전에 줄스는”이라는 잠정적인(잠정적으로 끔찍하고, 교활하게 자기연민을 드러내는) 제목을 적었다. 초고는 두 페이지 반밖에 채우지 못했다. 다음이 몇 가지 항목이다.

- 이것은 끝의 시작이다.

- 나는 현재에 살지만, 나의 미래는 과거로만 존재할 수 있다.

- 나에게 파트너가 있다는 사실을 알고 있던 자문의사는 우리
가 혹시—혹시 더?—자식을 가질 생각이 있는지 물었다.
"아니요." 나는 대답하고 나서 레이철이 폐경했고 이미 자기
자녀 둘이 있다고 설명했다. 의사는 계속해서 자신이 하던 생
각을 의무적으로 마무리했다. "왜냐하면 우리는 그걸 권하지
않고 또 차단식 피임을 권고하기 때문입니다."

- 검은 장갑을 낀 집배원이 초인종을 누르고 계단에 소포 두 개
를 두고 간다. "우리가 들은 대로네." 오늘 이후로는 신문이
배달되지 않을 것이다. 영국인은 화장지, 손 세정제, 비누, 또
건조 파스타나 토마토 통조림을 비축해 놓았다. 우리는 이탈
리아에 두 주 뒤처졌는데, 이탈리아는 매일 사망자 수를 확인
하는 것도 고통스러운 상태다.

- 주위에 역병이 기하급수적으로 퍼지는 동안 자기 집에 격리
되고 갑자기 혈액암 환자가 되어버린 작가. 형편없는, 또는
적어도 진부한 소설처럼 들린다. 하지만 쓸 만한 주제들도 있
다. 예를 들어, 그는 코로나바이러스로 죽고 싶지 않기 때문
에 자가 격리에 철저하다. 그보다는 혈액암으로 죽는 쪽이 훨

씬 낫다. 단지 죽음까지의 기간 때문만은 아니다. 응급의학과 전문의들에 따르면 코로나에 의해 목 졸리는 듯한 호흡 곤란으로 죽게 되는 석 주의 기간은 고통스러울 뿐 아니라 지켜보는 것도 매우 끔찍하다. 그는 자신의 병으로 죽고 싶다. 다른 모든 사람의 병으로 죽는 건 사양이다.

– 그래서 병의 영향, 또는 그 끝의 성격도 알지 못하면서 혈액암 쪽을 택한다. 이게 속물근성일까? 약간은. 그는 허파, 또는 간, 또는 엉덩이, 또는 뭐가 됐든 다른 곳에는 원치 않는다. 겉이든 안이든 자신의 조각들이 잘려 나가는 걸 원치 않는다. 혈액암은 더 사적이고 개인적인 형태의 암처럼 느껴진다. 실제로 혈액암이 진행될 때 과연 그런 느낌일지 아닐지는 아무도 모른다. 어쨌든 그 끝에는 시체가 될 것이다. 바이러스가 먼저 그를 잡지 않는다는 가정하에.

– 네덜란드 총리는 6년 치 공급분이 있으므로 화장지를 비축할 필요가 없다고 국민을 안심시킨다. 독일은 다른 백신보다 진보한 백신을 개발하고 있다. 유럽에서는 의료 문제에서 국경을 넘은 협력이 이루어진다. 하지만 우리는 그곳을 떠났다. 아직 법적으로는 아니지만 사실상.

– 또, 이건 내가 책임을 느낄 만한 종류의 암이 아니고, 따라서 죄책감을 가질 필요가 없다. 오, 내가 담배를/술을 너무 많이

하지/초가공식품을 너무 많이 먹지 않았더라면……. 이건 몸이 늙어 부서지기 시작하면서 자신의 최선의 이익에 등을 돌릴 때 생기는 암이다. 이것은 무작위적이고, 아무런 특별한 의미가 없다. 그저 우주가 자기 일을 하는 것일 뿐. 이 암의 전개와 대단원에 도덕이나 목적을 집어넣지 마라.

– 브라이언 무어는 "어떤 다른 새끼가 나타나서 나 대신 끝낼까 봐" 소설을 쓰던 중에 죽고 싶지 않다고 말했다. 나는 어떤 것도 쓰는 중이 아니다. '창백한 갈릴리인'●을 아주 조금 시작하기는 했지만 그건 어차피 너무 빨리 시작했다고 생각하고 있었다.

– 반세기 친구이고 이제 여든여덟에 혼자 살고 있는 커스티는 이미 반 격리 상태였지만 자가 격리를 훨씬 강화하여 아예 바깥에 나가지를 않는다. 왜? 위기가 정점에 이르고 장비가 부족해지면 의사들은 누구에게 살 기회를 주고 누구는 곧장 '말기 돌봄'으로 보낼지 결정해야 할 것이라고 설명한 텔레비전 프로그램 때문에. 커스티는 울면서 누가 자기 때문에 그런 도덕적 결정을 내리는 일을 겪게 하고 싶지 않다고 말한다. 세상에 성인은 없지만 그래도 그녀에게는 성인 같은 면이 많다.

●　작가의 장편소설 『우연은 비켜 가지 않는다』를 가리킨다.

- 이렇게 쓰면—쓸 때는—차분해진다. 단어에, 최대한 진실하게 표현하는 것에 집중. 팻[나의 아내]이 죽어갈 때도 마찬가지였다. 공포와 고통에 관해 씀으로써 공포와 고통이 다가오는 걸 막았다. 그것은 쓰지 않을 때 다가왔다. 또 나는 병원에서도 차분하다. 이것은 우리가 지금 해야 하는 필수적인 일이며, 최선의 방법은 맑은 정신과 맑은 마음을 유지하는 것이다.
- 내 일정표의 몇 주는 텅 비어 있고 저녁 식사, 콘서트, 오페라, 외출은 취소되어 금이 쭉쭉 그어져 있다. RFH는 전에는 로열 페스티벌 홀Royal Festival Hall을 의미했는데, 지금은 로열 프리 호스피틀Royal Free Hospital을 의미한다.

이 메모에는 두 개의 딸린 메모가 있다. 하나는 "치료를 위한 혼자 분류 공상—배지"라는 내용이다. 코로나 초기 이 시기에 나는 내 친구 커스티와 마찬가지로 실제로 그런 일이 벌어지기도 전에, 진이 빠진 의사들이 누가 살고 누가 죽을지 빠르게 결정을 내릴 수밖에 없을 거라는 생각에 시달리고 있었다. 내가 호흡도 못 하고 말도 못 하는 상황에서, 아마도 의식도 없을 상황에서 급하게 병원으로 실려 가는 상상을 했다. 의사들은 이 늙은 영감태기를 보고 곧장 '말기 돌봄' 쪽으로 결론을 내리지만 그들 가운데 하나가 내 옷깃에 달린 배지를 본다. 거기에는 이렇게 적혀 있다. **하지만 나는 부커상을 탔습니다.** 그래서 나는 잠시 유예를 얻는다. 다만 그런 배지가 권위를 앞세운 특별대우 요구로 비친다면, 그런 경우에는……. 흠, 어차피 나는 결과를 알 수 없을 것이다.

두 번째 메모에는 "밤에도 질주하는 뇌"라고 적혀 있고, 《업저버》에서 30년 이상 문학 편집자 일을 한 친구 테런스 킬마틴이 언급되어 있다. 테리는 겸손하지만 영리한 사람으로 본업 외에 여가를 보내는 소소한 방법으로 프루스트의 『잃어버린 시간을 찾아서』 전체를 다시 번역하는 일을 했다. 그는 60대 초에 전립선암에 걸렸는데 몇 년 차도가 있나 싶더니 재발하여 암이 뼈와 뇌까지 퍼졌다. 그가 어느 날 저녁 늦게 전화를 했는데 그의 뇌는 한 가지 생각을 쥐고 질주하고 있었다. 그것은 자신의 중요도를 낮추는 것이었다. "이건 나보다 조애나[그의 부인]한테 훨씬 나빠." 나는 이 말을 이해할 수가 없어 혼잣말을 했다. "하지만 테리는 지금 **죽어가고 있잖아.**" 뭐가 그것보다 나쁠 수 있을까?

테리는 1991년에 죽었다. 17년 뒤 팻이 죽었을 때 나는 그가 한 말의 의미를 이해했다. 모든 죽음은 2차 피해를 준다. 죽어가는 사람은 곧 아무것도 느끼지 못하는 반면, 슬픔에 시달리는 사람은 앞으로 긴 세월 동안 그 영향을 받게 된다.

그래, 나는 그래도 그게 테리에게 더 나빴고 지금도 나쁘다고 고집스럽게 주장하지만, 그러면서도 테리가 왜 "이건 나보다 조애나한테 훨씬 나빠" 하고 말했는지는 알 수 있었다. "하지만 조애나의 입장이 되어 슬픔을 충분히 겪어보니 지금은 내가 더 쉬운 일, 즉 죽는 일을 하고 있다고 생각한다(그리고 그 과정에서 약간의 도움을 받게 되리라 믿고 있다). 내가 가장은 아니더라도 몹시 두려운 것은 레이철에게 안겨주게 될 슬픔이다."

그러나 내가 행운의 제비를 뽑았다고 혈액 전문의가 확인해 주면서 이 초고는 더 진전되지 않았다. 나는 나중에 그런 부정확한 칼륨 수치를 가리키는 말이 가성 고칼륨혈증이라는 것을 알게 되었다. 또 내가 심장마비로 이어질 가능성이 높은 상태에 있다고 여겨져 서둘러 병원으로 가라는 말을 듣는 동안, 그 상태와 다르기는 하지만 똑같은 결과에 이를 수도 있는 상태에 놓여 있었다는 점을 생각해 보게 되었다. 똑같은 결과 아니면 뇌졸중. 그 상태를 통제하기 전 나의 혈소판 수치는 1000에서 1600까지 뛰었다.


나는 로열 프리 호스피틀에 입원했다가 퇴원한 바로 다음 날 《가디언》 십자말풀이의 답을 찾아보았다. 당연히 **자작**

**농의 정어리** 같은 표현은 없었다. 그것은 **자작농의 섬김**YEO-
MAN'S SERVICE<sup>●</sup>이었다.

3부를 시작하면서 내가 기억에 의존하여 쓴 나의 혈액암 이야기가 있다. 또 병원에서 긁적거린 메모, 그리고 놀라서 적은 짧은 텍스트 "예전에 줄스는"이 있다. 그것 말고도 네 번째로 이 글의 중심을 이루고 있는 동시 발생적인 이야기, 즉 공식적으로는 비공식적인 내 일기에 적힌 이야기가 있다. 나는 반세기에 걸쳐 일기를 써왔는데 모든 일기가 그렇듯이, 이건 완전히 부분적이다. 그리고 대부분의 일기가 그렇듯이, 다른 데서 표현할 수 없는 진실을 말하는 게 목표다. 하지만 행복한 시간은 그 순간에 소진되는 경향이 있는 반면, 불행하고 황량하고 거짓되고 질투심에 사로잡히고 편협한 시간은 일반적으로 억눌렸다가 나중에 슬픔, 격노, 자기연민과 함께 일기에서 범람한다. 초기의 몇 부분을 다시 읽다가 나는 궁금해진다. 내가 정말 이랬던가? 얼마나 오랜 시간 동안? 나는 온화하고 다정하고 잘 웃는 청년이었다고 생각했다. 사실 그런 청년이기도 했다.

나는 일기에 개별적인 날이나 달을 표시하지 않고 매해 출발점만 표시한다. 대체로 일이 있을 때 타자로 쳐서 보통 192페이지짜리 하드커버 A4 공책 안에 그걸 붙여놓는다. 종이의 한쪽 면만 사용하므로 한 권당 96페이지가 된다. 지금은 18권째다. 각 페이지에 대략 450단어가 들어 있다고 하면 약 777,000단어가 된다. 나의 오래된 휴대용 계산기에 방금 나타난 이 수치는 어마어마해 보인다. 사람은 오래 살수록 더 편집광적으로 보이게 된다.

2020년 첫 페이지의 한 기록은 이런 내용이다. "며칠 전 비와 어둠을 뚫고 집으로 돌아오는 택시에서 나 자신이 안쓰러웠다. '발이 엉망인'● 날. 알레르기 발진이 재발하고, 전립선의 약한 경보……. 그때 젊고 눈먼 중국 남자가 젊은 보호자의 팔에 의지하여 [보도에서] 내 쪽으로 오는 게 보인다. 햄버거 가게로 가고 있는 듯하다. 택시가 앞으로 나아가자 눈먼 중국 남자 뒤에 또 한 남자가 보였다. 첫 번째 남자의 어깨를 붙들고 있었다. 그 뒤에 또 한 명, 그 뒤에 또 한 명……. 그래, 네가 받은 좆같은 축복에 감사하고 입 다물어라, 친구."

● Bad Foot day. 머리 모양이 마음대로 안 되는 bad hair day(모든 게 잘 안 풀리는 날이라는 뜻으로 사용된다)에 빗댄 말.

나는 늘 내가 받은 (비신학적인) 축복에 감사하려고 노력해 왔다고 생각한다. '리틀 메리 선샤인'● 방식은 아니지만, 삶의 유한성이라는 맥락에서 냉정하게 그것들을 관찰하면서. 하지만 행복도 불행도 통제할 수 없다. 즐거움, 기쁨, 정열적 관심은—이들의 네거티브 필름이라 할 수 있는 괴로움, 슬픔, 권태와 마찬가지로—잇따라 밀려오는 물결처럼 우리를 덮친다. 우리는 예방 조치를 하여 전자는 늘리고 후자는 늦추려 하지만 그런다고 해서 크게 달라지지는 않는다. 어쨌든 내가 보기에는 그렇다. 당신이 삶의 진실, 그리고 당신 자신의 진실을 배우고 받아들이고 싶은 경우에는. 반대로 그것을 외면하고, 속마음과는 다르게 명랑한 척, 심지어 행복한 척 하고자 할 수도 있고, 그게 어느 정도는 효과가 있을 수도 있다. 만일 주위 모든 사람이 자신이 행복하다는 데 의견이 일치한다면 아마 당신도 함께 행복할 수 있을 것이다. 당사자의 주장 외에 행복을 검증하는 진짜 기준은 없으므로. 나아가서 행복은 사회적일 수 있다. 부족의 규칙과 습관을 준수하는 데는 만족이 있고, 어떤 사람에게는 이게 효과가 있다. 설사 그런 규칙이나 습관을 기본적으로는 믿지 않는다 해도.

● 1959년 오프브로드웨이 뮤지컬의 터무니없을 만큼 낙관적인 주인공.

심지어 자기희생도 일종의 행복감을 불어넣을 수 있다.

예를 들어, 나는 최근에 내가 좋아하는 프랑스 소설가 프랑수아 모리아크의 『사랑받는 자와 사랑받지 못하는 자 The Loved and the Unloved』를 읽었다. 그는 가톨릭에 관해 내부자의 시선으로 쓰며, 그의 픽션은 소설이 전적으로 세속적 형식이라는 관념을 배격한다. 소설의 어느 지점에서 우리는 마담 뒤베르네라는 사람의 이야기를 듣게 되는데, 그녀는 평생 가장 엄격한 가톨릭 신자로 살았고 이제 죽어가고 있다. "그녀는 자신과 하느님 사이에 모든 게 좋다고 확신한다……. 그녀는 모든 것을 사소한 것 하나까지 준비해 놓았다……. 그녀는 하느님에 관해서는 걱정하지 않는다. 하지만 설사 하느님이 결국은 존재하지 않는다는 걸 발견해도 조금도 놀라지 않을 것이다. 이런 뼛속 깊이 가톨릭인 부인보다 초연한 사람은 없다."

나는 일기장으로 가서 나의 진단과 치료의 네 번째이자 가장 완전한 기록을 확인한다. 자기도취 때문이라기보다는 기억(그리고 기록)이 어떻게 작동하는지, 엄청나게 투입되는 '사실들'을 정신이 저장할 때 무엇이 잊히는지 보여주려는 것이다.

- 병원으로 출발할 때 나는 《가디언》, 사과, 초콜릿(일기에는 '에프터 에잇' 초콜릿이라고 명기되어 있다)만이 아니라 '작업 중인 위스망스 글의 출력본'도 가져갔다. 이후 일화를 말하듯이 이야기를 해나갈 때 왜 기억이 이 세부 항목을 걸렀는지 나는 잘 알 수 있다.

- 간호사는 금고에 보관할 귀중품을 맡기겠는지 물었을 때 "분실해도 병원은 법적 책임을 지지 않는다"는 양식에 서명할 것을 요청했다. 아마 이 조항 때문에 내가 지갑을 맡기지 않는 쪽으로 마음을 굳힌 듯하다.

- "거기 있는 약 일곱 시간 동안 얼마나 많은 사람이 나를 볼까/진료할까? 스물? 스물다섯? 국적, 민족 등은 달랐지만 모두 놀랄 만큼 능률적으로 보인다. 사실 경이롭다. 우리가 정말로 자랑할 수 있는 몇 가지 가운데 하나다. 그래서 나는 그것을 무너뜨리려는 존슨, 고브, 커밍스*와 그들을 지지하는 미국 대안 우파를 혐오한다."

- 처음 혈액내과에 갔을 때 내 기억과는 달리 피 500밀리리터가 아닌 1리터를 뽑았다. 나아가서 "다음 열흘 동안 '반스 최고의 피'를 1리터 [더] 뽑았다. 나의 혈액암은 척수 증식성 종

---

양 세 종류 가운데 둘인 '본질적(본질적!) 혈소판 증가증'과 '진성 적혈구 증가증'의 조합이다(나머지 하나가 뭔지 당신은 듣고 싶지 않을 것이다). 그리고 '관리 가능'이라는 말은 '다른 변이가 없는 한'이라는 뜻인데 이 변이 '가능성은 5퍼센트'다." 따라서 나의 기대 수명이 심각하게 훼손되지는 않았다. "물론 내가 엉덩이 암 등등도 걸리지 않는 한. 그 모든 게 흥미로웠다. 피 뽑기, 피검사, 동료 환자들의 경계심이 깔린 전우애. 나는 의사나 간호사와 이야기하는 걸 정말 좋아한다. 경찰관과 이야기하는 걸 좋아하는 것과 마찬가지로. 화학 치료는 처음에는 몹시 피곤했다……. 하지만 몸은 적응하고 있다. 식욕이 강해졌고, 밤에 대부분 열 시간 정도 잔다. 그리고 병원이 나를 석 달 동안 볼 필요가 없으니, 그건 승리다."

– "두 번째 피 뽑기. 이번에는 넉 주에 네 번 뽑았다. 사실은 3과 4분의 3번. 마지막 주에는 바늘이 제대로 들어가지 않아 피 주머니가 차기 전에 피가 굳기 시작했으므로. 내 적혈구 용적률을 끌어내릴 필요가 있다. 우연의 일치로 '투르 드 프랑스'<sup>●</sup>가 진행 중이고, 나는 선수들이 EPO<sup>●</sup>를 사용하던 시절을 기억하고 있다. 적혈구 수를 최대한 높여서, 젊고 열의에 찬 사

---

● Tour de France. 프랑스에서 매년 열리는 국제 사이클 도로 경주.
● erythropoietin. 에리스로포이에틴(적혈구 생성 촉진 인자).

이클 선수들이 무리하는 바람에 한밤중에 갑자기 죽던 일도."

– 2021년이 시작되면서 나는 일기에 석 달 동안 한 단어도 적지 않았다. "하지만. 암, 코로나, 브렉시트……. 느끼는 것은 많고 쓸 것은 적다." 그리고 "봉쇄 때문에 가끔 심리적으로 가라앉지만…… 나는 스펙트럼에서 가장 아늑한 끝에 가 있다." 나에게는 돈, 혼자 정상적으로 행복하게 하고 있는 일, 집과 정원, 가까운 거리에 공원 두 개—하나는 치료를 받으러 병원에 갈 때 가로질러 걸어간다—가 있다는 뜻. 일흔다섯의 나는 젊은 사람들보다 훨씬 형편이 나은데, 그들은 삶에서 1년 이상을 도난당하고 있다. 정부가 나를 '임상적으로 극히 취약한' 범주에 있는 사람으로 선포한 사실은 "거의 이점이다. 밖에 나갈 수도 없고, 나가서도 안 된다. 물론 나는 불편한 것들에 관해서도 개략적으로 말할 수 있지만—에너지 15퍼센트 상실, 피 뽑기, 기억 손실 증가—그래도 이것은 암 가운데 약한 편에 속한다. 수술도 없고, 방사선치료도 없으며, 죽을 때까지 알약 형태의 화학 치료뿐. 전보다 천천히 일을 하지만, 내 생각에 결과물은 여전히 전만큼 설득력 있는 듯하다. 피부 발진이 가끔 다시 나타나고(원인은 암) 발톱이 더 불규칙하게 자라고, 머리도 마찬가지고(원인은 화학 치료), 머리는 이틀에 한 번이 아니라 넉 주에 한 번 감으면 된다(원인은

봉쇄 더하기 화학 치료, 내 추측으로는). 전보다 더 배가 고프지만, 친구들은 내가 말랐다고 한다('암 때문이지. 날씬해지는 데 최고야' 하고 나는 대답한다)."

- "내가 하루에 섭취하는 것 : 화학 치료제 1그램, 혈액 희석제, 심바스타틴, 아미트립틸린, 비타민 D 구강용 스프레이. 그리고 가끔 자기연민에 빠지지만 절대 병을 두고 경쟁하려 들지 않는다. 이 무렵 나는 친구들과 함께 시골에 가서 머물렀다. 다른 손님들도 다 내 또래라, 아침 식사 때면 여러 명이 알약 상자를 꺼내 뒤적거렸다. 어떤 사람 것은 다른 사람 것보다 컸지만, 우리 가운데 우두머리 수컷이 자리에 앉으면 그들 모두 난쟁이가 되었다. 그는 1960년대 고층 건물을 축소한 건축 모델처럼 보이는 알약 상자를 꺼냈는데 거기 달린 작은 서랍은 발코니처럼 보였다. 그가 분명히 '이겼다'(그렇다고 그가 우리보다 실제로 더 아프다고 결론을 내리지는 않았지만). 그 이후로 나는 매일 섭취하는 것에 탐술로신 염산염을 추가했고, 주말에는 화학 치료 섭취물이 1.5그램으로 올라갔다."

- 그때는 미처 적어놓지 못한, 피검사 담당 간호사와 나눈 대화. 그녀가 내 팔에서 뽑은 피로 작은 유리병 두세 개를 채우고 있을 때 나는 그녀에게 어떤 종류의 예방주사를 맞았느냐고 물었다. "화이자요." 그녀가 즉시 대답했다. "나는 아스트

라제네카였는데.” 내가 말했다. 잠시 후 그녀가 덧붙였다. “아
니요. 농담이에요.”“백신을 안 맞았다고요?”“네.”“왜요?”
“확신이 없어서요.” 그녀가 대답했다. 나는 그녀에게 안 맞은
이유가 종교적인지 의학적인지 아니면 미친 인터넷인지는 따
져 묻지 않았다. “하지만 그게 존재한다는 데는 동의하죠?”
나는 그렇게 따져 물었다. “네.” 그녀는 한 손으로 내 팔에 연
결된 튜브를 붙들고, 다른 손으로는 머리 위에 큰 원을 그렸
다. “어디에나 있죠.” 나는 그 말에 공포를 느끼기보다는 놀랐
다. 우리는 둘 다 마스크를 쓰고 있었고 2~3분 동안 서로 아
주 가까운 거리에 있었다. 나중에 나는 자문의사에게 이 문제
를 물어봤다. 그의 말에 따르면, 의료진 가운데 아마 10에서
20퍼센트 정도가 백신을 맞지 않았을 텐데, 병원은 그들에게
주사를 맞으라고 다그치고 그들이 제1선 환자들과 떨어져 있
도록 할 수는 있지만, 백신을 맞도록 강요하지도 않고 강요할
수도 없다. 이것은 전적으로 분별력 있는 행동으로 보인다.

- 나중에는 다른 간호사와 대화를 나누고 일기에 이런 메모를
했다. “간호사가 평소처럼 내 피로 작은 유리병 두 개를 채우
고 있을 때 그녀에게 지금까지 채워본 최대치가 얼마냐고 물
었다. ‘115개요.’ 그녀가 대답했다. ‘그리고 두 번째는 53개.’
나는 잠시 어리둥절했다. 그게 그녀가 아침 또는 하루 동안

채운 최대치라고 생각했기 때문이다. 하지만 아니었다. 그것
은 사실 한 환자에게서 한 번 뽑은 수치였다. 정말이지 당신
이 받은 좆같은 축복에 감사해라."

그렇다 해도 나는 어쨌든 예상치 못했던 의학적 상황에 처
하게 되었다. 보통은 병이 나고, 동네 병원 그리고/또는 큰
병원에 가고, 치료가 되거나 되지 못하고, 또는 잠시 치료되
었다가 병이 재발하고, 그때 다시 치료가 되거나 치료가 되
지 않는다. 반면 내 병은 치료는 불가능하지만 관리는 가능
하다. 행복한 상태, 또는 적어도 말 잘 듣는 상태를 유지하도
록 매일 일정량의 화학 치료제를 먹여야 하는 늘 붙어 다니
는 벗. 나는 그걸 갖고 있고, 또 그게 나를 갖고 있다, 없앨 수
없이. 죽음을 처음 진지하게 생각했을 때 나는 하나의 이미
지를 떠올렸다. 우리를 기다리고 있는 어떤 것, 여행의 끝에
있는 종점, 다시 출발할 필요가 없는 도착지의 이미지가 아
니었다. 오히려, 나는 죽음을 늘 있는 것, 나의 삶과 나란히
늘어선 길에 있는 것이라고 생각했다. 어느 시점에라도 어떤
예상치 못한 일군의 요소가 죽음의 방향을 갑자기 트는 순간
죽음은 내 길을 가로지르며 나를 말살할 수 있다. 나는 지금
도 죽음을 그렇게 생각한다. 다만 지금은 나의 혈액암도 내

옆에 놓인 또 다른 길을 나와 함께 달리고 있을 뿐. 만일 죽음의 엔진이 방향을 틀어 우리 앞을 가로지르면 정확히 똑같은 순간에 암과 나는 함께 완전히 쓸려나갈 것이다. 나의 암이 안쓰럽다는 느낌이 들 정도였다. 어떤 식으로든 암을 의인화하지 않도록 조심해야겠지만. 어떤 암 환자들은 그렇게 한다. 그래서 종양에 자신이 가장 싫어하거나 경멸하는 사람의 이름을 붙인다. 보리스든 대처든 푸틴이든 누구든. 그런 행동을 하는 심리가 뭔지 나도 안다. 굴복하지 않겠다고 결심한 적에게 이름을 붙인 것이다. 하지만 우리가 알다시피 이것은 결과에 아무런 영향을 주지 못하는 정신적 전략이다. 어쨌거나 내 병에는 이름을 붙이거나 악담을 퍼부을 수 있는 중심이 없다. 그냥 넓게 퍼진 익명의 존재다. 사실 내가 방금 부른 것처럼 벗은 아니지만. 벗할 만한 느낌은 아니기에. 또, 어쩌면 이상한 일이지만, 그게 매일 나에게 죽음을 일깨우는 역할을 하지도 않는다. 나는 그걸 상기시키는 게 더 필요한 사람이 아니기에.

"치료는 불가능하지만 관리는 가능하다." 이건 꼭…… 삶을 두고 하는 말처럼 들린다. 안 그런가? 불가피하게, 이런 실존적 방정식을 피하려고 하는 일부 몽상가들이 있기는 하지만. 그들은 억만장자이기 십상이어서, 우주여행이나 편집 증적 환상에 빠져든다. 그들은 죽음의 덫에서 빠져나가는 길을 인간 수명을 연장하는 것, 노화 과정을 뒤집는 것, 호흡 속도가 느려져서 훨씬, 훨씬 오래 살게 되는 어떤 행성으로 인간을 보내는 것(그런 극단적 몽상가들이 제일 앞자리를 차지하겠지만)에서 발견할 수 있다. 그렇게 되기 전에 우리는 우리가 가진 유일한 행성을 쓰레기장으로 만들고, 삶을 미래 세대들이 살 수 없는 것으로 만들고 있다.

또 희망차게 인간 냉동보존술을 믿는 사람들도 있다. 그게 내 전문 분야는 아니지만, 내가 당신이라면 거기에 서둘러 뛰어들지는 않겠다. 인간 냉동보존 회사는 당신 돈을 받고 당신을 얼린 다음 테크놀로지가 발전하면 다시 살려내겠다고 당신에게 약속한다. 그동안 그들은 당신 돈으로 살면서, 아마도 당신에게 약속한 만큼 항상 미래에 충분히 주의를 기울이고 있지는 않을 것이다. 전기료가 오르고, 회사 책임자가 자금에 쪼들리면, 어느 순간 당신은 더는 신비해 보이지 않는 흔해빠진 냉장고에 담긴 찐득찐득한 물질과 뼈에 불과하게 될 것이다. 그렇게 되어도 냉동보존으로 얼어붙은 사람은 과실이나 계약 위반으로 회사를 고소할 수 없다. '알코 생명연장 재단'이 냉동보존한 야구 스타 테드 윌리엄스의 최근

사례를 보라. "안타깝게도 알코의 의사들은 그의 목을 자르고, 관자놀이에 구멍을 여러 개 뚫고, 실수로 머리뼈에 열 번 금이 가게 했다." 몸은 간데없고 두통만 극심한 상태에서 깨어나는 걸 상상해 보라. '아메리칸드림'의 모든 부분은 맛이 가고 있다. 이디스 워튼의 한 친구는 할리우드가 늘 추구하는 완벽한 공식이 '행복한 결말로 끝나는 비극'이라고 규정했다. 영화는 그렇게 될지 모르지만 삶은 그렇게 되지 않는다.

DEPARTURE ( S )

04

# 이야기의 끝

중간이 빠진 이야기를 어떻게 해야 할까? 당신도 상상할 수 있겠지만, 나는 당연히 이 생각을 해보았다. 그 결과 치료는 불가능하지만, 적어도 관리는 가능하다고 말할 수 있을 것 같다.

작가들은 대부분 편지를 받는다. 아내는 비꼬는 투로 내가 "편지를 받으려고" 작가가 되었다고 말하곤 했다. 그러면 나는 작가는 대부분 (전부는 아니지만) 비평가나 친구 아닌 사람의 반응을 알고 싶어 한다고 말하곤, 또는 설명하곤 했다. 나의 규칙은 모든 정중한 편지에는 답을 하지만 주소는 절대 밝히지 않는 것이다. 나는 평생 스토커가 한 명 있었는데, 그걸로 족하다.

어느 날 받은 편지에는 "과거에서 온 목소리"라는 제목이 붙어 있었고, 알고 보니 스티븐이 보낸 것이었다. 그는 일찍 은퇴해서(어디에서 은퇴했는지는 말하지 않았다) 이제 책 읽을 시간이 더 나기 때문에 나를 "따라잡고" 있다고 말했다. 그러더니 몇 가지 좋은 말을 해주었다―칭찬이라는 뜻이 아니라, 작가로 몇 년 지내다 보면 훨씬 갈망하게 되는 말. 즉 자신이 쓴 것의 정확한 재현, 그리고 그것에 대한 정확한 반응. ('정확한' 반응이라는 게 반드시 칭찬이라는 뜻은 아니다.) 만나자는 제안은 없었는데, 이것은 내가 기억하는 그의 성격과 어울리는 것이었다. 하지만 가만 보니 나는 그를 보고 싶었다. 이 말이 맞나? 어쨌든 그의 극히 조심스러운―이제는 다소 느슨해지기는 했지만―필체를 보자 약간 노스탤지어를 느꼈고, 호기심도 좀 느꼈다. 그래서 다음에 런던에 오면 만나서 한잔하자고 제안했다. 그는 이 점에서도 적절하게 행동했다. 며칠 뒤 곧바로 들이닥치는 게 아니라 여섯 주 뒤에 다시 연락했다. 우리는 역에 있는 호텔의 바에서 만나 우리 삶을 하나하나 확인했다. 그는 결혼, 현재 오스트레일리아에 있는 자식 하나, 우호적인 이혼. 나는 결혼, 무자식, 홀아비. 그는 회사 일로 세계를 돌아다니고. 나는 타자기와 함께 집에 있고. 기타 등등.

이야기를 나누다 나는 진을 생각한 적이 있느냐고 물었다.

"자주 하지." 그가 대답했다. 나는 이것이 그다운 진실하고 정확한 답이라고 생각했다. '늘 해'라면 내가 움찔해서 피했을 것이다. '가끔'이라면 흥미를 느끼지 않았을 것이다. 하지만 '자주'는 그 말이 진심이라는 뜻이었다.

"진은 어떻게 됐는지 궁금해." 나는 말했고, 이것은 어쩌면 솔직하지 않았다.

스티븐은 절대 솔직하지 않은 적이 없었고, 그의 대답이 그것을 보여주었다.

"진을 다시 만날 수 있게 네가 도와주었으면 해."

"주소도 없는데. 어디 사는지 전혀 몰라."

"나한테 있어. 전자우편 주소지만. 정원 사업을 하고 있어."

"그런데 내가 왜 필요해?"

"우리는 전에도 네가 필요했잖아." 그가 말했다. "너 때문에 우리가 만났지."

"그래, 하지만…… 음, 우리 모두 이제 어른이잖아. 거의 연금 생활자 그런 거잖아."

"그래서 더욱더 네가 필요하지."

나는 입을 다물었다. 한편으로는 그가 "우리는 전에도 네가 필요했잖아"에서 '우리'라고 말한 방식을 생각하고 있었다. 그들은 이제 '우리'가 아니지만 마치 그런 것처럼 말했다.

"스티븐, 나는 이게 정말 나쁜 생각 같아."

"왜?"

"절대 돌이키려 하지 마라. 자는 개는 그냥 둬라, 등등."

"네가 상투적인 표현에 기댈 줄은 몰랐는걸."

"가끔 상투적 표현은 그저 축적된 지혜일 뿐이기도 해."

그는 고개를 저었다. "그것도 상투적 표현이네." 그가 가끔 나에게 엄하게 굴던 게 기억났다. 내가 철학을 이해하려고 했을 때. 나는 이번에도 그게 마음에 들었다.

"너는 한 번도 없어?" 그가 물었다.

"한 번도 뭘?"

"돌이키려 한 적."

"있지, 한두 번. 마누라가 죽은 뒤에. 어쩌면 세 번."

"그래서?"

"늘 나쁜 생각이었어. 아니, 그건 진실이 아니군. 한 번은 좋은 생각이었고, 한 번은 그럴 뻔했고, 한 번은 나쁜 생각이었어."

"거봐. 어쨌든 이건 달라."

"왜? 어떻게?"

"나는 네가 아니니까."

적어도 그 말은 논란의 여지가 없었다.

‘화려한 재회.’ 어쩌면 주선하지 말아야 했는지도 모른다. 하지만 그때는 그게 좋은 생각 같았다, 다리에서 뛰어내린 남자들이 흔히 말하는 대로. 하지만 어쨌든, 판단은 당신에게 맡기겠다. 진은 이제 스윈던 외곽에 살고 있었고 나는 런던에서 가야 하므로 옥스퍼드가 적당한 중간 지점처럼 보였다. 그러면 어디가 적당한가 하면…… 뭐, 우리가 가곤 하던 지붕 있는 시장의 오래된 노동자 카페를 찾아보는 건 어떨까? 만일 그걸 찾지 못하면 늘 바깥의 갈고리에 사냥에서 잡은 걸 잔뜩 걸어놓던 정육점에서 만나는 건? 그 집이 아직도 있다면. 어쨌든, 이게 내 휴대전화 번호야.

그런 다음 스티븐에게도 똑같은 장소를 알려주었는데, 다만 시간은 30분 뒤였다. 나는 그에게 위치를 문자로 보낼 테니 진의 뒤쪽에서 테이블로 다가와 걸어서 지나가라고, 나는 그를 본 체하지 않을 테니, 한 바퀴 더 돌라고 말했다. 분위기가 좋지 않은 듯하면 두 번째도 그를 무시할 테니, 그 경우에는 한 시간 정도 뒤에 킹스 암스에서 다시 만나자. 반대로 괜찮겠다 싶으면 벌떡 일어나겠다.

“안 변했네.” 나는 진이 맞은편에 앉는 걸 보며 말했다.

“거짓말.” 그녀가 명랑하게 대답했다.

“음, 내 말은, 상황을 고려할 때 그렇단 거야. 하지만 아니, 정말 안 변했어.” 어설펐다, 나도 인정한다. 나는 그대로 남아 있는 골격이라든가, 눈, 미소를 들먹이며 설명하려 했지만, 그녀는 말을 잘랐다.

“네 책 가운데 어떤 건 마음에 들고 어떤 건 별로던데.”

“놀랍지도 않아.”

“네가 하는 그 하이브리드 작업. 그건 실수인 것 같아. 이거든 저거든 한 가지를 해야 해.”

예전 같으면 “음, 그래도 어떤 건 좋다니 됐네” 정도로 넘겼을지도 모른다. 하지만 이제는 단호하게 말했다. “네가 내 책을 좋아하지 않는 건 괜찮아. 하지만 내가 뭘 하려고 하는지도 모르고 책을 쓴다고 생각한다면 잘못 생각한 거야.”

그녀는 내가 쓸데없이 예민하기만 한 늙다리 새끼라도 되는 양 눈썹을 치켜올렸고, 그래서 나는 바로 본론으로 들어갔다.

“스티븐 생각은 해?”

“하지.”

“어떤 마음으로 생각해?”

“애정 어린 마음으로.”

우리는 ‘그때’와 ‘지금’ 사이의 그녀의 삶, 그리고 정원 사업에 관해 이야기했고, 나는 하이브리드에 관한 농담은 피했다(어쩌면 그녀는 꽃밭에서는 하이브리드를 좋아할지도 몰랐지만)―그 지점에서 나는 벌떡 일어났고, 어쩌면 약간 연극적으로 말했다. "악마 이야기를 하니까 말이야!"● 그런 뒤에, "합석하는 게 어때?" 그러자 스티븐은 40년 전에 그랬던 것처럼 진의 옆자리에 앉았다. 그는 그녀를 보고 있었지만, 그녀는 나만 보고 있었고 자비롭지 못한 표정이었다.

"너라는 소설가는," 그녀가 입을 열었다. 정말로 화가 났다는 걸 알 수 있었다. "너라는 좆같은 소설가는, 어쩔 도리가 없지. 안 그래?"

"음," 나는 대답했다. "나는 늘 형식이 주제만큼이나 중요하다고 생각했어."

"그래서 너는 지금 혼자 으스대기나 하는 좆같은 소설가인 거야! 이 모든 게 다 뭔가 생선 썩은 냄새가 난다고 생각했어." 그러더니 스티븐을 돌아보며 말했다. "봤지, 나는 지금도 딱 예전에 늘 하던 것만큼 욕을 해."

스티븐이 차분하게 말했다. "나는 늘 그게 마음에 들었어. 기억할지 모르지만."

● "악마 이야기를 하면 악마가 날개를 퍼덕이는 소리를 듣게 될 것이다"라는 속담을 줄인 표현.

진은 미소를 지었다. "아마 지금은 전보다 더할걸. 살다 보면 그렇게 되니까. 나는 그래, 어쨌든. 너는 언제 욕을 해, 스티븐? 어떤 상황에서?"

나는 내가 지금까지 이 절차를 관장했다 해도, 이제는 그 권한을 잃어버린 게 분명하다는 걸 깨달았다.

"음, 나도 욕을 하지, 그럼." 그가 대답했다. "가끔. 하지만 나 자신에게만, 내 생각으로는."

"맙소사, 스티븐, 저 애는 좆같은 소설가가 되어버렸고 너는 좆같은 성자가 되어버렸네."

그 지점에서, 다행히도 우리는 똑같은 순간에 모두 웃음을 터뜨렸고, 마치 시간이 아코디언처럼 짜부라져, 비록 잠시라 해도 우리가 중단했던 시점에서 다시 이어지고 있는 듯한 느낌을 받았다. 아니, 그건 정확하지 않다. 우리는 처음 출발한 지점에서부터 이어지고 있는 느낌을 받았다.

30분쯤 뒤 스티븐은 일어서며 이렇게 우연히 만나게 되어 반가웠다고 말했고, 그 말에 우리 모두 다시 웃음을 터뜨렸다. 그는 기차를 타야 한다고 말했는데, 그것은 "진하고 이야기가 끝난 뒤에 킹스 암스에서 보자"는 암호였다. 누가 소설가들이 삶에 요령이 없다고 말하는가? 아니면 교활하지 못하다고, 이 표현이 더 좋다면.

잠시 후 그녀도 가려고 일어섰을 때 내가 설명했다. "스티븐이 한 말은 나하고 킹스 암스에서 만나자는 거였어. 너도 같이 가서 이번에는 네가 놀라게 해주는 게 어때?"

"맙소사, 오늘 너 염병할 기분 째지는 날이구나."

사실 그랬다. 결국 그녀는 나를 따라 킹스 암스로 갔고, 나중에 나는 기차를 타야 했기 때문에 그들을 두고 나왔다. 그래, 나는 진짜로 가야 했다.

내가 일어서자 진이 말했다. "기회주의자시로군요, 미스터 반스."

하지만 그 말은 내 귀에 칭찬처럼 들렸다. 기차에서 나는 그 말을 생각했다. 내가 살면서 기회주의자였나? 때로는 그랬고, 때로는 아니었다. 하지만 그녀 말은 그게 아니었다. 그녀의 말은, 다른 사람들의 삶을 기회로 삼는 사람이라는 뜻. 하지만 그건 소설가가 다 그렇지 않은가, 기본적으로? 적어도 자기 책에서는.


레딩을 지나면서 나는 나 자신의 돌이키려던 시도, 그 가운데도 특히 한 경우를 생각했다. 그녀와 나는 오래전 오다가다 알게 되어 친구처럼 지내게 되었는데, 어쩌다 양쪽 모두 서로에게 관심이 커졌고, 동시에 날도 서 있었다. 그래서 서로 더 다가가기도 했고, 불안해하기도 했다. 가끔 들어가기도 전에 빠져나오고 싶은 느낌도 있었다. 무슨 말인지 알겠는가? 어쨌든, 우리는 점심을 먹었고, 저녁과 또 한 번의 점심을 먹었는데, 나는 어느 순간 그녀가 전에 입었던 빨간 코트를 떠올리고 있었다. 20년 전이었나? 더 오래전인가? 그러자 그녀는 자기는 절대, 한 번도 빨간 코트를 입은 적이 없다고 격렬하게 답했다. 입은 모습을 본 적이 있다고 내가 상당히 자신 있게 말하자 그녀는 말을 이어갔다. "망원경을 잘못된 방향으로 보고 있군요." 나는 내가 왜 이렇게 힐난당하는지 알 수 없었다. 예전의 어떤 사람을 기억하고, 그런 다음 천천히 그 사람의 지금 모습을 향해 다가갈 수도 있지 않나? 안 되는 모양이다. 그래서 나도 대응에 날이 섰고, 우리는—그냥 놔두었으면 뭐가 되었을지는 모르겠지만—시작하기도 전에 끝내버렸다.

나중에 그녀는, 그렇다, 사실 빨간 코트라고 생각했을 만한 게 있었다, 사실은 망토에 가깝지만, 하고 인정했다.

그래서 나는 나도 모르게 스티븐이 망원경으로 잘못된 방향에서 진을 보고 있는 건 아닌지 궁금했다.

프루스트는 어딘가에서 "두 사람이 서로에 대해 간직하고 있는 기억은, 설사 연인 사이라도, 똑같지 않다"고 말한 적이 있다. 나는 "설사 연인 사이라도"를 "특히 연인 사이일 때는"으로 바꾸고 싶다.

지금 깨달은 거지만 이 책에는 프루스트가 아주 많이 나왔다. 사실 나는 프루스트주의자도 아닌데. 하지만 그건 이미 드러났을 것이다. 방금처럼 주로 반박하기 위해 그를 인용하니까.


스티븐과 진에게 그들 이야기를 쓰지 않겠다는 약속을 했다고 당신에게 말했다. 사실 그보다 심각했다. 나는 그렇게 하지 않기로 **맹세**했다. 그렇게 하지 않기로 **성경을 두고** 맹세했다. 믿을 수 있는가, 21세기에? 무슨 대통령 선서처럼. 도널드 트럼프의 첫 취임 선서 기억하나? 수많은 전임 대통령이 헌법을 수호하겠다고 맹세할 때 사용한 성경을 제공하겠다는 말을 듣자 그는 자기 성경을 사용하겠다고 대답했다. 반역자, 반역자!● (어쩌면 흠정역의 1631년 인쇄본인 이른바 '사악한 성경'일지도 모르는데, 이 성경에서는 조판공의 실수로 제7계명이 '간음하라'가 되었다. 이 책이라면 그에게 어울렸을 것이다.) 이 때문에 취임식 절차에 대한 논의가 교착상태에 빠졌는데,

● Rebel, Rebel! 데이비드 보위의 노래 제목이기도 하다.

결국 트럼프가 두 성경을 **다** 놓고 헌법을 수호하겠다 등등의 맹세를 하기로 합의되었다. 결과적으로 성경이 두 권이 된 덕분에 우리 모두 그가 대통령직에서 두 배나 고결해지는 것을 보았다.

그래서 결혼 몇 주 전 진이 자신과 스티븐에 관해 절대 쓰지 않겠다고 성경을 두고 맹세하라고 요구했을 때 나는 그녀가 농담을 한다고 생각했다. 나는 차라리 에밀리 디킨슨의 시집을 두고 맹세하겠다고 말했다. 아니면, 나는 거기에 덧붙이려 했다, '크리켓 규칙집'이나 버스 시간표나 그 무렵에 나온 노동당 성명서를 두고 맹세하겠다고. 하지만 나는 진의 얼굴을 보는 순간, 그녀가 무서울 만큼 진지하다는 걸 알아챘다. 뭐, 내가 결혼하는 게 아니니까. 그렇게 넘어갔지만 나는 그녀의 불신 수위에 아주 강한 인상을 받았다.

나는 서재에서 표지가 말랑말랑한 성경—집에 있는 유일한 성경—을 가져오면서 책의 위쪽 단면에 쌓인 먼지를 불었다. 맹세할 때 성경을 허공에 들라고 할지, 아니면 대통령이 하듯이 한 손으로 잡고 다른 손을 올리라고 할지, 아니면 한 손을 그 위에 얹으라고 할지 궁금했다……. 아니, 사실 그런 생각은 전혀 하지 않았다. 부조리한 상황 때문에 지금 나는 기억을 비틀라는, 아니, 기억을 만들어내라는 유혹을 느끼고 있을 뿐이다. 내가 **실제로** 생각한 것은 맹세를 깨면 누가 나를 벌할 것이고, 어떻게 벌할 것이냐 하는 점이었다. 구약의 여호와가 불과 브림스톤으로 나를 삼킬 것인가? 브림스톤이 뭔지는 몰라도. 아니면 신약의 하느님이라면(지미 카터와 간음을 보라) 죄를 가볍게 봐줄지도 몰랐다. 하지만 이런 터무니없는 허구는 둘 다 실재하지 않기 때문에―또는 실재한 적이 없기 때문에―나는 신의 반격이 생길 가능성은 0 이하라고 계산했다. 우리는 영원한 무에서 오고 그곳으로 돌아간다. 이런 생각은 이미 죽은 자들을 향한 우리의 행동 방식에 영향을 줄 수도 있다. 반드시 그 방식을 정당화해 주지는 않는다 해도. 어쩌면 진은 내가 맹세를 깨면 나 자신의 양심이 벌을 내릴 거라고 생각하는지도 몰랐다. 어쨌든 한 무신론자가 다른 무신론자에게 나중에 결국 하게 된 일을 하지 않겠다고, 평생 삶의 지침으로 삼은 적이 없는 책을 두고 맹세하는 일이 벌어졌다.

스티븐의 경우는 달랐다. 우리는 함께 술을 마시고 있었다. 어느 시점에 그가 나에게서 눈길을 돌리며 조용히 말했다. "진과 내 이야기를 쓸 생각은 절대 하지 않기를 바라." 그래서 나는 대답했다. "물론 안 하지. 어차피 그런 식으로 되는 게 아니야." 그러자 그가 말했다. "좋아." 우리는 그 정도로 이야기를 마쳤다. 나는 구태여 글쓰기의 퇴비 이론을 설명하여 그를 귀찮게 하지 않았다. 하지만 지금은 묘하게도―아니, 그렇게 묘할까?―나는 진보다 스티븐을 더 배신했다고 느낀다.

최근 몇 년간 우리가 죽은 자를 기억하는 방식, 기억이 빠르게 신화가 되고 한때 살았던 사람이 일군의 일화가 되는(하지만 달리 뭐가 될 수 있을까?) 방식에 관한 생각에 자주 빠져들곤 했다. 아버지가 자주 하던 이야기가 기억난다. 아버지는 더비셔에서 자랐는데, 젊은 시절 한번은 집에 갔다가 축구 시합을 보러 갔다. 아버지는 입석 구역에 있었고 홈팀은 형편없는 모습을 보여주고 있었다. 어느 순간 홈팀의 공격수 한 명이 공을 몰고 원정팀의 골을 향해 돌진했다. "슛, 브래디!"● 아버지 바로 왼쪽에 있던 남자가 소리쳤다. 그러자 뒤에 있던 한 남자가 재치 있게 받아넘겼다. "브래디를 쏘면 안 되지. 저 씨발놈들을 전부 쏴버려야지!"

물론 "씨발놈"이라고 말하지는 않았다. 그러니까 아버지는. 아버지는 "염병할 놈"이라고 말했다. 나는 아버지가 평

● 브래디에게 골로 공을 차라는 뜻이지만, 쉼표를 고려하지 않으면 브래디를 쏘라는 뜻도 된다.

생 씹이라는 말이나 거기에서 파생된 말을 사용하는 걸 들어본 적이 없다. "염병할"이 아버지의 최대치였다(어쨌든 다른 사람들이 있는 자리에서는). 나는 그저 입석의 이웃은 "씨발놈"이라고 했을 거라고 가정하고 있으며, 그렇게 그 이웃이 말한 대로 전해야—아니 그 이웃이 그렇게 말했어야—이야기가 아주 조금이라도 나아진다. 선수의 이름은 기억나지 않는다. '브래디'는 내가 필요해서 지어낸 이름이다. 또 그 사건이 더비 카운티 운동장에서 벌어진 것인지도 확실치 않다. 또 아버지가 고향을 방문하러 돌아간 것인지도. 어쩌면 아버지의 초등학생 시절에 있었던 일인지도 모른다. 아니면 아버지가 대학을 다녔던 노팅엄에서. 하지만 나는 그 사건이 벌어진 장소와 시간을 제공해야 한다(언제? 어쩌면 한 세기 전에). 그러지 않으면 그들이 주고받은 말에서 일화의 얕은 깊이마저 사라져 버린다. 내 생각에 이야기의 중심적이고 근본적인 진실만 존중한다면 배경은 꾸며낼 수도 있다. 이 배경은 내가 지금 확인할 수도 없다. 아버지는 세상을 뜬 지 30년이 지났고, 브래디는, 이름은 그게 아니었지만, 아마 그보다 더 되었을 것이다.

"브림스톤brimstone이 뭔지는 몰라도." 내 사전에 따르면

"불타는 돌"●이라는 뜻인데, 아마도 뿔이 나고 꼬리가 달린 악마들이 그 돌을 당신에게 올려놓거나, 아니면 당신을 그 위에 올려놓을 것이다. 배경에는 그 돌이 녹아 부글거리고 가스를 분출하며 타오르는 호수들이 있을 것이다. 하지만 우리는 이제 지옥을 믿지 않으며, 브림스톤은 나비의 이름일 뿐이다. 멋진 도덕적 전이轉移다. 당신은 이 나비가 새빨갛게 달아오른 돌 색깔이라고 생각할지도 모르지만, 사실은 노란 미나리아재비 색이다(수컷의 경우— 암컷은 녹색을 띤 옅은 노란색).● 이건 약간 수수께끼다.

지옥이 사라지고, '비극의 시대'가 오래전에 지나고, 요즘 뜨거운 돌의 주된 용도는 마사지 치료다. 진은 나이가 들면서 온천 치료의 열성적 애호가가 되어, 뜨거운 돌, 냉탕, 진흙 목욕 등 모든 치료 과정을 갖춘 호텔을 찾아가 주말을 보냈다. 나는 그녀가 수건을 두르고 얼굴에 오이 조각을 올려놓은 채 누워 있는 모습을 상상하곤 했다.

더 큰 사전을 살펴보니 브림스톤은 유황과 동의어였다.● 그게 지옥의 냄새였다. 그리고 유황은 밝은 노란색이었다.

---

● burning stone. 예전에 브림스톤을 가리키던 말.
● 우리나라에서는 멧노랑나비라고 부른다.
● 우리말 성경에서는 브림스톤을 유황이라고 번역한다.

따라서 그 나비의 이름은 전혀 수수께끼가 아니다. 이제 당신도 내가 나를 교정하는 습관을 눈치챘을 것이다. 젊었을 때 나는 스스로 세상이 어떤지, 뭐가 진실하고 단단한지, 뭐가 순응적이고 부드러운지 안다고 생각했다. 자기 교정의 필요는 나이가 들면서 찾아온다, 반복하는 습관과 더불어. 아마도 죽어서 이생을 떠나는 것과 관련이 있을 것이다. 옛날에 죄와 잘못을 고백하던 것처럼. 지금은 죽기 전에 다른 종류의 결산을 한다. "단지 이거 하나는 바로잡고 싶을 뿐이야." 우리는 그렇게 말한다. 마치 그렇게 하면 크게 달라질 것처럼, 그 시점에, 또는 나중에라도.

어쨌든, 스티븐과 진 제2부로 돌아가자. 나는 그들의 연애—두 번째 연애—에 개입하지 않았다, 흔쾌히. 나는 스티븐의 부탁으로 그들의 재회를 위한 무대 연출까지는 했다. 나머지는 전적으로 그들의 몫이었다. 나는 이후 벌어질 수도 있는 상황에 나의 어떤 것도 투자하지 않겠다고 다짐했다. 어쩌면 그들은 지금 와서 40년 전에 그녀에게 빨간 코트가 있었는지 없었는지를 두고 말다툼하고 있을지도 몰랐기 때문이다. 나는 그들에게 책을 쓰느라 바쁘다고 말했다. 완벽한 핑계였다. 왜냐하면 이런 식이든 저런 식이든 나는 늘 책을 쓰고 있으니까. 그러다 넉 달 뒤 그들은 나에게 들러리가 되어달라는 전자우편—둘이 함께 쓴—을 보냈다. 교회 결혼식에서. 그때야 나는 사실 그들에게 많은 투자를 해왔다는 것을 깨달았다. 그 소식에 기뻤기 때문이다. 그 소식은 또 삶에서 좀처럼 보기 힘든 방식으로 하나의 이야기에 호弧 모양의 이상적인 서사 전개와 더불어 만족스러운 결말을 제공했다. 40년 전 나는 공적 예식에서 내 역할을 하고 싶었다. 그러다 이제야 마침내 그럴 기회가 찾아왔고, 나는 그 기회를 잡고 싶었다. 이번에는, 이 현실판에서는, 희극적으로 반지를 찾아 허둥거리는 일도 없을 것이고, 이중의미가 잔뜩 깔린 축사도 없을 것이고, 신랑을 과녁으로 삼은 끔찍한 농담도 없을 터였다.

그러나 들러리 축사는 결국 아예 할 수도 없게 되었다. 진은 그게 너무 싸구려 전통이라고 생각했다.

중년에 진은 개에 푹 빠져 개들과 함께 오랫동안 시골을 걷는 걸 즐겼다. 그녀가 스티븐과 다시 연결된 시점에 그녀의 개는 지미라고 부르는 잭 러셀 종이었다. 지미는 한배에서 난 새끼들 가운데 가장 약해서 진은 처음 그 녀석을 데려왔을 때 코트 호주머니에 넣고 돌아다니곤 했다. 이제 지미는 거의 한 살이 되었고, 몸은 아마 다 자란 상태였을 텐데, 그래도 작았다. 당신이 이 종의 개를 잘 아는지 모르겠지만, 잭 러셀은 일반적으로 사납고 한 성격 한다. 재치도 있다. (개가 재치 있을 수 있을까? 음, 내 친구의 잭 러셀은 배가 고프면 먹이 그릇으로 가서 발랑 누워 허공에 네 다리를 쳐들고 죽은 척한다. 그리고 누가 봐줄 때까지 그 자세를 유지한다.) 이 종은 공격성, 분노, 갑작스러운 변덕으로도 악명이 높다. 예를 들어 지미는 낮에는 누가 등을 쓰다듬어도 가만히 있지만, 해 진 뒤에는 누구든 물어버린다.

스티븐이 처음 진의 집에 갔을 때 그녀가 문을 열기도 전에 거가 사납게 짖는 소리부터 들렸다. 문이 열린 틈으로 그녀가 말했다. "지미하고 눈을 마주치지 마." 스티븐이 어루만지려 하자 지미는 그의 엄지를 세게 물었다. 나중에는 바짓가랑이와 구두끈을 물고, 어리석게도 지미가 움직이는 범위에 던져둔 스웨터에 오줌을 누기도 했다. 지미는 그저 자기 주인을 방어하고 있을 뿐이었다. 그 정도는 분명하고 일반적인 것이었다. 하지만 지미는 또 질투심 많은 조그만 씨발놈이기도 했다. 개의 머릿속에서 주인에게 위협적인 방식이라고 판단되는 자세로 스티븐이 진 앞에 우뚝 서 있는 모습이 눈에 띄면—예를 들어 스티븐이 진에게 차를 한 잔 가져와 진은 소파에 있고 스티븐은 서 있다거나 할 때—지미는 완전히 미쳐 날뛰었다.

하지만 스티븐은 끈질기게 그들과 함께 걷고, 지미의 똥을 치우고, '활달한 개들을 위한 칠면조 러스크' 말고 다른 것도 좀 먹어보라고 개의 먹이 그릇에 선데이 로스트●의 끄트머리를 채워주었다. 물론 노골적인 뇌물이었지만 좋은 전술이기도 했다. 점차 지미는 스티븐의 유용성을 알아보기 시작했고, 그의 큰 덩치에 좋은 점이 있을 수도 있다는 걸 깨달았다. 불꽃놀이는 말할 것도 없고 천둥번개가 칠 때도 지미는 스티븐 쪽으로 달려가 소파 끝과 남성의 따뜻한 허벅지 사이로 비집고 들어갔다. 결국 지미는 자신의 방어 의무 범위를 진의 집과 정원만이 아니라 스티븐의 집과 정원까지 확장하기로 했다.

지미 이야기를 계속하고 싶지는 않지만, 그의 수많은 매력적 특질 가운데 하나는 자신이 집이라고 생각하는 영역에 대한 침입의 가능성만 보여도 곧바로 경계에 들어간다는 것이었다. 이것은 눈에 보이는 인간의 침입에 한정되지 않았다. 편지가 문틈으로 들어오면 그게 떨어지기 직전에 가로채고 물어뜯어 굴복시켰다. 구멍이 숭숭 뚫린 가스요금 청구서를

●　Sunday roast. 영국 가정에서 전통적으로 일요일 점심에 먹는 로스트비프.

받아보는 게 진에게는 흔한 일이었다. 지미는 우편물을 물어뜯은 뒤에는—집배원을 물어뜯지 않는 게 천만다행이었다—생명이나 움직임의 마지막 표시가 사라질 때까지 짓밟곤 했다. 그런 후에야 만족하여 잠시 자기 침대로 물러났다.

나는 어린 시절 이후로 개와 살아본 적이 없었기 때문에 지미는 내가 개 속屬에 관해 모르고 있던 여러 가지를 가르쳐주었다. 예를 들어 "개가 그 토한 것을 도로 먹는 것같이"라는 성경 구절은 절대 비유가 아니다.


60대에는 '수사슴의 밤'●을 보낼 수 없다. 그래서 스티븐은 우리 집에 와서 화이트와인 두어 잔을 마셨다. 그는 나에게 교회에서 지미를 맡아줄 수 있느냐고 물었다.

"교회에서 지미를 들여보내 준대? 그거 아주 위험한데, 내 생각엔."

스티븐은 진과 함께 교구 목사를 만났다고 설명했다. 우선 둘 가운데 하나가 이혼했다는 사실은 아무런 문제가 되지 않았다. 교회는 요즘 장사를 하는 데 필사적이었기 때문이다. 지미의 참석과 관련하여 스티븐은 얌전하게 행동하기로 유

●　총각 파티를 가리킨다.

명한 작은 개 한 마리가 여주인과 동행하는 것이 허용되느냐고 물었다. 하느님의 모든 피조물 등등 하는 논거도 준비해 갔다. 하긴, 매년 동물을 축복해 주는 교회도 있어, 그 자리에 사람들은 절름발이가 된 조랑말, 연주창에 걸린 토끼 등을 데려가기도 하니까. 어쨌든 교구 목사는, 이후 수많은 결함을 드러내기는 했지만, 스티븐의 요청에 대해서는 자신의 경험상 예배 시간에 동물은 아기보다 훨씬 문제가 적다고 대답했다.

우리 집을 나서기 전 스티븐은 말했다. "놀라워. 지금 나는 올바른 일을 하고 있는 게 분명해. 처음하고는 같지 않아. 지금이 훨씬 풍부해. 이곳이 내 자리야. 내가 늘 있어야 했던 자리야."

스티븐이 간 다음에 진이 문자를 보냈다. "믿을 수 없을 만큼 신경이 곤두서네. 네가 내 손을 잡아줘야 할지도 몰라, Jx."●

나는 답했다. "당연하지. 어쨌든 아주 자연스러운 반응 같아. 불안 말이야. 손잡는 것도 그렇지만."

(진과 내가 한번 잠자리를 함께 한 적이 있다고 말했던가? 그래,

---

● J는 Jean의 약자. x는 키스를 가리키는 문자.

나도 그게 놀라운 일로 받아들여질 수도 있겠다고 생각했다. 어쨌든 불가피하게, 내가 호주머니에 반지를 잘 챙겼는지 재확인하는 동안 그 일이 불수의 자전적 기억의 모든 힘을 쏟아내며 내 머릿속에서 터져 나왔다. 우리의 마지막 해가 저물 무렵의 일이었다. 흔히 있는 학생스러운 일들 가운데 하나였다, 그렇게 말할 수도 있을 것이다. 그녀는 두 여학생과 아파트를 함께 쓰고 있었는데 주말에 그 둘이 집에 가고 없었다. 그리고 나는 그곳에 있었다. 스티븐이 어디 있었는지는 모르겠다. 어쨌든 우리는 결국 함께 침대에 들어갔다. 하지만 잘 풀리지 않았다. 나는 할 수 없다는 것, 또는 하고 싶지 않다는 것—그 차이는 종종 미세하다—을 알았다. 그렇다고 내가 너무 취한 상태였다는 말은 아니다. 그걸 핑계로 델 수는 없었다. "너를 너무 좋아하기 때문인 것 같아." 나는 그렇게 말했다. 불은 끈 상태였다. 그녀가 대답했다. "아니면 충분히 좋아하지 않거나." 그런 것은 아니었지만, 상황을 고려할 때 정당하고 재치 있는 대꾸였다. 어떤 면에서 그런 결과는 우리 둘 다에게 마음이 놓이는 일이었다. 스티븐을 배신하지 않았으니까. 사실은 배신한 것이었지만. 상황을 더 악화시키는 일이었지만, 우리는 밤새 그녀의 비좁은 일인용 침대에 그대로 있었다. 나는 잠들지 못한 채, 어떤 나쁜 일들은 결국 좋은 게 되기도 한다고 생각했다. 아니면 그 반대거나. 우리는 두 번 다시 그 일을 언급하지 않았다. 금기는 아니었고, 그냥 우리가 입에 올리지 않는 일이었다. 나는 그녀가 스티븐에게 말하지 않았다고 확신했다. 왜냐하면 성경 맹세에 관해 이야기하던 날, 진은 맹세의 효력이 미치는 범위에 '그날 밤'에 대한 모든 언급을 포함했기 때문이다.)

나는 그들이 교회 결혼식을 올리는 것에 약간 놀랐다. 스티븐은 그것이 진의 결정이라고 말했다. 진은 그게 표현은 하지 않아도 스티븐이 원하는 것임을 알 수 있다고 말했다. 둘 다 그게 자기보다는 다른 사람들을 기쁘게 하기 위한 일이라고 말했다. 두 사람 말로는, 대부분의 사람이 "정식 예식, 기억에 남을 만한 예식"을 원했다. 물론 여자가 순종을 약속하고 남자는 자신의 모든 재물을 주겠다고 약속하는 오래된 헛소리를 하는 그런 예식은 말고. 따라서 이 예식은 진지함을 벗어난 시대의 결혼식이 될 터였다, 내 말이 무슨 뜻인지 안다면.

교구 목사……. 음, 당신이 일요일 단골손님이 아니라면 그에게서 뭘 얻게 될지 절대 모른다. 안 그런가? 스티븐과 진을 두어 번밖에 만난 적이 없는 이 사람은 그들을—그리고 우리를, 가까운 친지, 먼 친척, 어중이떠중이를—"소중한 친구들"이라고 불렀다. 그래도 그 앞에 "그리스도 안에서"라는 말을 넣지는 않았다. 그러더니 스티븐과 진이 이 시점까지 살아온 삶을 마치 성경에 나오는 무슨 좆같은 우화처럼 요약했다. 잃어버린 양, 되찾은 양이라는 둥, 또 길 잃은 양 한 마리―이 경우에는 두 마리―가 무사히 집에 돌아오니 하느님의 품에 안겨 더 큰 기쁨을 맛본다는 둥. 거기에 또 돌아온 탕자 비슷한 이야기. 그런데 그가 이런 식으로 건방지게 그들의 삶을 다시 상상하는 짓을 마치자 어떤 사람들은 박수를 쳤다! 그게 요즘에 사람들이 교회에서 하는 또 하나의 행동이다. 나는 교회에서 박수를 치기 시작한 게 젊은 사람들이었다고 생각한다. 나 자신은 두 손을 양옆에 꼭 붙이고 있었다. 그리고 그 저항하기 힘든 요구―새언어●식 표현은 기억나지 않는다―그러니까 이 둘이 거룩한 그 뭐라고 하나, 어쨌든 그거 안에서 결합하지 말아야 할 정당한 이유나 장애를 아는 사람은 지금 말하거나 아니면 영원히 침묵을 지키라는 요구가 제시되었을 때 나는 반쯤은 말하고 싶었다. "음, 나는 신부와 한 침대에 든 적이 있습니다만." 그러나 나는 그 순간에 영웅적인 자제력을 발휘했다.

사실 나는 우울과 자기연민의 해묵은 혼합물이 다가오는 걸 느꼈다. 그걸 막아주는 건 우습게도 지미였다. 지미는 앞

---

● 새언어(newspeak)는 조지 오웰이 『1984』에서 제시한 전체주의 국가의 공식 언어다.

줄의 내 두 발 사이에 엎드려 흠잡을 데 없이 행동했다. 스티븐은 처음 물린 직후 지미에게 주홍색 목걸이를 사주었는데 그 둘레에는 **개조심**이라고 적혀 있었다. 하지만 진이 결혼식을 맞아 그 칼라에 봄 야생화를 둘러놓았기 때문에 사람들은 지미를 보고 탄성을 지르고 심지어 (잎 뒤의 경고문을 읽지 못한 사람들은) 쓰다듬기도 했다. 하지만 예식이 진행되던 어느 순간 작지만 귀에 익은 소리가 들렸다. 개가 긁는 소리였다. 그거야 해될 게 없지, 나는 생각했다. 하지만 아래를 보자 지미가 아주 꼼꼼하게 목걸이의 꽃을 없애고 있는 게 눈에 들어왔다. 마치, 이런 식으로 예쁘게 꾸며 개의 존엄을 훼손하지 말라, 하고 말하듯이. 나는 꽃잎과 줄기가 교회 바닥에 차츰차츰 쌓이는 것을 눈여겨보며 미소를 지었다. 대부분의 소설가가 그렇듯이 나 또한 종종 일상을 해석하거나 비유적 설명을 하고 싶은 유혹을 느끼지만, 이 순간만큼은 이 사건을 글로 썼을 때 약간 더 불길해 보일 수도 있을지, 혹시 일종의 전조로 보일 수도 있을지, 마치, 앞으로 다가올 세월이 모두 햇살이고 봄꽃은 아닐 거야, 하고 말하는 것처럼 들릴지 전혀 궁금하지 않았다. 만일 그런 생각을 했다 해도, 그것 또한 쓰레기 같은 하찮은 상징으로, 내 책에는 쓸 수 없는 것으로 내쳤을지 모르지만.

교회에서 나누어 준 예배 순서지는 충격이었다. 나는 장례식에서 나누어 주는 순서지에는 익숙했는데—내 나이에는 결혼식보다 장례식에 갈 일이 훨씬 많아진다—거기에는 까부는 어린아이의 모습에서부터 자기 음부가 맺은 열매, 나아가 자기 자녀의 음부가 맺은 열매에 둘러싸인 애정 넘치는 노인의 모습에 이르기까지 다양한 연령대의 망자 사진들이 담겨 있다. 나는 이 모든 게 아주 감동적이라고 생각한다. 하지만 결혼식에서 그런 걸 본 기억은 없다. 그런데 이 순서지에는 스무 살의 진과 스티븐, 예순 살의 진과 스티븐의 사진이 합해서 여섯 장 있었고, 두 연령대 사진에 내가 낀 사진도 한 장씩 있었는데 그걸 보자 당시 나의 기분이 떠올라 몸에 뭐가 기어다니는 느낌이 들었다.

이런 느낌은 펄럭이는 대형 천막에서 신랑이 한 연설 때문에 더 심각해졌는데 그것은 대략 이런 내용이었다. 내가 대학 때 그들 부부를 처음 만나게 해주었고, 둘은 함께하게 되었지간 너무 어려 장래를 약속할 준비가 되어 있지 않았고, 그렇게 세월이 흘렀고, 이런저런 일이 일어났고, 그러다가 여러 면에서 최고의 남자⊖인 줄리언이 마법사처럼, 마치 희

---


⊖ the best man. 들러리라는 뜻도 있다.

곡의 끝에 등장하는 기계에서 나온 신deus ex machina●처럼 그들을 다시 함께하게 해주었다. 다만 둘이 주인공인 이 희곡은 끝나지 않고 앞으로도 오래오래, 다가올 행복한 황금의 세월 동안 계속 이어질 것이며, 그동안 이 운 좋은 부부는 언제나 나에게 감사할 것이다 운운. 나는 그 말이 아주 정확한 건 아니라고, 약간 비틀려 있다고, 약간 **허구적**이라고 생각하고 있었다. 그러나 모두 나를 보고 있다는 것을 깨닫고, 나도 물론 더할 나위 없이 기쁘지만, 나의 행동에 대한 책임은 전혀 지고 싶지 않으며, 이제 모든 것은 그들에게 달려 있고, 만일 그들이 망친다 해도 어떤 식으로든 내 책임을 물을 수는 없다는 뜻을 몸짓으로—어깨를 으쓱하고, 미소를 짓고, 두 손바닥을 펼치며—전달하고자 했다. 그래, 나도 딱 그런 뜻을 전달하는 몸짓이 없다는 건 알지만 그래도 최선을 다했다.

그러나 그게 끝이 아니었다. 하객 몇 명이 「그는 참으로 좋은 친구니까For he's a jolly good fellow」를 부르기 시작했는데, 이런 일은 설사 있다 해도 나에게는 자주 있는 일이 아니다. 게다가 전 회중이 따라 불렀고 스티븐은 그들을 지휘하기 시작했다. 나는 진을 건너다보았다. 그녀는 물론 얼굴에 미소를

●　희곡에서 가망 없어 보이는 상황을 해결하기 위해 동원되는 우연적인 힘이나 사건.

띠고 있었지만, 나는 그게 어떤 미소인지 알았다. 절대 그 뒤에 뭐가 있는지 짐작조차 할 수 없는 그런 미소. 그래서 나는 몸을 아래로 기울여 지미를 쓰다듬어 주었다. 지미는 늘 자신을 분명하게 표현하는, 절대 에둘러 가지 않는 크고 괜찮은 미덕을 가졌으니까. 이윽고 사람들은 연회를 시작하여 몰려다녔고, 그다음에는 먹었고, 그다음에는 춤을 추었다. 사람들이 나에게 다가와 내가 멋진 일을 했다고 말해주었다. 몇 명은 눈물을 글썽이기도 했고, 여자 몇 명은 나에게 키스했으며, 한 여자는 도움이 필요하면 연락할 테니 중매쟁이로 나서달라고 말했다. 하지만 마법사나 기계에서 나온 신, 심지어 중매쟁이는 내가 느끼는 나와는 거리가 멀었다. 그 순간 나는 미소를 짓고 모호하게 고개를 끄덕이기 시작했으며, 취해야겠다고 결심했다. 아니, 그냥 취하는 게 아니라 만취해 버리겠다고.

그것도 다가 아니었다. 신부가 꽃다발을 공중에 던지면 누구든 그걸 잡는 사람이 다음에 결혼한다고 하는 그거. 음, 진은 그건 하지 않았다. 대신 누군가 꽃다발을 던질 시간이라고 제안하자 진은 방을 빙 돌아 의자에 늘어져 앉아 있는, 운전하기에 적당한 상태가 아닌 게 분명한 나를 찾아내더니 내 무릎에 꽃다발을 내려놨다. 그러더니 허리를 굽혀 내 뺨에 키스했다. 그러자 기다렸다는 듯이 남자 몇 명이 벌떡 일어나 발작하듯 「그는 참으로 좋은 친구니까」를 합창했지만, 내가 등을 기대고 앉아 눈을 감고 있었기 때문에 합창이 오래 가지는 않았다. 나는 몇 가지를 생각하고 있었다. 하나는 내가 홀아비가 된 지 3년밖에 안 지났고, 새로운 사람을 만나고 싶은 마음이 간절하지 않은 게 분명하다는 점이었다. 어쩌면 진은 나더러 서두르라고 말하고 있는 것인지도 몰랐다. 시간은 날아간다tempus fugit 느니 뭐니 하면서. 어쩌면 그냥 나한테 미안함과 애정이 넘치는 자기 마음을 보여주고 싶었던 건지도 모른다. 어쩌면 내 상태와는 아무런 관계가 없고, 오로지 자기 상태에 따라 행동한 것인지도 모른다. 왜냐하면 그것은—아니, 적대적 행동은 아니었다, 그건 맞는 말이 아닐 것이다. 또 수동적 공격도 아닐 터였다. 하지만 마치 이렇게 말하는 것 같았다. 네가 지금 벌어지고 있는 이 일에 대해 책임지지 않겠다며 온갖 우스꽝스러운 몸짓을 할 때 나는 웃음을 터뜨렸어. 하지만 사실 이건 염병할 진지한 일이야, 이건 나의—우리의—행복을 잡으려는 마지막 시도이고, 그래, 물론 그건 스티븐과 나에게 달렸지만 동시에 그렇지 않기도 해. 우리 모두 오래전에 어른이 되었지—하지만 내 관점에서는 사실 아무도 어른이 아니야, 우리 모두 성인 옷을

입고 있는 유아야(이건 진의 주제가 가운데 하나였다). 그럼에
도 이게 우리가 될 수 있는 어른의 최대치야. 그래서 너한테
일깨워 주고 싶어, 줄스 베이비, 이건 **네** 책임이기도 하다는
걸, 딱 찍어서, 아주 특별하게 **네** 책임이기도 하다는 걸.

　그녀가 이런 생각 가운데 몇 가지는 하지 않았을 수도 있
다. 심지어 전혀 하지 않았을 수도 있다. 하지만 중요한 건
그녀가 그렇게 생각하고 있다고 내가 생각한다는 것이었다.

　나는 무릎에 놓인 봄꽃 다발을 바라보다가 손으로 잡고,
여전히 충실하게 내 발 사이에 있는 지미 쪽으로 허리를 굽
혀 지미의 목걸이에 꽂기 시작했다. 하지만 약간 굵어 쉽게
들어가지 않았고, 와인 기운 때문에 손도 잘 움직이지 않았
다. 그러자 지미는 고개를 돌리고 으르렁대더니 나를 물어버
렸다. 나는 그게 아주 재미있다고 생각했다. 지미가 인간과
는 달리 우회하지 않는다는, 위선적으로 굴거나 거짓으로 명
랑한 척하지 못한다는 또 하나의 증거였기 때문이다. 그래서
나는 허리를 굽혀 지미를 토닥이며 이 진실을 이야기해 주었
다. 지미는 다시 내 두 발 사이에 편안하게 자리를 잡았다.


　물론, 스티븐과 진은 신혼여행을 떠났다. 차를 몰고 프랑
스와 이탈리아를 통과하며 주로 전에 다른 사람과 갔던 곳들

을 갔다. 그러면 더 복잡해질 게 틀림없다, 나는 그런 생각을
하고 있었다. 그들이 프롬나드 데 장글레*를 산책하고 피사
의 사탑을 쳐다보면서 서로 범상하게 그 '다른 사람들'에 관
해 이야기할까? 그건 쉬운 일이어야 마땅하다. 이전에 함께
한 사람들은 결국 패자가 되었고, 스티븐과 진은 승자가 되
었으니까. 하지만 늘 그렇게 잘 풀리는 건 아니다. 이전 연인
(과 배우자)에 관해 솔직하게 말하고, 자기 삶에서 그들이 차
지하는 무게를 적절히 인정하는 동시에 그들의 주요 기능은
물론 영광스러운 현재를 탄생시킨 무관심하고 멋모르는 선
구자 역할일 뿐임을 강조하는 것. 좀 지나치게 쉽다는 느낌
이 들지 않는가? 사실, 파트너의 이전 연인들에 관한 '단순
한' 호기심조차 선망으로 이어질 수 있다. 그래, 당신이 '승
자'이기는 하지만, 이 특정한 경우에 당신의 멋모르는 '경쟁
자'는 이 사람과 각자의 삶의 전성기 몇 달 또는 몇 년을 함
께 보냈다—당신은 연금 생활을 할 나이가 된 지금에야 이
사람을 얻었는데. 모든 감정적 상황은 쉽게 그 반대로 바뀔
수 있다, 내게는 그렇게 보인다. 그런데, 그들이 남쪽으로 내
려가는 걸—리옹, 니스, 친케 테레, 토스카나—그리고 거기


◐　니스의 해변 산책로.

서 다시 북쪽으로 올라가는 걸 상상하는 동안 나 자신도 질투까지는 아니더라도 선망 비슷한 걸 느끼고 있는 건 아닌지 궁금했다. 그렇다면 아이러니다. 안 그런가? 하지만 우리가 나이가 들었다는 이유로 왜 감정생활이 더 투명해지고 이해하기 쉬워져야 하는가? 더 늘어난 세월은 그저 우리를 더 좆같이 망쳐버릴 새로운 근거와 주제만 제공할 뿐일 수도 있는데. 나는 노년의 고요를 믿은 적이 없다. 그건 늘 노인을 더 우러러보게 하려고, 또 우리가 더 속 편하게 살려고 만든 우화처럼 보였다.

하지만 대체로 나는 스티븐과 진을 복잡하게 생각하지 않으려고, 또 그들을 다시 합치게 했다는 것에 흥분하려고 노력했다. (그래, 그건 정말 흥분되는 일이었다―이게 매일 일어나는 일은 아니지 않은가? 나는 삶에서든 허구에서든 이렇게 오래 지연된 재결합의 예는 떠올릴 수가 없다.) 하지만 나 자신을 생각해도 기분이 좋았다. 두 오랜 친구를 그들 서로의 삶만이 아니라 나 자신의 삶으로 다시 데려왔으니까. 그게 아무것도 아닌 것은 아니다. 나는 나보다 한 세대, 아니, 심지어 반 세대 앞선 친구 대부분이 죽어나가는 나이에 이르러 있었다. 그렇다고 죽음이 시간 순서에 따라 차근차근 죽여나가는 방식을 택하는 건 아니다. 아내는 겨우 예순여덟에 죽었다.

나는 이 글을 일흔일곱 살에 쓰고 있는데, 이제 우리 세대가 죽어나갈 차례다. 마틴 에이미스는 이런 식으로 우울하게 말하기를 좋아한다(곧 "좋아했다"가 될 것이다). "문제는 새로운 오랜 친구를 사귈 수가 없다는 거야." 짐작건대 그는 크리스토퍼 히친스(예순둘에 죽었다)에게서 이 생각을 가져왔다. 나는 이런 표현을 두어 번 들은 기억이 있지만, 그들이 뭘 불평하는지 사실 잘 이해하지 못했다. 그래, 나이가 들수록 새로운 친구를 사귀는 건 더 어려워진다. 하지만 사귀게 되면 만족감도 더 커진다. 갑자기 당신이 있는 곳에 완전히 신선하고 익숙하지 않은 삶이 나타난다. 발견되지 않은 과거와 아직 탐험해야 할 미래가 눈앞에 있다. 따라서 지금 이야기할 것들이 얼마나 많은지. 이것이 '새로운 새' 친구의 즐거움이다. 반면 '새로운 오랜' 친구를 **실제로** 사귈 수 있다면, 자족감과 사내들만의 편견에 젖어들기 십상일 게 분명하다. 감상에 푹 젖어 코르덴 바지를 입고 파이프를 씹으며 맺는 유대감 비슷한 것.

하지만, 그래, 그 비슷한 일이 나에게 일어났다. 나는 갑자기 '새로운 오랜' 친구 둘을 갖게 되었다, 처음 말한 사람들이 의도한 의미와 딱 맞지는 않는다 해도. 우리는 다시 만났다, 우리 셋은. 그리고 이 만남은 당신의 상상과는 다를지 모르지만, 주름진 회고—아, 우리가 너벅선을 타러 갔다가 스티븐이 삿대를 잃어버린 거 기억나? 그리운 먹페이스*는 대체 어떻게 됐지? 결국 게이라는 게 드러난 애 말이야, 놀랄 일은 아니었지만. 헨더슨이 자살한 거 알아? 등등—로만 가득한 것이 아니었다. 이따금 대학 시절을 돌이켜 언급하기는 했지만, 우리는 그보다는 이 새로운 **프로젝트**, 스티븐과 진 2부에 사로잡혀 있었다.

그리고 나에게는 그들의 이야기에 또 한 가지 묘하게 흥미를 끄는 면이 있었다. 나는 소설에서 사랑에 관해 여러 번 썼는데, 그 가운데 행복한 결말을 부여받은 인물은 거의 없었다. 그들은 물론 구원, 그러니까 현실 세계에서는 내가 한 번도 본 적 없는—스포츠 작가들이 아주 좋아하는 매우 약화된 형태*라면 몰라도—그 기독교적 개념을 경험하지 않는다. 내가 인물에게 제공한 최선은 어디에 이를지 잘 모르는 앞으로 길게 뻗은 길을 바라보게 두는 것이고, 그들이 미래의 여행에서 무엇을 발견할지는 독자가 결정하게 한다. 이제 나는 그 독자, 그리고 그 여행자들의 처지에 놓이게 되었다.

내가 일찌감치 주목한 것은 그들이 중간에 낀 시기에 관

---

◗ Muckface. 지저분한 얼굴이라는 뜻의 별명.
◗ 운동선수가 실수한 걸 만회할 때 종종 이 표현을 쓴다.

해 말하지 않는다는 점이었다. 적어도 내 앞에서는. 이게 의식적 결정일까? 신혼여행 때 시도해 보고 결국 어색한 침묵으로 이어진다는 걸 알게 되었을까? 아니면 질투와 지나친 호기심으로 이어진다는 걸? 아마도 그 '사라진' 40년은 돌아보지 않는다는, 공개적인 또는 암묵적인 어떤 합의가 있었을 것이다. 가끔 내 눈에는 그들이 40년 전에 끝난 그 시간의 그루터기에 새로운 삶을 곧바로 접붙이려는 것처럼 보였다. 이것은 심지어 비유로서도 제대로 자라나지 못할 수 있다.

초기에 나는 스티븐에게 그의 이전 결혼에 관해 물었다. 그는 오래전에 준비하고 정리해 놓은 것처럼 거의 즉시 대답했다. "나는 진을 잊으려고 그 여자와 결혼했어. 나쁜 생각이었지. 그 여자는 아들하고 오스트레일리아로 돌아갔어. 나는 돈을 보내." 그게 다였다. 뭐, 내가 상관할 일은 아니었다. '아들'을 결혼식에 초대했느냐고 물은 적은 없지만, 가능성은 제로였다고 생각한다.

그런데, 나는 뭘 하고 있었을까? 그리고 뭘 기대했을까? 설마 그들과 다시 사귀고, 어떤 식으로인가 그 세월이 있지도 않았던 것처럼 계속 앞으로 나아갈 수 있을 거라고? 그리고 또 한 가지. 그들이 예전에 내 삶에서 떠났을 때 그것은 내 분노를 자극했다. "오 그래, 어디로든 씨발 꺼져버려." 당시에 나는 그런 식으로 표현했던 것 같다. 하지만 그들이 서로 그 사라진 세월을 채우지 못하는데, 어떻게 나와, 또 나를 위해 채울 거라고 기대할 수 있었겠는가? 이것은 내가 전에 전혀 경험해 보지 못한 것이었다. 하긴 그들은 사실 '새로운 오랜' 친구도 '새로운 새' 친구도 아니고, 그 중간쯤 되는 존재였다. '새로운 오랜 새' 친구들?

실제로는 이런 식이었다. 우리는 서로 꽤 자주 보았지만 어떻게 된 일인지 예전과 같은 친밀함이나 동지애를 회복할 수는 없었다(하지만 왜 나는 그런 게 가능할 거라고 기대했을까? 우리 셋은 모두 변했고, 자기가 어떻게 변했는지 스스로 반도 알아채지 못하고 있었는데). 스티븐과 진은 서로 가깝게 살지만, 같은 집에서 살지는 않기로 했다. 나는 차로 불과 30분 거리에 있었다. 가끔 우리는 삼인조라기보다는 친구 두 쌍 같았다. 이윽고 그들은 나를 따로 찾아오기 시작했다. 그리고 여러 가지 이야기를 하기 시작했다.

진은 말했다. "스티븐 집에서 뭘 찾다가 세면대 밑의 장을 열게 됐어. 거기서 내가 뭘 발견한 줄 알아? 나무로 만든 낡은 와인 상자에 오랜 세월 호텔 욕실과 비행기 세면도구 주머니에서 챙긴 온갖 종류의 물건이 가득했어."

내가 흠을 봐주기를 바란다는 걸 느꼈기 때문에 나는 말했다. "내가 보기에는 별로 해될 일도 아닌 것 같은데." 만일 그게 그녀가 하찮은 장을 파헤치다 발견할 수 있는 최악의 것이라면…….

"그렇긴 하지. 그런데 스티븐은 그 상자 안에 작은 판지로 칸을 여러 개 만들어놨단 말이야. 그리고 칸마다 그게 꽉 차 있는 거야―있잖아, 작은 플라스틱 샴푸 병, 종이로 싼 아주 작은 비누, 작은 치약 등등. 게다가 작은 플라스틱 샴푸 병 가운데 반은 쭈그러진 상태야. 다 말라버렸거나 그래서 그런 거겠지."

"그래도…… 깔끔한 것 같기는 하네."

"그리고 한 칸에는 작은 플라스틱 빗이 가득해. 모두 아직 셀로판 포장지에 싸인 채로. **그다음**에는 작은 플라스틱 구둣주걱들이 가득한 칸이 있어. 다 다른 색인데 열 개쯤 돼. 내 말은, 한평생 쓴다 해도 도대체 누가 여행용 구둣주걱이 열 개나 필요하냐는 거야, 더군다나 침실에는 실제로 사용하는 멀쩡한 일반 크기의 구둣주걱이 있는데?"

나는 미소를 지었다. 나는 그게 약간은 과잉 반응이라고 생각했다.

"중대 범죄 같지는 않은데."

“**거기**에 더해서,” 그녀는 말을 이어나갔다. “모든 게 먼지에 덮여 있어. 헤아릴 수 없이 오랜 세월 동안 거기 처박혀 있었을 거야, 아마. 마치 미스 해비셤*이나 그런 사람의 소유물처럼.”

“글쎄, 우리가 그걸 스티븐 정신의 지하 세계를 갑자기 들여다보게 해준 문으로 여기려면 네가 그보다 더 심한 걸 발견해야 했을 것 같은데.”

“예를 들어?”

“예를 들어, 피가 말라붙은 딜도 컬렉션이라든가.”

“상상만 해도 역겹네. 그러잖아도 네가 지난 사십 년간 뭔 짓을 하고 살았는지 궁금해하고 있던 참이야.” 하지만 그녀는 실제로 충격을 받은 표정은 아니었다.

“그냥 내 소설가로서의 상상력일 뿐이야.”

“오, 거만 좀 떨지 마.”

“그래서 넌 어떻게 했어?”

“싹 다 버리고, 장 문을 닫고, 손을 씻었지.”

“잘했네.”

“눈치채지도 못할 거야. 스티븐은 세심하게 살피는 거하고

<hr>


* 찰스 디킨스의 『위대한 유산』에 나오는 인물로, 결혼식에서 버림받은 후 그 순간에 머물러 사는 사람.

눈치도 못 채는 거하고 두 가지가 묘하게 섞여 있어. 전형적인 남자다, 그렇게 말할 수도 있지.”

“오, 거만 좀 떨지 마.”


진은 도착하자 담배에 불을 붙이고 바로 본론으로 들어갔다. “감정을 보여주는 것과 감정을 표현하는 건 달라.”

내가 전에 그녀에게 한 어떤 말에 대한 비난처럼 들렸다. 무슨 말을 했는지 기억나지는 않지만. 그래서 나는 그냥 대답했다. “다른가?”

“응, 열심히 생각해 봐, 소설가.”

“예를 들어?”

“예를 들어, 어떤 사람들은 둘 가운데 앞의 걸 더 잘하지. 그런 사람들은 말보다는 행동을 통해 감정을 보여주려 해.”

“그러니까 필연적인 결론은 애정 어린 말은 푸짐하게 늘어놓지만 그걸 애정 어린 행동으로 뒷받침하지 않는 사람들이 있다는 거?”

“그게 그렇게 역설적인가?” 그녀가 대꾸했다. “애정 어린 말은 푸짐하게 늘어놓지만 그걸 애정 어린 행동으로 뒷받침하지 않는 사람들이 생각나지 않아?”

“나지, 그리고 난 그런 사람들을 위선자라고 부르지.”

“그럼 한 번 더 생각해 봐. 사람들이 진심으로 말하지만 그걸 행동으로 뒷받침하지 못할 수도 있는 거 아닐까? 아니, 그런 경우가 흔하지 않을까? 또는 반대로 말은 못 하고 행동으로 보여주는 것도? 양쪽 다 신실한 거 아닐까?”

“예를 든다면?”(하지만 나는 이미 답을 짐작하고 있었다.)

“좋아. 스티븐 얘기야. 스티븐이 자신의 감정적 비밀을 줄줄 흘리고 다니는 사람은 아니지, 너도 동의하겠지만.”

“무슨 말을 하는지 알겠어.”

“그런데 몇 주 전《가디언》에 로맨틱한 행동에 관한 기사가 났어.”

“그래, 나도 기억해. 사랑과 섹스에 관한 여론 설문 기사, 아주 좋아해. 늘 읽어. 여자들이 정말로 원하는 게 뭐냐. 프로이트의 질문이지. 그 답은 꽃, 또 촛불을 켠 저녁 식사, 또 나머지 일반적인 것들일 듯하지만, 이 글에 따르면 한 남자가 한 여자에게 할 수 가장 로맨틱한 행동은—”

“—남자가 여자를 목욕시켜 주는 거지.”

“맞아.” 나는 말했다. “그걸 보고 한 대 맞은 것 같았어.”

“그래서 그 기사가 나온 직후에 스티븐이 자기가 목욕을 시켜주면 좋겠느냐고 묻더라고.”

“아주 달콤하네, 안 그래?”

“달콤하거나 아니면 자폐증적이거나, 알아서 골라.”

“그래서 지적질을 했어?”

“당연히 아니지. 나를 도대체 얼마나 쌀쌀맞은 년으로 보는 거야? 그래, 부탁해, 하고 말했지. 하지만 스티븐은 마치―모르겠어―마치 여전히 운전 교습 번호판을 달고 있는 것 같아.”

“그래도 노력은 하잖아.”

진은 내가 자신이 1년 전에 결혼한 남자가 아니라 어떤 대책 없는 남성우월주의자를 옹호하기라도 하는 것처럼 나를 보았다.

“노력은 한다. 그래, 내가 그냥 넘어가 주느라 노력하고 있지.”


나는 이 무렵 내 나름의 간단한 규칙을 만들었다. 둘 가운데 하나가 나에게 한 말을 다른 하나에게 절대 옮기지 않는다. 암시도 하지 않는다, 전술적으로 유용하다 해도 하지 않는다. 나는 한 사람이 다른 사람에게 돌아가 “줄리언이 네가 내 얘기를 이렇게 저렇게 했다고 하던데” 하고 말하는 걸 원치 않았다. 무엇보다 그렇게 하면 그들이 나에게 더는 이야기를 하지 않게 될 것이기 때문이었다. 물론 나는 그들이 할 수 있는 이야기를 모두 해주기를 바라고 있었다. 그게 내가 글 쓰는 인생 내내 추구하던 것이었다. 모든 이야기. 그래서 나는 그들이 하는 말의 많은 부분을 일기에 기록했다. 그러나 당시에는 이게 '그들에 관해 쓰는 것'이라고 생각하지 않았다.

스티븐은 이런저런 이야기를 하러 와서 술은 거의 마시지 않았다. 한편으로는 조심하느라고. 나중에 운전해서 집에 갈 테니까. 하지만 주된 이유는, 내 생각에는, 그의 경우 진실한 설명에 이르려면 알코올을 통한 이완보다는 명료와 집중에 의지해야 한다는 것이었다. 그 비슷한 의도였을 것이다, 나는 그렇게 추측했다.

"있잖아," 그가 입을 열었다. "지금은 진을 읽는 게 몹시 어렵다는 생각이 들어. 진 안에서 무슨 일이 벌어지고 있는지. 심지어 진이 나를 어떻게 생각하는지."

"흠."

"처음 우리가 다시 함께하게 되었을 때는 이렇지 않았어. 마치 사십 년 전의 우리와 완전히 다시 연결된 것 같았지. 짜릿했어."

이상한 일이지만—아니, 어쩌면 그렇게 이상하지 않을 수도 있다—그런 상황에서는 자기도 모르게 뻔한 반응을 하려다 갑자기 움츠러들게 된다. 가령, "음, 사랑에 빠지는 게 사랑을 지속하는 것보다 늘 쉬운 법이지" 같은 말. 또는 "사랑한다고 해서 노력을 안 해도 된다는 뜻은 아니야" 같은 말. 솔직히 그런 상투적인 말이 저절로 내 혀로 올라왔고, 그래서 나는 침묵을 선택했다. 그러자 잠시 후 스티븐이 말을 이어나갔다.

"지난주에 이상한 순간이 있었어. 어쩌면 너한테는 이상해 보이지 않을지도 모르지만. 일곱 시였어, 우리가 보통 저녁을 먹는 시간보다 한 시간쯤 전이었지. 내가 진한테 말했어. '목욕시켜 줄까?' 그러니까 진이 정말 묘한 표정을 짓는 거야, 마치 '뭐에 씐 거야?' 하고 말하듯이. 그러다가, 그래, 고마워, 하고 말하기에, 물을 받고 욕조 옆에 와인을 한 잔 갖다놓았지. 하지만 뭔가 잘못되었다는 걸 알 수 있었고, 실제로 저녁 내내 분위기가 약간 긴장되어 있었어. 그러다가 그날 밤에는 따로 잤고. 사실 우리는 가끔 따로 자기도 해. 처음에는―음, 진의 생각이었는데―둘 사이에 신선함을 유지하는 방법으로 시작됐지. 동물원의 늙은 동물 한 쌍처럼 파자마를 입고 밤을 맞을 채비를 하는 두 노인네가 되지 않기 위해서. 하지만 최근에는 한쪽이 다른 쪽의 신경을 건드리면 따로 자는 것 같아."

“그날 밤처럼?”

“응.”

“아침에는 괜찮았고?”

“응.”

다시, 진부함이 나를 쿡쿡 찔러 “음, 그럼 괜찮은 거잖아. 안 그래?” 쪽으로 가게 하려 하기에 다르게 물었다. “왜 진이 기분이 상했다고 생각해?”

“전혀 모르겠어.”

“혹시 그게 보통 하는 일이었어?”

“뭐가?”

“목욕시켜 주는 거.”

“음, 사실 아니지.”

“그러니까⋯⋯.”

“전에는 목욕을 시켜준 적이 없어.”

“그런데 왜 그날은 그럴 생각을 한 거지?”

“모르겠어⋯⋯. 좋은 생각 같았어⋯⋯.” 나는 침묵이 이어지도록 내버려두었다. “음, 정말 알고 싶다면 말해주겠는데, 어딘가에서 그게 여자들이 남자들에게 바라는 거라는 얘기를 읽었어. 여자들이 그걸 좋아한다고 하더라고. 하지만 진은 염병할 그렇지 않은 게 분명했어.”

"흠. 그냥 관심이 생겨서 묻는 건데, 그게 좋은 생각이라는
걸 어디에서 읽었는지 기억나?"

"아, 어떤 뉴스 기사였어. 그리고 네가 무슨 생각을 하는지
알겠어. 내가 그렇게 한 건 신문에서 그걸 읽었기 때문이라
이거지? 아니, 내가 하고 싶어서였어."

"내 아내한테는 그런 상황을 표현하는 멋진 말이 있었지.
그런 걸 '자발성 연습하기'라고 불렀어."

스티븐은 웃지 않았다. "그래, 뭐, 나는 네 부인을 만난 적
이 없지만, 그건 재미있다고 생각해."

"나는 그저 진이 네가 하고 있는 일에 뭔가—아, 나도 모
르겠네—각본 같은 게 있다고 짐작했거나 느꼈을지도 모른
다는 얘기를 하고 있을 뿐이야."

"너는 누구 편이야?"

"스티븐, 나는 너희 둘 다의 편이야."

"그렇게 느껴지지가 않아. 너희 둘 다 나와 맞서는 느낌이
야."

나는 그 말에는 대답하지 않았고, 그날 저녁은 그것으로
끝났다고 생각했다. 하지만 스티븐은 끝나지 않았다.

"있잖아, 우리가 다시 함께하게 되었을 때 나는 진이 전에
결혼한 적이 없다는 게 정말 기쁘고 자랑스러웠어. 내가 진

의 유일한 남편이 된다는 게, 영원히. 하지만 지금은 만일 진
에게 형편없는 첫 번째 결혼이 있었다면 진이 나에게 훨씬
감사할 거라는 생각이 들어.”

“하지만 그건 진에게 있었기를 바랄 만한 일이 아닌데.”

“아니지, 나도 그건 알아.”

“반대로, 결혼이 부엌하고 비슷하다는 설도 있어.”

“설명해 봐, 지혜로운 사나이.”

“음, 처음 부엌을 만들면 늘 뭔가 잘못된 게 있지. 싱크가
엉뚱한 자리에 있다거나, 냉장고가 오븐 옆에 있다거나. 서
랍은 부족하고, 선반은 너무 많고 등등. 어쨌든 그렇다고들
해, 나는 한 번도 경험한 적이 없지만. 그러다 두 번째는 첫
번째 부엌의 잘못을 고치고 원하는 걸 얻는다는 거지.”

스티븐이 그 말을 소화하는 기색이 보였다. 마침내 스티븐
이 입을 열었다.

“진은 부엌이 아니야.”

그건 논란의 여지가 없었다.


진이 왔을 때 나는 그냥 소파에 앉아 귀를 기울이기만 하
는 게 아니라 직접적으로 한두 가지 물어보기로 했다.

“내가 어렸을 때는 부모가 자식에게 말하지 않는 세 가지

가 있었던 게 기억나. 정치, 종교, 그리고—”

“섹스.” 그녀가 끼어들었다. “네가 조만간 그 이야기를 꺼낼 줄 알았어.”

“미안해, 나는…….”

“아냐.” 그녀는 차분하게 말을 이어갔다. “전적으로 괜찮아. 그리고 **그것**도 전적으로 괜찮아, 사실. 이게 아주 좆도 아이러니인 거지. 어서 내 잔 채워, 줄스 베이비.”

그녀는 이미 꽤 취했다. 그녀의 갑작스러운 애칭 사용(이 또한 아이러니가 아니라면)이 보여주듯이. 그래서 나는 그녀의 잔을 채웠다.

“예전에 우리가 학생 시절에 함께했을 때 스티븐은, 어떻게 표현해야 하나, 정력적이지만 뛰어나지는 않은 애인이었지.”

“그거 잔인하게 들리는걸.”

“물론 그렇지. 하지만 인생은 잔인한 거야. 섹스도 잔인해질 수 있고. 그리고 우리 모두 이십 년 지나면 다 죽은 몸일 텐데 뭐. 그러니까 진실을 말해주지. 너는 좆도 절대 이 이야기를 써먹으면 안 돼. 나는 지네트로, 스티븐은 스튜어트로 나오는 어떤 소설에서 잔뜩 위장한 방식으로 써먹어도 안 돼.”

“물론이지.” 나는 말했다. 그녀의 이야기에 너무 구미가 당겨 약속하지 않을 수가 없었다.

“하!” 그녀는 내 말을 믿지 않는 것처럼 그렇게 대꾸했다. “물론, 당시에는, 나는 ‘뛰어나지는 않다’ 같은 표현을 생각하지는 않았어. 그때는 나도 잘 알지 못했지만 그래도 내가 스티븐보다 많이 안다는 건 알았어. 나는 그 전에 애인이 두어 명 있었거든. 하지만 스티븐은……. 음, 스티븐이 실제로 동정이었다는 것만이 문제였던 게 아니야. 동정 같은 분위기도 문제였지. 태도, 어색한 분위기, 특유의 깜짝 놀라는 모습. 그래서 보통 규범이라고 여기는 것이 뒤집혔어. 남자가 더 많이 알아서 여자애한테 뭐가 뭔지 가르쳐준다는 규범. 그리고 스티븐이…… 충격을 받은 것까지는 아니지만 어쩐지 약간 경계하는 것처럼 보이는 때도 있었어. 자기가 모르는 걸 내가 알거나 원하는 것처럼 보이면. 내가 속을 투명하게 드러내면.”

“수정처럼 투명하게.”

“그리고 너도 기억하겠지만, 그때는 그런 건 말로 하지 **않**는 게 보통이었잖아. 아주 부드럽게 나가야 했지. 아니, 그렇게 말고 이렇게, 달링 등등. 그러다 너무 나아가면, 너무 도움을 주면, 가끔 위에서 남자 죷이 축 늘어지며 죽어버렸지.”

나는 대꾸를 자제했다. 무엇보다도 그런 증상을 나 자신이 아주 잘 알고 있었기 때문이다.

“그러다 진짜로 뭘 좀 아는 남자들이 나타났고, 그 남자들을 내가 스티븐만큼 좋아하지는 않았지만 그래도 그 남자들은 쓸모 있는…… 선생이었지.”

“아무렴.” 나는 무심코 대꾸하면서도 내 경우는 그 반대였던 것이 아닌지 약간 궁금해했다.

“어쨌든, 안 보던 기간에 스티븐을 생각하게 될 때, 물론, 침대 밖만이 아니라 침대 안의 스티븐도 떠올렸지. 당시에는―대학 시절에는―모든 섹스가, 정말 끔찍하지만 않으면 좋은 섹스였어. 사실 어떤 섹스든 정의상 거의 좋은 섹스였지. 거의, 그래, 거의. 그러다 다시 함께하게 되었을 때 나는 모든 일반적인 이유 때문에 불안해하게 되었어―그렇다고 우리가 ‘일반적인’ 부부가 되는 건 아니었지만. 늙어가는 몸, 옷 벗는 것, 전과는 다른 종류의 성적 수치감pudeur 그런 것들. 거기에 내 기억으로는 애인으로서 스티븐이…….”

“……뛰어나지 않았다는 것.”

“그래, 맞아. 하지만.”

그녀는 말을 멈추었고, 내 입에서 “오, 대신 정치와 종교 이야기를 하자, 제발 좀” 하는 말이 튀어나올 것 같은 느낌은 없었다. 나는 기다렸다.

“하지만,” 그녀는 이제 얼굴에 반쯤 미소를 머금은 채 말을 이어갔다. "겪어보니 그쪽은 씨발 경이로웠어."

"꽤나 참신한 표현일세."

"또는 경이로운 썹이었다고나 할까." 그녀는 그렇게 말을 이었다.

나는 묘한 부러움을 느꼈다(누가 나를 두고 그런 말을 해준 적이 있을까? 말이 나온 김에, 혹시 당신을 두고는?) 그 지점에서 '그만' 하는 말이 튀어나올 뻔했지만 나는 디테일에 탐욕스러운 사람이었다.

"처음에는 생각했지. 이게 어디서 온 걸까? 그러다 어느 날 오후 끝나고 나서 실제로 물어봤어. '이게 어디서 온 거야?' 그 말에 스티븐은 돌아누웠고 나는 내 말이 불쾌했나 보다 생각했지. 스티븐은 내가 어느 특정한 애인, 또는 태국의 어느 매음굴에서 그런 걸 다 배웠냐고 물은 거라고 생각하고 있었어. 긴 정적이 흘렀고, 나도 나답지 않게 가만히 있었지. 마침내 스티븐이 말했어. '그게 어딘가에서 온 거라면, 평생 너를 사랑한 데서 온 거야.' 그 말에 나는 심한, 심한 죄책감을 느꼈어."

"왜?" 내가 물었다. "내가 듣기에는 큰 문제가 아닌 것 같은데."

"다른 면에서는 똑똑한 남자의 그런 종류의 반응, 거기에 다른 면에서는 똑똑한 여자인 나의 반응, 바로 이거 때문에 내가 상담사를 만날 필요가 있는 거야.”

“미안, 그건 좀 무신경했네. 그 아저씨가 훌륭한 상담사이길 바라.”

“그래, 그 여자는 훌륭한 상담사야.” 오 이런, 또 한 번의 실수. 하지만 그녀는 그걸 무시했다.

“좋은 섹스는 나쁜 섹스만큼이나 문제가 될 수 있어.” 그녀는 말을 이어나갔다. “어떤 상황에서는.” 대부분의 남자와 마찬가지로 나는 평생 여자의 내면세계에 기습을 당하거나 당황하는 일이 자주 있었다. 하지만 이것은 나에게도 새로운 것이었다.

이윽고 그녀가 말을 이어나갔다. “하지만 가끔 궁금해하곤 해⋯⋯. 만일 스티븐이 옛날에도 애인으로서 그랬다면 저울이 그쪽으로 기울어질 수도 있었을까. 우리가 헤어지는 대신 결혼하고 자식과 손자를 보고 너하고 지난 사십 년간 친구로 지냈을 수도 있을까? 하지만 내가 그런 식으로 생각하면 안 되겠지, 그렇지?”

“안 되지, 절대 안 되지.” 나는 단호하게 말했다. 나 자신의 과거의 진창 가운데 일부가 휘저어지고 있었다.

스티븐은 가끔 찾아와 체스를 두곤 했다. 어떤 사람들은 게임이나 스포츠가 사람의 성품을 보여주는 믿을 만한 지표라고 생각하지만, 나는 특별히 그렇게 느낀 적은 없다. 나는 체스를 둘 때 견실한 대신 모험을 하지 않는다, 아니 않았다―인내심 있게 꾸준히 나아가는 쪽에 약간 가까운 셈이다(내가 더 넓은 삶에서도 그렇다고 믿고 싶지는 않다). 반면 스티븐의 방식은 맹렬하고 위험을 무릅쓴다(음, 꽤 그런 편이다). 하지만 우리가 두는 수준에서는 이 두 전략 어느 쪽도 우월함이 드러나지 않았다. 그래서 보통 비슷하게 맞붙었다. 하지만 이날은 그는 정신이 딴 데 가 있는 듯했으며, 서둘다가 참담하게 비숍을 날리고 말았다. 나는 그를 몰아붙여 항복을 받아내고 위스키를 잔뜩 주며 요즘은 어떠냐고 물었다.

"어떠냐니?"

"결혼 생활 말이야. 너하고 진."

"아, 좋지, 고마워."

아니, 나는 그 정도로 넘어가 줄 생각이 없었다.

"캐묻는 건 아니지만," (우리가 캐물을 때만 쓰는 말이다) "오랫동안 혼자 사는 데 익숙한 사람 둘이 함께 사는 건 틀림없이 꽤 낯설 거야."

그는 대답 대신 말했다. "사실 진이 나한테 자기 상담을 받으러 갈 때 같이 가자고 했어.”

“진이 상담받고 있는 줄은 몰랐는걸.” 나는 거짓말을 했다.

“음, 받아. 나는 사실 그런 생각이 마음에 들지 않지만. 나는 남녀가 자기들 힘으로 관계를 풀어나갈 수 있어야 한다고 생각해. 둘이 분별력 있고 합리적이고 머리가 이상한 게 아니라는 전제하에.”

“너희 둘 다 머리가 이상하지 않지.”

“지지해 줘서 고마워.” 스티븐이 말을 멈추었고, 나는 그가 도약을 할지 말지 생각한다는 걸 알 수 있었다. “문제는, 진이 내가 자기를 너무 사랑한다고 생각하는 거야.”

“어이쿠.”

“그렇지.”

“그래서 너는 뭐라고 했어?”

“오, 대부분의 여자는 충분히 사랑받지 못한다고 불평한다는 식으로 얘기했지. 그랬더니 자기는 대부분의 여자가 아니래.”

“한 번도 그랬던 적이 없지.”

“누가 들으면 내가 스토커나 뭐였다고 생각할 거야. 아니면 여자를 지배하려 드는 미치광이 남편이라고. 뭐라고 하더라? 강압적 통제? 하지만 난 그러지 않아. 늘 진이 마음대로 오가게 해. 며칠 전에는 몸과 마음을 깨끗하게 하고 싶다며 혼자 온천 호텔에 가겠다고 하더라고. 마치 내가 자기 몸과 마음을 더러운 걸로 가득 채우기나 한 것처럼. 어쩌면 가격표에 '사랑 해독'이라고 부르는 특별 상품이 있는지도 모르지. 이백 파운드를 내면 당신 머리카락에서 그 남자를 싹 씻어내 드립니다. 관장도 해줄 거야, 틀림없이."

스티븐은 위스키를 벌컥 들이켜더니 더 달라고 했다.

"차 몰고 집에 가면 안 돼." 내가 말했다.

"하! 그거 강압적 통제야." 그가 씁쓸하게, 또는 짐짓 씁쓸하게 내뱉었다.

"너 말은 우버를 불러주겠다는 거야. 아니면 여기서 자고 가도 되고."

"내가 지금 가길 바라?"

"둘론 아니지, 오랜 친구."

"하지만 내가 옳아. 안 그래? 대부분의 여자는 너무 조금 사랑받는다고 불평해, 너무 많이가 아니라."

"스티븐, 너는 똑똑한 사람이야—"

"하!" 그가 말을 끊었다. "진은 내가 똑똑한지는 몰라도 감정 지능은 부족하대. 마치 내가 '당신의 문제를 해결해 드립니다' 따위의 칼럼에서 '사례 A'가 된 느낌이 들더라고."

“너 혹시……. 이걸 어떻게 말해야 할지 모르겠지만…….
왜 진이 그렇게 생각할까? 너무 많이 사랑받는다는 얘기 말
이야. 혹시 예를 들어가며 말했어?”

“솔직히 말해서 나는 그 개념조차 이해 못 해. 사랑을 하거
나 하지 않거나, 그런 거 아냐? 감정의 다이얼을 돌려 양을
줄일 수는 없는 거잖아, 안 그래?”

“그렇지. 하지만 감정 표현의 다이얼은 돌릴 수 있을 것 같
은데.”

“그게 무슨 말이야? 진한테 사랑한다는 말을 하지 말란 거
야? 진과 사랑을 나누고 싶은 마음을 없애란 거야? 여섯 달
뒤인 진의 다음 생일에 무슨 선물을 줄지 생각하는 걸 중단
하고 그냥 생일 전날 선물을 사라는 거야? 너저분한 밀크 트
레이 초콜릿 한 상자하고 주유소에서 파는 수선화 한 다발을
주라는 거야?” 그는 기세를 타고 있었고, 나는 그를 막을 생
각이 없었다. “오, 알겠어, 이해했어—진한테 잘해주지 말라
는 거지. 입은 옷이 안 어울린다고 말하라는 거지—다 자란
양의 고기가 어린 양의 고기인 척하지* 말라, 그런 얘기. 레
스토랑에서 진한테 무례하게 굴라는 거지. 비 오는 날 우산

---

* 젊은 여자 옷을 입고 젊어 보이려 한다는 뜻.

을 깜빡했어도 역으로 데리러 나가지 말라는 거지. 오, 알겠
어―이제부터 철썩철썩 갈길 수도 있겠네, 안 그래? 그러면
내가 진을 너무 많이 사랑하지 않는다는 걸 보여줄 수 있으
니까.”

“그만해, 스티븐.”

“숀 코너리가 여자를 때리는 걸 뭐라고 표현했더라? ‘펼친
손바닥으로 따끔하게 한 대 갈기는 것’―숀은 그건 괜찮다
고 생각했어. 진짜로 여자를 때리는 것과는 다르다고 생각했
지. 잘 들어, 나는 여자를 때리는 남자를 **경멸해**.”

“나도 그래. 그리고 네가 그런다는 것도 알아.”

하지만 불은 계속 타올랐다. “그런데 괴상한 건 말이야, 우
리 숀 코너리께서는 자기가 합리적이라고, 요령을 안다고,
**사랑이 넘친다**고 생각했다는 거야. 도발하거나 히스테리를
부리고 있는 여자, 또는 그냥 노골적으로 염병할 화를 돋우
는 여자에 대한 정당한 반응이라는 거지. ‘펼친 손바닥으로
따끔하게 한 대 갈기는 것.’ 이것 때문에 그 인간에 대한 작
위 수여가 꽤 늦어졌지, 기쁘게도 말이야.”

“다시 본론으로 돌아가서…….”

“너는 누구 편이라고 했더라?”

“양쪽 다의 편이라고. 늘 그랬다고. 처음부터. 너희를 처음

소개했을 때부터.”

“너는 네가 무슨 짓을 하고 있는지 몰랐던 거지.”

“그때 나는 아주 어렸어, 스티븐.”

“그리고 우리 가운데 누구는 아직도 그래.”

“무슨 뜻이야?”

“진 말이야. 술은 취했지만 나는 지금 멀쩡한 정신으로 말하고 있는 거야. 진은 사랑을 두려워한다는 생각이 들어. 처음 만날 때도 그랬고, 두 번째 만나는 지금도 여전히 그렇다고 나는 믿고 있어.”

“그건 심각한 얘긴데.”

“그래. 그리고 나는 진의 면전에서, 또 그 좆같은 상담사 면전에서도 그렇게 말할 거야.”

“그러지 마, 스티븐. 네 말대로라면 진에게는 네 도움이 필요할 것 같은데.”

“그래, 물론 필요하지. 그 옛날 눈물 짜는 컨트리 송들 비슷해. ‘사랑을 낮춰, 베이비.’ 「제발 사랑해 줘Love Me Do」가 아니라 ‘덜 사랑해 줘’야. 나는 좆도 포기야.”

“우버를 불러줄게.”

“진은 아마 이제 밖에서 자고 다닐 거야.”

“생각이 그 길로 가면 광기와 만나.”

“그래. 하지만 나는 예전에 처음 만났을 때도 그러고 다닌
다고 반쯤은 의심한 적이 있어. 한두 번.”

확신하건대―거의 확신하건대―나는 얼굴을 붉히지 않
았다. 그냥 소리를 질렀다.

“그쪽은 꿈도 꾸지 마, 스티븐. 아니면 너 미쳐버릴 거야.
그냥 우버 타고 집에 가서 잠이나 자.”


나는 계속 혼잣말을 했다. “하지만 우리 모두 어른이어야
하잖아.” 그러면 내 머릿속으로 진의 주장이 들어왔다. “우리
모두 그저 어른 옷을 입은 아이일 뿐이야.” 하지만 나는 그
말을 믿지 않았다. 그것은 그들이 빠져들고 있는 모든 변명
과 그릇된 자화자찬(“적어도 나는 그 여자를 때리지는 않아”)의
하나일 뿐이었다. 그들은 또 나의―뭐라고 불러야 할까?―
공정함, 편을 들지 않으려는 태도, 도우려는 시도를 지겨워
하고 있었다. 나는 궁금했다. 얼마나 오래 이런 식으로 계속
될까. 또 이게 어디에 이를까?

“글쎄,” 나는 진에게 말하고 있었는데, 내 모든 땀구멍에서
공정함이 새어 나오고 있었다. “너희 둘 다 숨도 팔다리도 정
신도 멀쩡하고, 또 어떤 나이에 이르렀어……. 그리고 서로
를 찾았지. 그리고 그런 것을 기뻐했어.”

“과거 시제를 쓰고 있네.” 그녀가 비꼬는 투로 말했다. “그러니까, 폭풍우가 칠 때는 이 항구 저 항구를 가릴 수 없다는 거네.”

“아니, 아니야.” 진은 미심쩍어하는 게 분명했다.

“맞아, 맞아.” 진이 대꾸했다. “잘 들어, 스티븐은 폭풍이야, 항구가 아니라. 너한테는 놀라운 일일지 몰라도. 허리케인 스티브. 그래, 그게 멍청하게 들린다는 건 알아. 하지만 너하고 늘 사랑에 빠져 있는 사람이 있다는 게 얼마나 억압적일 수 있는지 너는 상상도 못 할 거야.”

“나는 좋기만 할 것 같은데.”

“익살 떨지 마. 이건 네가 만들어낸 무슨 시나리오 같은 게 아니니까.”

또 한 가지 내가 약간 분개하며 주목하게 된 건, 그들이 나를 유용한 공명판°으로 대하지, 자기 나름의 오랜 감정생활이 있고, 심지어—누가 알랴?—약간의 통찰도 있을 수 있는 사람으로—그 오랜-새-오랜 친구로—대하지 않는다는 것이었다.

“그래. 억압적이겠지. 왜냐하면…… 너는 늘 스티븐과 사



---

° 반응을 시험해 보는 사람 또는 상담자를 가리킨다.

랑에 빠져 있는 게 아니기 때문에.”

“그런 셈이지.”

“또는, 너는 스티븐을 사랑하지 않기 때문에, 끝?”

“아니, 나는 정말로 스티븐을 사랑해, 그건 사실이야. 그냥 스티븐이 늘 나와 **사랑에 빠져** 있는 걸 바라지 않을 뿐이야. 왜 우리는 그냥 서로 사랑하는 것으로 정착할 수 없는 걸까? 우리는 이제 스무 살이 아니잖아.”

“하지만 스티븐은 여전히 그래.”

“그런 셈이지.” 진은 다음 말을 해야 할지 모르겠다는 듯이 얼굴을 찌푸렸다. “하지만 요즘 나는 나도 모르게 욕실 문을 잠그게 돼. 스티븐이 불쑥 들어와 샤워 캡을 쓴 내가 얼마나 멋진지 모른다며 엉망으로 꽃을 꽂은 꽃병을 욕조 옆에 놓고 화이트와인 한 잔을 가져오지 못하도록.”

“시간이 가면 시들해질지도 몰라. 스티븐이 잠긴 문을 보고 어떤 힌트를 얻지 못하나?”

“아니, 그냥 바깥에서 훌쩍거릴 뿐이야, 개처럼.”

“너는 그냥 밖에 있는 게 지미인 양 행동하지 못해?”

“지미는 스티븐보다 분별력이 있거든. 지미는 개치고는 힌트를 알아채는 데 아주 뛰어나.”

처음도 아니지만 나는 내가 할 수 있는 모든 말이 부적합하다는 걸 알았다. 예를 들어, 그러니까 스티븐이 너와 사랑에 빠졌다는 건데, 그럼 어쨌든 관계 성립의 두 조건 가운데 하나는 갖춘 거잖아. 또는, 스티븐과 이 상황에 시간을 좀 더 주는 게 어때? 또는, 그래, 요령과 빠른 눈치를 원한다면 너는 지미와 결혼했어야 해. 사실, 그게 내가 실제로 한 말이었다. 그때까지 내가 한 모든 말, 그들 둘 다에게 한 말은 무시당하거나 조롱당했기 때문이다.

"어쩌면 너는 지미와 결혼해야 했는지도 몰라."

"그것보다 더 어처구니없는 말도 들어봤어." 그녀가 대답했다. 기분이 약간 밝아졌다.

"그러니까 이 상황에 시간을 좀 줘보는 게 어때?"

"스티븐이 변하는 게 보이지 않기 때문이야. 내가 스티븐한테, 나를 조금만 덜 사랑해 줄래? 그럼 모든 게 괜찮아질 것 같은데, 하고 말할 수가 없기 때문이야."

"그 손다임 노래가 뭐더라? 「나랑 조금만 결혼해 줘Marry Me a Little」던가?"

"너무나도 진실이야."

하지만 밑바닥에서 그녀는 여전히 고집스럽게 요지부동임을 알 수 있었다.

"너도 응답으로 어떤 행동을 할 수 있지 않을까? 네가 큰

대가를 치르지 않는 걸로?”

“스티븐한테 좆같은 목욕을 시켜준다든가?”

“솔직히 말하면 그 생각을 하고 있었어. 하지만 지금 보니 좀…… 뻔할 수도 있겠네. 게다가, 너답지 않고.”

“내 연령 집단답지도 않고.”

“네 상담사는 뭐래? 아니면 거기에도 고해실의 봉인이 찍히는 건가?”

“전에도 이런 사례를 봤대.”

“그래서?”

“잘 풀리는 경우도 있고 아닌 경우도 있고…….”

“상담료를 얼마나 받는데?”

진은 내 말을 무시하고 담배에 불을 붙였다.

“적어도 나하고 상담하는 건 공짜야.” 내가 가볍게 말했다.

“네가 공짜인 건 좆도 도움이 안 되기 때문이잖아.”

(내가 한 가지 이야기해 줄까? 나는 진이 나에게 욕하는 걸 늘 즐겼다.)

그러더니 진은 더 밀고 나갔다. “사랑은, 현실에서는, 소설가 아저씨, 당신이나 당신 족속이 묘사하는 것과는 다릅니다.”

나는 이 말을 개인적인 것으로 받아들이지 않기로 했다. 또, 나 자신이 사랑 경험이 많지 않다는 암시도 무시하기로 했다. "물론 수준 낮은 픽션에서는 그렇겠지. 하지만 위대한 소설가들은 사랑을 이해하고, 또 인간 행동 전반에 대한 이해가 가령 상담사나 과학자나 철학자나 사제나 연애 상담 칼럼니스트보다 나아."

약간 거만하게 들리는 말이었다. 나도 안다. 하지만 그것은 공격을 당한 게 나만이 아니라(나만이었다면 쉽게 웃어넘겼을 것이다), 과거의 위대한 작가 전체였기 때문이다. 그들이, 진의 다음 말이 암시하듯이, 이해 부족이라는 것.

"그래봐야 지금 우리 대화는 여전히 별 진전이 없는데 뭐."

"그거 유감이구먼."

진은 얼음 조각들 위의 위스키를 빙빙 돌리더니 우리 대화가 끝났다는 것을 분명히 암시하는 말을 했다. "나는 아무도 내게 한 적이 없는 질문, 그리고 나 자신도 한 적이 없는 질문의 답인 것 같아."

내가 스티븐과 진 이야기를 쓰지 않겠다는 약속을 깨겠다고 결심한 건, 내 생각으로는, 이 순간이었다.


나중에 나는 '나의 족속' 가운데 경구로든 소설로든 사랑을 잘 표현한 구성원을 생각해 보았다. "사랑에는 늘 키스하는 쪽과 뺨을 내미는 쪽이 있다"—나는 내 첫 소설에서 이 말을 인용했는데, 지금 보니 이게 현재 사례에 잘 맞는 것 같았다. 그리고 더 유명한 말. "사랑에 관해 들어본 적이 없다면 절대 사랑에 빠지지 않았을 사람들이 있다." 나는 이게 역사적으로 꽤 사실에 가깝다고 생각한다. 미디어와 소셜미디어로 꽉 찬 오늘날의 세상에서 사랑에 관해 들어보지 못한 사람은 거의 없겠지만. 사실 그래서 지금은 모두가 사랑이 자기가 마땅히 가져야 하는 것이라고 생각한다.

투르게네프는 사랑에 관해 반짝이는 말을 했다. 체호프도 마찬가지였다. 둘 다 결혼의 행복보다는 불행하거나 가망없거나 파국적인 사랑을 그리는 경향이 있었다. 나는 진(내가 처음 알게 되었을 때 러시아 전문가였다)이 많은 위대한 작가가 성공적 사랑보다는 실패한 사랑에 관해 쓰는 것을 좋아했다는 사실을 알 만한 사람이고, 따라서 그런 작가들을 인정할 거라고 예상했다. 이디스 워튼도 그런 사람이었다. 어쩌면 진은 그저―일부 유아론적 독자들이 그러듯이―**자신의** 개인적 사례, **자신의** 곤경, **자신이** 만족스럽게 사랑받지 못하는 상황이 픽션에서 제대로 묘사된 적이 없다는 말을 하고 싶었던 것인지도 모른다. 음, 내가 할 수 있었다. 내가 그녀를 위해 그 문제를 해결해 줄 수 있었고, 또 해결해 줄 생각이었다. 그녀가 절대 알 수는 없겠지만. 그녀가 살아 있을 때 발표할 계획은 아니었으므로.

그럼에도, 나는 나의 직업적 언짢음을 옆으로 밀어놓고 당면한 문제에 집중했다. 나는 스티븐과 진이 처한 상황(그걸 뭐라고 불러야 할까? '재애착 딜레마'? '또 시작이네 증후군'?)을 약간 연구해 보았다. 내가 발견한 바에 따르면, 그런 감정적 복귀에서 고전적 문제는, 당사자들이 무의식적으로 최초의 관계를 무너뜨리게 된 행동을 똑같이 반복한다는 것이다. 남을 조종하는 경향인 사람은 계속 조종하고, 소유욕이 지나친 사람은 계속 강한 소유욕을 드러내는데, 다만 그걸 인정하지는 않는다. 보통 그들은 떨어져 있던 세월 동안 깊이―또는 약간―성숙했다고 확신하며, 따라서 첫 번째 만났을 때 그들의 관계를 침몰시킨 문제를 피할 수 있다고 가정한다. 하지만 세월은 깊은 성숙을 주지 않았다. 더 심각한 것은, 마치 어떤 고대 희곡 속의 불운한 운명의 피조물들처럼, 자신들이 그러고 있다는 것을 인식하거나 이해하지도 못한 채 자기 삶을 반복해야 하는 저주에 걸려 있음을 깨닫지 못한다는 점이다. 이 마지막 문장은, 인정하거니와, 어느 정신의학 저널에서 가져온 게 아니라 내가 쓴 거다.

하지만―누구보다 먼저 진이 지적하겠지만―그들의 사례는 이것과는 달랐다. 스티븐이 이번에는 제대로 하겠다고 너무 단단히 결심하는 바람에—그들이 스물한 살에 함께하는 삶을 영원히 확정할 수 있다고 전에 고집을 부린 것을 두고 자신을 책망하고 탄식하며 수십 년을 보낸 뒤라—다시 잘못을 저지르고 말았는데, 다만 이번에는 다른 잘못이었다. 그는 진 1부와 진 2부 사이에 보낸 40년의 삶을 이제는 귀중하게 여기기는커녕 생각도 하지 않는 듯했다. 마치 그 시간 동안 중요한 일은 하나도 일어나지 않은 것처럼. 물론 일련의 습관이나 무의식적 동작이 쌓였고, 거기에 혼자 사는 삶의 특질도 보태졌지만(이전 아내와 자식은 말할 것도 없고), 지난 30여 년을 상대적으로 애착 없이 살았기 때문에 1부에서 2부로 순조롭게 넘어가는 것이 간단할 거라고 상상했다.

진의 처지는 달랐다. 그녀의 중간 시기 삶은 성취감이 컸다. 그녀는 스티븐이 다시 자기 삶에 나타나기 전에는 이따금 다정하지만 이미 정리된 마음으로 그를 생각했을 뿐이다. 그녀에게 애착이 없는 상태는 일종의 자유로 여겨졌으며, 반드시 그런 상태를 추구한 것은 아니지만 쉽게 감당할 수 있었다. 이 최종 직전 단계의 삶에서 진지하게 누군가를 만나는 것을 자신이 요구하거나 원하는지 확신할 수가 없었다. 스티븐에게는 두 사람의 삶이라는 원을 완성하는 극적이고 필연적인 결말로 보이는 것이 진의 눈에는—뭐랄까?—약간 흥미로운 가능성에 지나지 않았다. 그는 오로지 사랑의 불을 다시 댕기겠다는 결심뿐이었다. 그녀는 자신의 삶에는 이미 충분한 사랑이 있었던 것은 아닐까, 자신이 실제로 그렇게까지 반려자를 얻고 싶어 하는 것일까―그렇다 해도 자신이 이미, 또 행복하게도 그녀 자신의 반려자가 아닐까 하는 생각을 하고 있었다.

솔직히 말해 이런 것들은 그들이 내게 한 모든 말의 정확한 요약이라기보다는 소설가의 가정에 가까우며, 따라서 필연적으로 내가 겪은 것과 삶에 대해 이미 갖고 있던 생각으로 채색될 수밖에 없다. 또 우리 모두에게 있는 멍청하고 고집스러운 갈망, 즉 우리가 사랑하는 사람들에게는 행복한 결말이 있어야 한다는 갈망으로도 채색되었을 것이다. 특히 그럴 자격이 있는 사람에게는 그런 결말이 찾아와 주기를 갈망하게 되니까. 실현 가능하든 아니든. 오래되고 진실한 소설들에 등장하는 인물들은 종종 다른 소설(가끔은 훨씬 해로운 시)을 읽는데, 이런 소설은 낭만적이고 기사도적이고 감상적이고 진실하지 않기 때문에 그들을 꿈의 세계로 잘못 이끌며, 그 결과 이 인물들은 현실의 삶에 실망할 수밖에 없다. 요즘에는 독자를 잘못 이끄는 허구들―인쇄물, 영화, 텔레비전, 소셜미디어, 심지어 아주 단순한 텔레비전 광고(좋은 냄새가 나는 깨끗한 옷, 지저분하지 않은 아기, 건강하게 느릿느릿 걷는 개, 매혹적으로 어수선하지만 따뜻하고 재미있는 가족이 나오는)—이 훨씬 많기 때문에 유해한 특정 출처를 골라내고 수량을 파악하기가 더 어렵다.

위에 말한 것 가운데 일부만 타당성이 있다. 진이 에마 보바리가 아니었듯이 스티븐은 돈키호테가 아니었다. 그들은 오래전에 몽상가에서 벗어났다, 적어도 자신들의 눈으로 보기에는. 스티븐은 둘을 위한 자신의 계획에서 환상이라고는 1그램도 보지 못했다. 오히려 그의 마음에서 과거는 고정된 하찮은 현실이고, 미래는 실천적 이행의 문제일 뿐이었다.


물론 그들이 만족한 한 쌍처럼 보이고, 우리는 명랑한 삼인조이고, 우리가, 우리 세 친구와 개 한 마리가 평범한 일을 함께 하던 때가 있었다. 그러나 그런 시간은 내 일기나 내 기억에 거의 기록되어 있지 않다. 기록에 남은 어느 저녁에 우리는 모두 스티븐의 집에 함께 모여 텔레비전을 보았고, 지미는 그의 침대에서 푹 잠들어 있었다. 지미는 텔레비전에는 전혀 관심이 없었고, 거기 나오는 다른 개를 전혀 알아보지 못했으며, 심지어 화면에 나오는 집배원에게 짖지도 않았다. 잠든 개를 보면서 처음 든 생각은 멍청하고 비유적인 것이었다. 스티븐은 인내심과 뇌물, 또 고통에 개의치 않는 태도로 잭 러셀 한 마리의 마음을 얻고 그 개에게서 타고난 애정과 의리를 끌어냈는데, 왜 비슷한 인내심과 뇌물, 또 고통에 개의치 않는 태도로 개 소유자의 마음을 얻고 이 뒤늦게 꽃핀 사랑과 오래 지연된 재결합을 성공으로 이끌지 못하는 것일까?

그러다 나의 생각은 지미로 산다는 건 도대체 어떤 느낌일까 하는 것으로까지 흘러갔다. 구체적으로, 개에게 기억은 어떤 것일까? 개는 어떤 식으로든 시간 개념을 이해할까? 아니면 개의 정신생활은 후배지後背地가 없는 일련의 반복적 현재일까? 개들은 자신의 삶에 서사적으로 접근할까, 아니면 일화적으로 접근할까, 아니면 둘 다 조금씩일까? 하지만 왜 개의 기억이 우리의 기억이 작동하는 방식과 유사하면서도 열등한 방식으로 작동해야 하나, 단지 개가 또 다른 포유류라는 이유만으로? 그러다가 나는 지미가 좌측 시상 후부 출혈성 뇌졸중을 겪는 상상을 했다. 지미에게 먹다 남은 양고기를 얹은 러스크를 주면 그것이 그가 전에 먹은 모든 저녁에 대한 즉각적이고 자동적인 기억을 촉발할 수도 있을까? 그러다 빠져 죽을 만큼 침을 흘리게 할까?

"아주 멀리 떠나 있던데." 텔레비전 프로그램이 끝나고 뉴스는 보지 않기로 결정했을 때 진이 나에게 말했다.

"응, 지미 생각을 하고 있었어."

"다정하기도 하지." 그녀가 대꾸했다.

"그런데 그 생각이 어느 방향으로 향하고 있었나?" 스티븐이 교수 흉내를 냈다.

"음, 기억, 그리고 의식, 오래된 정신-육체 문제 등을 좀 생각하고 있었지." 나도 비슷한 투로 대꾸했다.

"그래서 자네의 전체 작품 가운데 미래에 쓰게 될 부분에서 검토해 볼 수도 있는 압도적 문제의식에 이르렀나?"

나는 학감 같은 말투를 거두었다. "아니, 나는 그냥 생각했어. 지미는 시간, 또는 필멸성에 관해 알지 못한다. 아마 자기가 어린 개인지 늙은 개인지도 모를 것이다."

"지미는 자기가 어린 개인지 늙은 개인지도 모른다?" 스티븐이 내 말을 되풀이했다. "이봐, 지미는 자기가 개라는 것도 몰라.'

우리 모두 그 말이 너무 웃겨서 깔깔거리다 지미를 깨워 쓰다듬어 주었고, 그가 형이상학적 문제에 무지하다고 해서 조금도 덜 사랑스럽거나 한 건 아니라고 안심시켜 주었다. 스티븐과 내가 막 다시 웃음을 터뜨리려 할 때 진이 약간 날카롭게 말했다.

"지미는 그만 비웃어."

"우리는 지미를 비웃는 게 아니야." 내가 대답했다. "개가 자신이 개라는 것조차 모른다는 생각을 비웃는 거지."

"그것도 지미를 비웃는 거야." 그녀가 대꾸했다.

나는 이렇게 정리할 생각이었다.

그의 비극은 사랑을 할 수는 있지만 그 사랑이 받아들여지지 않는다는 것이다.

그녀의 비극은 사랑을 할 수는 없는데 그녀가 주고자 하는 것이 사랑으로 받아들여진다는 것이다.

그러다가 우리가 비극 이후 시대에 살고 있다는 사실을 다시 기억했다. 그러면서 내가 문학적 수사의 유혹에 빠져들고 있다는 것을 깨달았다. 예를 들어 모든 여자는 자신의 어머니로 변하는데 이것이 그들의 비극이고, 어떤 남자도 그렇게 되지는 않는데 이게 그들의 비극이라는 오스카 와일드의 말 같은 수사. 이렇게 일반적이기 짝이 없는 사회적 발언에서도 다시 등장하는 '비극'이라는 말의 오용(물론 그렇다고 이 발언이 **진실**이라는 건 아니지만, 그건 또 다른 문제다).

따라서 내가 쓴 것을 경구에서 멀어진 방식으로 바꿔 써보겠다. 예를 들어, 그게 잘못된 것은 스티븐이 자기가 아직도 진과 사랑에 빠져 있다고 믿었고 또 아마 그랬을 테지만, 진은 그의 사랑을 받아들이지도 똑같이 돌려주지도 못했는데, 이것은 그녀의 성실성이나 실용적 지혜나 가혹함을 보여준다는 것. 그녀가 삶의 그 지점에서 다른 사람을 사랑하고, 같은 사랑으로 돌려받고, 그런 사랑을 받아들이는 것이 가능했느냐 아니냐는 나의 앎이나 추측의 테두리 바깥에 있다.

한편, 그들은 나에게 따로 말했다. "이게 내가 행복할 수 있는 마지막 기회일 거야." 이게 그들 각각이 실제로 발화한 것일까, 아니면 둘이 짝을 이루도록 내 기억이 표현을 바꾼 것일까? 잘 모르겠다. 아마 표현이 실제로 똑같았을 것인데, 다만 그것은 그들이 이미 그런 식으로 논의를 정리했기 때문일 것이다. 학창 시절 그들이 나에게 따로 와서 그들이 "결혼하거나 아니면 헤어질" 수밖에 없다고 설명했던 것처럼.


나는 지금까지 진이 스티븐에게 했던 어떤 말을 밝히지 않았다. 그녀가 이 말을 나에게 한 적은 없지만, 스티븐이 잘못 들었거나 나에게 잘못 전달했을 가능성은 거의 없다고 생각한다. 그건 이런 말이다. "행복은," 진은 말했다, "나를 행복하게 해주지 않아." 그 이후 나는 이 생각—동시에 수백 년에 걸친 픽션에 대한 반박—을 마음속에서 수도 없이 되짚어 보았다.

그러나 판을 뒤집어 버린 마지막 말이 무엇이든—우리 대부분의 삶에는 그런 마지막 말이 없다—스티븐과 진은 이제 두 번째로 서로를 떠났다.

나는 40년 전과는 달리 "오 그래, 그럴 거면 어디로든 씨발 꺼져버려" 하고 느끼지 않았다. 또 그때와는 달리 배신감도 전혀 들지 않았다. 반대로 죄책감, 그리고 그와 더불어 실패했다는 느낌에 사로잡혔다. 나는 처음에 그 카페에서 그들을 만나게 했고, 다시 두 번째로 똑같은 곳에서 그들을 만나게 했는데, 최종 결과는 똑같았다. 그래, 두 번째 주선은 스티븐의 요구에 따른 것임을 잘 알지만, 그래도 내 마음 한쪽에서는 그가 나의 웅장한 계획의 촉진자에 불과했던 것처럼 느꼈다. 그리고 나는 그들을 재결합시킨 것을 두고 스스로 아주 존나 흡족해했다. 그러나 나는 어떤 고귀한 기계에서 나온 신이 아니었고, 이 거래를 성사한 뒤 금전적이 아니라 감정적으로 한몫 보는 지저분한 중매쟁이일 뿐이었다. 나는 책을 아주 많이 썼다는 이유만으로 내가 지혜롭다고 생각했다. 무엇이 사람들을 움직이게 하는지 안다고 생각했다. 심지어 나 자신이 조언 센터라고까지 생각했다. 하지만 나는 스티븐과 진을 내 소설 속의 인물들처럼 취급하여, 그들을 내가 원하는 목적지로 살살 이끌 수 있다고 믿고 있었다. 삶과 픽션을 혼동하고 있었다.

나머지는 다음에 이야기하겠다. 이 글을 쓰는 지금 지미는 내 발치에 있다. 지금은 늙은 개다, 지미는 자신이 늙었다는 것도 개라는 것도 모르겠지만. 가끔 그런 삶의 조건이 부럽다.

# DEPARTURE ( S )

05

## 어디로도 가지 않는다

나는 열여덟 살 때 말라르메의 유명한 시 「바다의 미풍Brise Marine」과 처음 마주했다. 그 시는 이렇게 시작한다. "육신은 서럽다, 아아! 그리고 모든 책을 읽어버렸다. / 도피! 저 아래로!⋯⋯ La chair est triste, hélas! et j'ai lu tous les livres. / Fuir! là-bas fuir!⋯⋯." 잉글랜드 교외의 십 대가 때 이르게 중년이 되어버린 프랑스 상징주의 시인의 정신과 감수성에 다가가는 것은 여간 무리한 일이 아니었다. 나는 나의 육신이 서럽다는 느낌이 전혀 들지 않았고(어쨌든 육신의 지나친 소비보다는 부족한 소비 때문에 서러울 뿐이었다), 물론 모든 책을 읽지도 않았다. 도피의 문제에서는 다른 많은 아이와 마찬가지로 나도 부모의 집에서 달아나고 싶었지만 "저 아래로"—열대로—

달아나고 싶지는 않았다. 그러기에는 너무 소심했다. 나는 고갱이나 자크 브렐(둘 다 마르키즈제도에 속한 히바오아섬의 묘지에 묻혀 있다)이 아니었다. 잉글랜드는 내가 나 자신과 타인들을 이해하는 곳이었기에, 더 재미있고, 더 생기 있고, 더 보헤미아적인(하지만 **너무** 보헤미아적이지는 않은) 또 다른 잉글랜드로—저 아래로보다는 저 밖으로—달아나고 싶었다. 나는 부분적으로는 달아났고 부분적으로는 그러지 못했다. 말라르메 자신은 그의 시처럼 달아난 적이 없다. 잉글랜드는 몇 번 찾아왔지만.

「바다의 미풍」의 직계 조상은 보들레르의 「이국적 향기Par-fum Exotique」(1857년에 발표된 『악의 꽃Les Fleurs du Mal』에 수록)다. 내 펭귄판 보들레르에 적은 글을 보면 구매 시기는 1963년 5월로, 이때는 졸업을 1년 앞둔 해이자 이 시가 쓰이고 나서 100년을 조금 지난 해였다. 시인은 진 뒤밭과 침대에 있는데, 그녀는 당시의 언어로는 그의 '물라토˙ 애인'이라고 부를 수 있을 것이다. 시인은 눈을 감은 채 "너의 무더운 가슴의 향기"를 들이마시며, 그 순간 프루스트 이전 방식으로 풍경 전체가 떠오른다. 그는 남자들이 늘씬하고 기운이 넘치며 여자

---

˙ 흑백 혼혈인 사람.

들이 놀랄 만큼 솔직한 눈으로 남자를 바라보는 나른한 섬을 꿈꾼다. 닻을 내린 배들이 있고 타마린드나무의 향기가 있다. 그렇다고 보들레르가, 말라르메도 그렇지만, 이렇게 불러낸 욕망을 따라 행동하는 것은 아니다. 그 얼마 전인 1841년 군인인 계부는 까다로운 스무 살짜리 양아들에게 절망하여 그를 배에 태워 콜카타로 보냈지만 아들은 거기로 가지 않았다. 모리셔스에서 더 움직일 생각이 없었다. 그리고 이 "이국적 향기" 뒤에 보들레르는 이국적인 곳은 전혀 여행하지 않았다. 말년에 벨기에에서 2년을 보내기는 했지만.

위대한 프랑스 3대 시인 가운데 세 번째인 랭보는 실제로 "저 아래로" "도피"했다. 그는 '아프리카의 뿔'까지 달아났고, 그곳에서 상인이자 총포 밀수입자가 되었다. 그러나 이것은 어떤 시적 촉발에 반응한 것이 아니었다. 이 무렵 그는 문학을 완전히 버렸다. 더욱이 "저 아래"에 이르렀을 때 그는 그곳을 이국적이라고 느끼기는커녕, 어머니에게 "이곳 생활은 따분하고 비용이 너무 많이 든다"고 불평했다.

플로베르와 조르주 상드는 행동하는 사람과 쓰는 사람은 다르다는 것에 동의했다. 플로베르는 술꾼이 권주가를 쓴 적이 없고, 군인이 행진곡을 쓴 적이 없다고 단언했다. 상드는 1866년에 플로베르에게 말했다. "개인적으로 나는 바이런인 동시에 돈 후안°인 사람들을 믿지 않아요. 돈 후안은 시를 쓰지 않았고, 바이런은 연인으로는 아주 형편없었다고 하더라고요.” 그녀는 그전에 “위대한 예술가는 종종 병약자”라는 믿음을 플로베르와 공유한 적이 있었다.

그 당시 시인에게는 갈망으로 충분했을지도 모른다. 다시 말해, 시를 쓰는 데는 충분했을지도. 집돌이인 필립 라킨(“같은 날 돌아올 수 있다면 중국을 보는 것도 괜찮을 것 같다”)은 「출발의 시 Poetry of Departures」에서 이 장르 전체를 정리했는데, 서술자인 시인은 모든 걸 버리고 막 사라진 자에 관하여 “네 다리 건너” 전해 듣는다. 그러자 시인은 잠시 흥분하는데, 마침 탈출한 사람과 마찬가지로 가정생활에 권태를 느끼던 참이었기 때문이다. 그는 “견과가 흩어진 길”을 으스대며 걷는다든가, “면도도 못 했지만 선한 마음으로” 선실에 웅크린다는 생각에 짜릿함을 느낀다. 하지만 아무리 유혹적이라도 이런 환상은 계속 유지되지 않는다. 그것은 “매우 인공적이고 / 대단히 의도적인 뒷걸음질”이며, 그 주된 목적은 시인-서술자가 계속 “맑은 정신과 근면”을 유지하도록 돕는 것이다.

따라서 떠남의 시는 역이나 공항으로 이어지는 일이 드

---

° 바이런은 『돈 후안』이라는 작품을 썼다.

물다. 그러나 '떠남'과 '머묾' 사이의 중간 지점도 있는데, 이것은 사실주의적 픽션이 다룰 만한 상황이다. 출발했다가, 멈추어 생각하다가, 비난을 받고 죄책감을 느끼다, 집으로 기어 돌아오는 것. 관습적이고 변함없는 미국 교외의 삶을 묘사하는 작가로 종종 일컬어지는 존 업다이크는 사실 쉼 없이 도주와 떠남의 꿈에 관해 쓴다. 해리 '래빗' 앵스트롬은 업다이크의 가장 유명한 탈출 지망생으로, '토끼 4부작'의 출발점에서 공황에 빠져 1955년형 포드를 타고 가족의 집에서 달아난다. 그는 펜실베이니아에서 미국식 표현으로 "저 아래", 즉 남쪽으로 향하지만 결국 헤매기만 하다가 방향을 되돌려 고향 도시로(아내에게는 아니지만) 돌아온다. 업다이크는 1995년판 래빗 작품집의 머리말에서 첫 권『달려라, 토끼』가 나오기 3년 전에 잭 케루악이『길 위에서』를 발표했다고 말한다. "그걸 읽지 않았지만 나는 그게 자유로워지라고 가르친다고 여겼기 때문에 분개했다.『달려라, 토끼』는 가족이 있는 미국의 젊은 남자가 떠돌이가 되었을 때 무슨 일이 일어나는지 사실적으로 보여주려는 것이었다."

도피하는, 또는 도피를 꿈꾸는 사람들이 구체적으로 어디로 가고 싶어 하는가 하는 또 다른 문제도 있다. 1838년, 보들레르의 「이국적 향기」가 나오기 20년 전 테오필 고티에는

「미지의 섬 L'Île inconnue」이라는 시를 발표했다. 불과 3년 뒤이 시는 베를리오즈의 노래집 「여름밤 Les Nuits d'été」의 여섯 번째이자 마지막 곡이 되었다. 선장 겸 시인은 "아리따운 젊은 처녀"에게 모든 준비를 갖추고 이제 곧 떠나려는 배에 타라고 권한다. 그의 노는, 그가 처녀에게 하는 말에 따르면, 상아로 만들었고, 기旗는 물결무늬 비단으로 만들었으며, 키는 순금이다. 모두 허용 가능한 시적 과장이지만, 그다음에 화자는 환상의 영역으로 솟아오른다. "나의 바닥짐은 오렌지이고, 나의 돛은 천사의 날개이며, 내 배의 사환은 천사다." 그는 소녀에게 가고 싶은 곳 어디로든 데려다주겠다고 약속한다. 발트해, 태평양, 자바, 노르웨이……. 이 강렬한 낭만주의, 또는 여행 포르노는 처녀의 대답으로 중단된다. 그녀는 "사랑이 영원히 지속되는 / 신의의 해안"으로 데려다주기를 바란다. 시인-뱃사람은 이런 목적지 선택에 당황하여 그런 해안은 "사랑의 영토에는 / 전혀 알려진 바 없다"는 세속적 냉소주의로 답한다. 그리고 다시 초대를 되풀이한다. "어디로 가고 싶은가 / 산들바람이 곧 불어올 터인데." 내가 보기에 이 두 사람은 어디로도 가지 못할 것 같다.

시인들은 떠남의 꿈이 시로 곪아 터질 수 있도록 여전히 이국적인 곳을 꿈꾸지만 절대 떠나지는 않고 있을까? 아마 그럴 것이다. 하지만 19세기 사람들은 대부분 나라는 물론이고 자기 마을 테두리도 벗어난 적이 없었으며, 벗어난 소수는 종종 평생 걸리는 단 한 번의 여행을 했다. 요즘에는 이국적 여행이 일상이 되어, 젊은 사람들은 고등학교를 마치고 1년 정도 여행을 하며 부모는 구글 찾기로 자녀의 위치를 공유한다. 우리는 "어디로 가고 싶은가 / 산들바람이 곧 불어올 터인데" 대신에 공항에 다가가면서 훅 끼치는 기름 냄새(나는 이 냄새가 어떤 바닷바람이나 타마린드 향기 못지않게 이국적이라고 생각하곤 했다)를 맡고 면세점의 유혹을 느낀다. 예전에는 떠남의 시를 썼다면 오늘날에는 버킷 리스트를 쓴다.

나에게 버킷 리스트가 있을까, 이제 4분의 3세기 이상을 살았는데? 마추픽추? 앙코르와트? 남극? 아프리카 사파리? 아니, 나는 지리적 완전주의자가 아니다. 나는 에어즈 록(그렇게들 부르던 때에)●과 아타카마사막에 가봤고, 타지마할과 그랜드 캐니언에 가봤다. 나는 꽁꽁 얼어붙은 땅이 아니면 모든 땅덩이에 발을 디뎌보았다. 따라서 유럽의 크고 작은 도회지를 다시 어슬렁거리고, 안전한 산책길에서 바다를 보고, 따뜻한 곳에서 거리를 두고 눈 덮인 산을 보는 쪽이 더

●　지금은 울룰루라고 부른다.

좋다. 그리고 아마도 마지막이 되겠지만 위대한 소설들을 다시 읽을 것인데, 비슷한 마음으로 위대한 미술을 마지막으로 보는 작별 여행을 하고 싶다. 「시녀들」을 보러 마드리드에, 브뤼헐의 「이카로스의 추락」을 보러 브뤼셀에, 베르니니의 「아폴론과 다프네」를 보러 로마에, 반다이크의 제단화를 보러 겐트에, 안토넬로의 「수태고지를 받은 성모」를 보러 팔레르모에 등등. 어쩌면 내가 사랑하는 그림 한 점 앞에 서 있다가 쓰러져 바닥에 머리를 부딪히면서, 내가 사랑한 모든 그림이 시간 순서에 따라 머리를 스쳐 가는 엄청난 IAM 기습 공격을 당할지도 모르겠다. 천 배로 증폭된 스탕달 증후군<sup>●</sup>—세상을 하직하는 멋진 방법이다, 좀 피곤하기는 하겠지만.

작년에 한 벨기에인이 인터뷰를 하러 우리 집에 왔다. 이 30대 여자를 집에 들이자 지미—진이 죽고 나서 내가 돌보게 되었다—가 어슬렁거리다 복도로 나갔다. 지미는 이제 열여섯이고 귀와 눈이 반쯤 멀었고 이가 빠진 모습은 약간 희극적이다. 그래서 경비견 기능이 지연되는 동시에 축소되는 일이 많다. 사나운 영토 보호도 온화한 호기심으로 바뀌

<hr>

● 예술 작품에 압도될 때 느끼는 정신적 혼란. 스탕달의 경험에서 유래한 표현이다.

었다. 내가 방문객에게 지미의 많은 나이와 노쇠를 설명하자 그녀는 지미를 대단하게 여겼다. 이어 우리는 특별히 긴 인터뷰를 했는데, 인터뷰에서 그녀의 궁극적 질문은 이것이었다. "그래서, 미스터 반스, 이제 일흔여섯인데, 선생님은 백인이기 때문에 절대 노벨상을 받지 못할 겁니다. 선생님은 그 빛이 죽어가는 것에 맹렬히 분노하고 계신가요?"● 나는 질문의 첫 부분은 이스마일 카다레를 언급하는 것으로 받아치고, 두 번째 부분에 관해서는 대답을 중얼거리기는 했지만 분명한 태도를 밝히지는 않았다. 우리가 아래층으로 내려갔을 때 지미가 자기 침대에서 나왔다. 아마 다른 침입자가 나타났다고 생각하는 듯했다. 그녀는 허리를 굽히고 지미를 쓰다듬으며 물었다. "그래서, 지미는 그 빛이 죽어가는 것에 맹렬히 분노하고 있나요?"

이것은 우리 둘 다 받아본 적이 없는 질문이었다. 적어도 문학 관련 인터뷰에서 받아본 적이 없는 건 분명했다. 나는 지미가 맹렬히 분노하는 것이 많지 않다고 생각한다. 그는 초연하며 잠을 많이 잔다. 어떤 것들, 예를 들어 산책에서 15미터마다 멈추는 걸 허락받지 못하는 것, 또는 계속 개 먹

---

● 딜런 토머스의 시「그 좋은 밤으로 온화하게 들어가지 마세요(Do not go gentle into that good night)」를 인용하고 있다.

이만 주는 것—사람이 남긴 것을 훨씬 좋아하기 때문에—에 분개하기는 하지만. 지미가 먹이 그릇에 담긴 무슨 죽처럼 끈적끈적한 것을 의기소침한 표정으로 내려다보고 있을 때면 나는 가끔 소리를 지른다(화가 나서가 아니라 그저 지미가 내 말을 들을 가능성을 높이기 위해서). "이거 개 먹이야, 지미. 그리고 너는 **개야.**" 물론 우리는 지미가 자기가 개라는 것조차 모른다는 사실을 이미 확인했지만.

나도 크게 다르지 않다. 적어도 초연해지려고 노력하는 중이고, 내 삶에 암과 그 치료 과정이 끼어든 이후로는 전보다 많이 잔다. 그리고 지금도 죽음을 싫어하고 두려워하지만(그런 이의 제기가 소용없다는 걸 인정하면서도) 내가 그것에 맹렬히 분노할까? 내가 그런 적이 있는지 잘 모르겠다—그것에 맞서 명료한 목소리로 울부짖으려고 노력한 것 같기는 하다. 그리고 다른 사람들이 고난을 겪으며 쓰러지고, 또 많은 사람이 감당할 준비가 되어 있지 않은 채로 그런 고난과 마주하는 것을 볼 때, 내게 자기 연민은 당치 않은 일로 보인다.

예를 들어 오늘 아침에 나는 비야레알과 에스파냐 대표팀에서 뛰는 축구선수 비르히니아 토레시야의 인터뷰를 읽었는데, 그녀는 2년 반 전에 두통과 어지럼증이 시작되었다. 의사들이 CT를 찍어보고 뇌종양, 하지만 양성이라는 진단을 내렸다. 종양을 제거하고 나서 몇 달 후면 다시 훈련을 시작하게 될 거라는 이야기였다. 그러나 수술 뒤 의사들은 의견을 바꾸었다. 종양은 악성이었고 이미 다른 부분으로 퍼지고 있었다. 치료를 받는 열세 달 동안 어머니가 마드리드로 와서 딸을 돌보았다. 방사선 치료 서른 번에 화학 치료 열다섯 번이었다. 그러던 어느 날 모녀가 비르히니아의 차를 타고 나갔을 때 하얀 밴이 뒤에서 그들을 받았다. 그녀의 어머니는 하반신이 마비되어 여생을 휠체어에서 보내게 되었다. 사고가 났을 때 그녀의 차는 정지해 있었기에 죄책감을 느낄 합리적 근거가 없었지만, 비르히니아 토레시야는 당연히 깊은 우울에 빠졌다. 그녀가 인터뷰에서 설명했듯이, "나는 한 번도 나쁜 사람이었던 적이 없는데 왜 나에게 이런 일이 일어났는지 이해할 수 없었다."

많은 사람이 그렇게 느낀다. 강력한 반대 증거에도 불구하고 인생이 공정하다고, 또는 공정해야 한다고 믿기 때문이다. 이런 믿음 뒤에, 어쩌면 우리의 현재 이해를 넘어선 어떤 근본적 수준에서는 공정성을 기대할 수 있을지도 모른다는 추가의 믿음이 대비책으로 자리 잡기도 한다. 이런 느낌의 출처는 아마도 종교적 믿음의 찌꺼기(또는 심지어 그런 믿음이 충만한 상태)일 것이다. 나는 비르히니아 토레시야의 애처로

움과 당혹스러움—세계의 본성과 마주한 그녀의 순수함—
에 마음이 크게 움직인다. 그러나 우리는 삶이 공정하거나
정의롭지 않다는 것, 종종 좋은 사람들에게 나쁜 일이 일어
나고, 가끔 나쁜 사람들에게 좋은 일이 일어나며, 모든 평온
한 표면 밑에는 늘 갑작스러운 혼돈이 도사리고 있다는 것을
눈치챌 만큼은 이 행성에서 충분히 긴 세월을 보낸 게 분명
하다. 아내는 충만한 삶을 살던 시절에 악성 뇌종양 진단을
받고 37일 뒤에 죽었으며, 나는 **그녀의** 빛이 죽어가는 것에
맹렬히 분노했지만, 공정함이나 정의가 교활하게 위장하고
이 문제에 끼어든다고 상상하지 않았다. 내가 마음의 안정을
얻을 수 있는 간단한 구절이 하나 있었다면, 그것은 그 무렵
갑자기 내게 다가왔고 또 지금도 내가 계속 활용하고 있는
이런 말이었다. "우주가 그냥 자기 일을 하고 있을 뿐이다."
내가 죽어갈 때도 그럴 것이다. 내가 벗하며 갈 수 있는 암이
변이를 일으켜서건 다른 병으로건, 아니면 어떤 하얀 밴이
내 차를 추돌해서건, 아니면 복수심에 찬 소리 없는 전기 자
전거가 보청기를 안 끼고 나갔다는 이유로 나를 벌하건. 그
래서 나는 맹렬한 분노가 거의 없기를 바란다. 카다레가 노
벨상을 결국 받지 못하는 경우가 아니라면. **그것은** 누구인지
확인할 수 있는 개인들이 공정과 정의를 제대로 이행하지 않

는 문제이기 때문에.


노화에 관한 두 가지 노련한 발언.


1) 나보다 여섯 살 연상인 아내 팻이 했던 말. "나이가 들수록
   당신에게서 가장 용납하기 힘든 특질들이 견고해진다."
2) 나보다 열여덟 살 연하인 파트너 레이철이 하는 말. "늙는 건
   용납되지만 늙은 사람처럼 **행동**하는 건 용납되지 않는다."


몸이 쇠퇴해도 머리와 심장은 여전히 작동한다. 하지만 그
반대보다 이게 낫다.


IAM이라는 개념이 간혹 내 생각 속으로 밀고 들어온다.
예를 들어 며칠 전에는 진이 두 번째로 만났을 때 침대 속의
스티븐에 관해 해준 말을 떠올리고 있었다. 씨발 경이롭다/
경이로운 씹. 여기에서 주눅이 드는 생각으로 나아갔다. 만
일 사랑을 나누던 중 갑자기 어린 시절 스스로 만지작거리는
것에서부터 시작하여 지난주에 하던 것까지 성적 기억이 폭
포처럼 쏟아진다면 어떨까. 짜릿한 환희에서부터 맥 빠진 수
모 등등에 이르기까지 모든 잊힌 순간들이. 우리는 어떻게

반응하게 될까? (어떤) 남자들에게는 바로 수축이 일어날 수도 있다. 반면 어떤 남자들에게는 심지어 최음제 역할을 할수도 있다. 그러면 여자들은? 내가 추측할 수 있을지 모르겠다. 하지만 기억 가운데 일부는 틀림없이 집중을 방해할 것이다. "육신은 서럽다, 아아……."

T. S. 엘리엇은 우리가 다른 사람들에 관해 아는 것은 오직 우리가 그들과 함께 있는 시간에 대한 우리의 기억일 뿐이라고 썼다. 그리고 우리가 그들과 함께 있지 않을 때 그들은―사람들은―변한다고. 나는 늘 이 말이 약간 절망적이라고 생각했다. 하지만 아무리 가까운 친구나 애인도 우리가 알지 못하는―또 그들 자신도 알지 못하는―기억과 감정과 특질을 간직하고 있는 것 또한 사실이다. 우리 각자에게 먼 호텔에서 가져온 먼지 덮이고 구겨진 샴푸 병이 가득한 상자가 있다는 의미만이 아니다. 심지어 그 말의 비유적 의미만도 아니다.

하지만 엘리엇이 언급하는 그 다른 사람들은 우리의 시야 너머에서 변할 뿐 아니라, 우리가 그들과 함께 있지 않을 때 우리의 상상 속에서도 변한다. 스티븐과 진이 헤어진 뒤 나는 내가 주었을 수도 있는 모든 피해를 생각했다. 그들이 떠나고 나서 첫 몇 달 동안 내 머릿속엔 물이 찬 자갈 채굴장에서 스티븐의 차를 끌어내는 모습이 강렬하게 되풀이해 떠올랐다. 차 안에는 안전띠와 터진 에어백 때문에 운전석에 그대로 고정된 해골이 있었다. 스티븐은 나에게 말한 적이 있었다. "그 애는 내가 지금껏 원했던, 또 앞으로도 영원히 원하게 될 유일한 존재야." 그런데 나는 그의 마음을 저버렸다. 더 나쁜 것은 두 번째로 그가 자신의 꿈을 찾는 것을 도왔다는 점이고, 이것은 더한 파국을 낳았다. 어떻게 그가 나에게 분개하지 않을 수 있을까? 오래된 클리셰가 있다. 한 번 물리면 피하게 된다. 하지만 스티븐에게 닥친 현실은, 한 번 물리면 두 번 물린다, 였다.

그들이 입은 피해와 내 책임을 계산할 때 나는 종종 스티븐의 첫 부인과 '아들'은 잊고 있었다. 스티븐이 진을 잊으려고 노력하는 동안 낳는 바람에 아버지 없이 자라게 된 그 아이는 어떻게 되었을까? 또 아들과 마찬가지로 이름이 드러나지 않은 어머니는 어떻게 되었을까?

그리고 진은? 나는 진이 스티븐보다 자족적이고, 따라서 두어 해 전까지 자신이 살던 삶을 곧 다시 이어가 다람쥐를 쫓는 지미와 함께 시골을 산책할 거라는 생각을 받아들이지 않았다. 나는 우울의 황야에 있는 그녀, 약으로 인한 아지랑이

에 싸여 정신이 멍한 채 내가 여러 사람에게서 보았던 그 창
백하고 푸석푸석한 모습으로 삶을 터벅터벅 걸어가는 그녀
를 예견했다. 병동에서 병실 문을 잠그고 플라스틱 식기를
사용하는 그녀, 자신과 비슷한 사람들에게 둘러싸여 자신이
정상이 아닌 사람들로 이루어진 공동체의 일원이라는 확신
을 가질 뿐 아니라 심지어 그것을 자랑스러워하는 그녀를 보
았다. 그래, 이것이 그녀의 삶과 성격의 진실하고 논리적인
결과였다. 나는 그녀를 면회하러 가고, 그녀의 얼굴에서 나를
알아보는 표정을 발견하지 못하고, 내가 그녀의 이름을 말해
도 떠오르는 기억으로 인한 떨림조차 느껴지지 않고, 나중에
이것이 그녀의 진실인지 아니면 꾸며낸 모습인지 궁금해하다
가 이제 그게 아무런 차이가 없음을 깨닫는 상상을 했다.

그러다가 어느 지점에 이르러 내가 **나 자신**을 과대하게 부
풀리고 싶어서 그들 둘에게 닥칠 극적인 결말—불과 브림스
톤!—을 상상하고 있다는 것을 깨닫게 되었다. **그들**이 그런
일을 겪게 하는 바람에 **나 자신**이 겪은 것을 보라! 마치 그
게 모두 내가 한 일이기라도 한 것처럼. 이 무슨 자만이고 허
영이냐. 나는 다시 혼잣말을 했다—두 사람, 똑똑하고 대체
로 제정신인(대체로 우리 누구 못지않게) 두 사람이 있었는데
이들은 스무 살쯤에 자유의지로 사랑하겠다고 또는 사랑하

려고 노력하겠다고 결정했고, 다시 예순쯤에 한 번 더 같은 결정을 했다. 각각의 경우 그들은 자신들이 함께하는 것이 잘못이라는, 어떤 근본적 불균형 때문에 제대로 풀리지 않고 있다는 똑똑한 결정을 제정신으로 내렸다. 둘이 따로 나에게 "이게 내가 행복해질 수 있는 마지막 기회일 거야." 하고 말했음에도. 내가 누구기에 이 과정에서 나 자신의 중요성을 과장하는가? 그것은, 흔히 하는 말로, 세상의 끝이 아니었다. 두 사람이 서로를 행복하게 해주지 못한다……. 뭐 그럼 그 페이지는 넘기고 스포츠 결과나 확인해라.

하지만 이것도 옳지 않았다. 그걸로 **실제로 그들의** 세상은 끝이었다. 둘 가운데 아무도 자갈 채굴장이나 폐쇄 병동에 이르지 않았다 해도, 그들의 여생이 더 행복해진 것 또한 아니었다. 우리는 전자우편으로 계속 연락했지만 둘 다 한 번도 만나자는 말을 하지 않았다. 그들은 각각 실패했다는 느낌에 사로잡힌 채 혼자 살았다. 어떤 이들은 사랑하고, 그런 뒤에 한때 이루었다가 지금은 잃어버린 것 때문에 애달파한다. 또 어떤 이들은 사랑하려 애쓰고, 그런 뒤에 결국 이루지 못한 것 때문에 애달파한다. 구체적으로, 세월이 흐른 뒤 자신을 완전한, 철저한 슬픔으로 몰아넣을 수도 있는 삶을 이루지 못했던 것 때문에 애달파한다. 이게 말이 될까? 스티븐은 술을 마시기 시작했지만, 역시 스티븐답게 절제된 방식으로, 길고 텅 빈 시간에 혼자일 때 마셨다. 진은 여행을 했고, 한 번에 며칠씩 온천 호텔에 갔으며, 두어 번 연애를 했다(내 짐작으로는). 결국은 암이 그녀를 덮쳤다, 당연히. 내가 "당연히"라고 한 것은 영국 인구 가운데 암에 걸리는 비율이 이제 둘 중 하나이기 때문이다. 전에는 내 세대의 셋 가운데 하나였는데(그래서 내가 피할 수 있을지도 모른다고 생각했다) 지금은 걸릴 확률이 높아졌다. 혹시 모르고 있었다면 우울하게 해서 미안하다. 그건 한편으로는 과거보다 오래 살게 된 우리 잘못이기도 하다. 물론 치료법은 늘 나아지고 있고, 예후는 일반적으로 우리에게 전보다 긴 시간을 제시하고, 통증 완화는 더 효과적이다. 하지만 그렇다 해도 둘 중의 하나라고, 응? 진은 진단을 받은 뒤 자연이 자기 길을 가게 하기로 결정했다. 그녀가 자기 자문의사에게 표현한 대로, "나는 사는 데 관심 있을 뿐, 그냥 존재하는 데는 관심이 없다." 많은 사람이 비슷하게 느끼지만 종반이 눈앞에 다가오면 약해지는 일이 많다.

30~40년 전에 형제를 암으로 잃은 친구가 있다. 형제는 극심한 통증에 시달렸고, 병은 불치였다. 어느 날 형제는 내 친구에게 말했다. "내가 개라면 나를 쏴줄 거 아니야, 응?"

그것은 사실이었다. 요즘에는 개의 말기 돌봄도 개선되었지만, 그렇다 해도. 우리 대부분은 개처럼 죽는다. 나는 늘 그렇게 믿었다.

그런데 나는 스티븐과 진을 가지고, 또 그들에게 무엇을 했을까? 그들이 죽은 뒤 나는 그들에 관해 썼다. 그들 각자에게 한 약속을 어기고 그들의 삶에 기생했다. 우리 가운데 누가 도덕성이 가장 떨어질까? 겨루어볼 필요도 없는 일이다, 안 그런가?


대화 한 조각이 되살아난다. 진은 말했다. "첫 번째 만났을 때, 대학에서 말이야, 결정을 한 건 나였다고 생각해. 그래서 어떤 면에서는 두 번째에는 스티븐이 결정을 하게 해주는 게 지극히 공정하다고 생각했지. 그게 어리석었어."

그리고 잠시 말을 멈추었다가 덧붙였다. "그리고 나는 망상에 빠졌어. 다시 섹스를 쫓는 십 대가 되어버렸지."

내가 말했다. "어쩌면 섹스에 관한 한 우리 모두 십 대야, 아무리 늙었어도."

그녀는 집어치우라는 표정으로 나를 보았다. "아, 그 맞지도 않는 지혜로운 척하는 얘기 좀 그만해."

그들의 두 번째에 관해 쓸 때 그들의 조건에 적당한 말을 찾으려 노력했던 게 기억난다. '재애착 딜레마'와 '또 시작이네 증후군'은 모두 내가 생각해 낸 것이다. 최근에 나는 그들에게 적당한 말을 발견했다. 헤어졌다가 몇 년 뒤에 서로를 찾아 다시 사랑에 빠지는 사람들은 '재점화자'라고 부른다. 반대로 다시 불을 붙이려다 실패한 사람들은 '비재점화자'라고 부른다. 그래, 형편없는 표현이라는 데 나도 동의한다.

이런 표현은 지난 세기말에 캘리포니아의 정신과 의사 낸시 칼리시가 실시한 설문조사에 나온다. 그녀의 '잃어버린 사랑 프로젝트'는 그 지역에서 시작되었다가 전 세계로 퍼져 결국 그녀는 1001개의 이야기를 모았다(『천일야화』처럼). 진이나 스티븐이 참여했을 거라고 생각하지는 않지만, 참가자 가운데 열세 명은 잉글랜드 출신이었다. 1001개 사례 가운데 첫 이별의 원인은 다양했다. 부모의 반대, 때 이른 갑작스러운 결혼(또는 반대로 평생의 헌신에 대한 공포), 해외 군복무 등. 가끔 이 쌍들은 헤어지고 나서도 동창회 같은 거리를 둔 형식적 접촉을 유지하기도 했다. 많은 경우는 꿈에서만 접촉이 이루어졌다. 하지만 페이스북 같은 소셜미디어가 등장하면서 모든 게 한결 쉬워졌다. 탐색하고, 찾아내고, 조심스럽게 탐사하고, 불안해하며 만나자고 제안하고…….

소설가로서 나는 당연히 이론보다 일화를 좋아하는데, 어떤 이야기들은 싸구려고 어떤 이야기들은 저 위대한 미국식 서사 형식인 '행복한 결말로 끝나는 비극'에 굴복하지만, 많은 이야기가 진지한 동시에 감동적이다. 재점화에 실패한 사람들 가운데 일부는 두 번째 로맨스가 첫 번째보다 짧았지만, 그럼에도 그 뒤의 '애도 기간'은 첫 번째보다 훨씬 고통스러웠다고 보고했다. 이것은 말이 된다. 그 긴 세월 동안 잊고 있다가, 반쯤 기억하다가, 꿈을 꾸다가, 반쯤 궁금해하기를 반복했다고 상상해 보라. 이것이 만족스럽지 않은 삶을 헤쳐나가는 데 도움을 주었을 수도 있다. 그런데 이 모든 것이 이상적 해결책—아니, 정당한 보상—으로 보이는 것에 이른다. 하지만 결핍에서 타오른 큰불이 마치 라이터 뚜껑이 딸깍 덮인 것처럼 꺼져버렸다. 그걸 어떻게 견디겠는가?

하지만 다수는 모험에 나선 보상을 받았다. 재점화된 관계가 평생 가장 강렬한 감정적 경험이었다고 보고한 비율은 71퍼센트였다. 오래 헤어져 있을수록 계속 함께할 가능성도 커졌다. 재점화자들은 보통 '적극적'인 성향이라고 하지만, 다수는 잠재적 파트너가 별거하거나 이혼하거나 사별하기를 기다려 행동에 나섰다(곧바로 간통으로 들어가는 것은 그들에게 가장 매력 없는 선택지였다). 그러나 마침내 함께하게 되었을 때, 첫날밤의 초조함, 잠재적인 신체적 어색함 등등에도 불구하고 섹스는 "화산 폭발 같았고", "평생 최고였고", "믿어지지 않을 정도였다. 거의 영적 각성이었다".

그래서 나는 다시 스티븐과 진, 그리고 그들이 사랑을 나눈 것에 대하여 진이 부끄러움 없이 한 이야기를 생각하게 되었다. 그러나 그들이 결별하게 되었을 때 나는 그들의 기분이 어떤지, '애도'라는 말이 어울리는지 묻지 않았다. 둘 다 나를 꾸짖거나 나에게 책임을 묻지 않았다. 그러나 동시에 둘 다 나에게 속을 털어놓는 일도 그만두었다. 우리 모두 감정적 폭발을 피하는 세대에 속했다. 조용한 대화를 통해 우리 속마음에 관해 논의할 수는 있겠지만, 전체적으로 실망을 혼자 견디는 걸 좋아했다. 이게 내 관찰이다, 어쨌든.

닥터 칼리시가 소개한 재점화자들의 많은 일화 가운데서도 하나가 기억에 달라붙었다. 이것은 잃어버린 사랑이었던 여자와 함께 동창회 저녁 식사에 나타난 남자의 사례인데, 그는 38년 전 고등학교 때 그녀가 짜준 양말을 신고 있었다. 이게 감동적인가, 괴상한가? 괴상하게 감동적인가 감동적으로 괴상한가? 아니면 그냥 당신의 눈물을 터뜨리려는 완벽한 노림수인가? (하지만 아니, 나는 진이 스티븐의 양말을 한 번이라도 짜는 것은 상상할 수가 없다―사실 뭐라도 '짜는 것' 자체를.)

앞서 인용한 고티에의 시는 지금은 책에 실린 원본보다 노래로 더 유명하다(이렇게 되면 시는 소멸하는 건가, 아니면 죽어서 낙원에 가는 건가?). 요즘에는 프랑스 문학 교과과정의 일부로서가 아니면 고티에를 읽는 사람이 많지 않을 것이다. 나는 첫 소설에서 예술의 불멸성에 관한 그의 시행을 지지하며 인용했다. 예술을 제외한 어떤 것도—심지어 신들도—영원히 존재하지 않으며, 오직 예술만이 "홀로 지속되고…… 위대한 시는 청동보다 오래간다." 그러나 나는 이제 이런 현혹적인 낭만적 환상을 믿지 않는다. 우리는 이 행성을 날려버리면서 그와 더불어 모든 예술도 날려버릴 것이다. 아니면 생존은 하겠지만, 상상도 할 수 없는 어떤 것—현재의 우리, 신과 사랑과 행복과 예술을 소박하게 갈망하는 우리와는 전혀 닮지 않은 것—으로 진화할 것이다. 우리가 아메바로부터 멀리 떨어졌듯이 지금의 우리로부터 멀리 떨어진 어떤 생명 형태로 발전할 것이다.

고티에(1811-1872)는 시인·소설가·비평가·여행작가였으며, 이상주의적 성향의 명랑한 인물이었다. 플로베르를 비롯한 몇몇 사람들에게는 "선한 테오le bon Théo"였다. 그가 죽었을 때 10년 연하인 플로베르는 "그와 더불어 나의 마지막 친밀한 친구가 가버렸다. 내 친구 명단에는 아무도 남지 않았다”고 썼다. 그로부터 3년 전 루이 부이예와 생트뵈브가 죽은 뒤에는 이렇게 썼다. “우리 작은 무리가 줄어들고 있다.” 이것은 모든 문학 집단에 결국 일어날 수밖에 없는 일이다. 내가 반세기 전 런던 문단에 나왔을 때 속했던 ‘작은 무리’는 수십 년에 걸쳐 수가 줄었다. 한편으로는 나이 든 구성원의 죽음 때문에, 또 한편으로는 국외 이주, 게으름, 심술, 냉랭해진 관계 때문에. 며칠 전에는 마틴 에이미스가 후두암 추가 치료를 거부하고 있다는 소식을 들었다. 그는 이미 두 번이나 심각한 의학적 처치를 견뎠다. 두 번째는 “마지막 희망”을 건 수술로 수술팀 셋이 관여했다. 그가 (당연히 옳은 선택이지만) 거부하고 있는 치료는 양성자 치료로, 이 치료는 우리 무리의 또 한 구성원인 크리스토퍼 히친스를 구하지 못했고, 마틴은 11년 전 그의 죽음을 목격했다. 그는 작별 서신이 분명한 전자우편에서 나에게 말했다. “나의 건강은 알다시피 위태롭지만 사기는 별로 떨어지지 않았습니다.” 나는 그의 용기에 갈채를 보내지만, 동시에 그가 전에 나에게 삶이 문학에 비하면 “얄팍한 것”이라고 말했다는 사실을 기억하고 있다. 나는 동의하지 않았지만—지금도 마찬가지지만—어쩌면 그런 생각이 죽음을 약간 쉽게 만들어줄 수는 있을지도 모르겠다.

고티에의 「미지의 섬」의 그 시행을 보면 진이 전에 스티븐에게 했고, 스티븐이 나에게 전해준 말이 떠오른다. "행복은 나를 행복하게 해주지 않아." 스티븐은 그녀를 가끔―기본적으로는 아니라 해도―이해할 수 없다는 예로 나에게 그 말을 인용했다. 그리고 이제 뒤늦게 이번에는 내가 그녀를 이해해 보려 하고 있다. 아마 그녀는 인용문의 '행복', 즉 보통 우리 세상에서 행복으로 통하는 것―만족 더하기 좋은 섹스 더하기 친구 더하기 편안한 생활―이 그녀를 행복하게 해주지 않는다는 뜻이었을 것이다. 그녀는 더 위험한 종류의 행복, 스티븐이 줄 수 있는 것보다 높은 감정적 수준의 행복을 살고 싶다는 것. 아니면 자신은 (반드시 스티븐과 관련된 것은 아니지만) 그런 높은 수준에서 살았지만 그것이 자신에게 한 번도 큰 행복을 주지 못했다, 너무 부담스럽고, 너무 긴장되고, 당장이라도 부서지고 타버릴 듯했다는 뜻이었을까. 아니면 어떤 다른 것이었을지도 모른다. 고티에의 시에 묘사된 것과 같지만 역할과 성은 반대인 경우. 스티븐의 꿈은 사랑이 영원히 지속되는 "신의의 해안"으로 실려 가는 것이었다. 하지만 진은 비현실적인 배의 현실적인 선장과 마찬가지로 내심 그런 해안은 "사랑의 영토에는 / 전혀 알려진 바 없다"

고 대답하고 있었다. 그래서 스티븐과 진은 "아리따운 젊은 처녀"와 선장처럼 어디로도 가지 못하고 있었다.

둘의 관계 안에서, 나아가서 사회에서 누리는 사랑과 행복에 관해 말할 때 우리는 각기 다른 것을 가리킬 수도 있다. 내가 중간계급의 교외 잉글랜드에서 성장할 때 우리 가족은 사생아로 태어나거나 이혼하거나 동성애자인 사람을 아무도 알지 못했다. 모두가 이성애를 규범으로 단정했으며, 진짜로 단단히 미치기 전에는 아무도 정신과 의사를 보러 가지 않았다. (사소한 예외가 몇 번 있긴 했다. 우리가 수상쩍다고 여기던 남자 교사 두어 명, 거기에 첫 번째 부인이 정신병원에 갇힌 뒤 재혼한 종조부.) 하지만 내 인생의 말년에 이른 지금 이 나라에서는 결혼 생활 안보다 밖에서 태어나는 아이가 많다. 이혼, 동성애, 정신과 의사 방문은 일상이 되었고, 성별은 유동적인 것이 되었다. 이 모든 것이 늦었지만 환영할 만한 일이며, 우리는 이따금 사회적·종교적·성적 기대라는 무시무시한 감옥에 갇혀 있던 지난 시대 사람들에게 강렬한 연민을 느낄 수도 있다. 그렇다고 그들이 사랑을 잘 이해하지 못했을 거라고 상상하는 것은 건방진 일일 것이다. 그들은 분명히 사랑에 관하여 우리가 할 수 있는 것만큼 강력하게 말하고 쓰고 노래했다. 어쩌면 우리보다 강력하게.

떠남은 대개 도착에 이른다. 물론 한 번도 항구를 떠난 적이 없던 저 프랑스의 시적 몽상가들을 보면 반드시 그렇다고 할 수는 없지만. 그러나 역, 버스 터미널, 공항에서 우리는 출발과 도착 알림판을 본다. 우리는 가고, 우리는 도착하고, 우리는 귀환에 나서고, 다시 집에 다다른다. 우리는 그런 타성을 가지고 산다. 하지만 그런 궤도는 더 크고 더 모순된 구조 안에 놓여 있다. 우리 삶에서는 도착이 먼저 오고 떠남은 마지막에 온다. 도착으로 이어지지 않는 떠남이지만. 우리의 '작은 무리'에 속했던 한 시인 친구는 암으로 죽어갈 때 침대에서 벌떡 일어나 작은 소리로 말했다, "잘 있어, 잘 있어……." 하지만 그는 자신이 어디로도 가지 않는다는 것을 알았다. 필립 라킨이 한밤중에 자기 손을 잡고 있던 간호사에게 남긴 마지막 말은 "나는 피할 수 없는 곳으로 갈 거야"였다. 내가 열여섯 살쯤이었을 때 영어 선생님은 수업 시간에 임종 때 할 말을 미리 준비해 두었다고 말했다. 딱 한 마디 "젠장!"이었다. 아마 단순히 자기 삶의 종결에 대한 저주로서 그런 말을 하고자 했을 것이다. 대부분의 선생에게 냉소적이었던 학생들은 그것을 이제 그가 작별하려 하는 낭비한 삶에 대한 격한 후회로 해석했지만. (그 선생님이 어떻게 죽었는지, 그 말을 했는지, 아니면 막을 마무리하는 마지막 대사, 아니 단어로 그 말을 하겠다는 약속을 기억이나 했는지는 알아내지 못했다.) 나 자신은 유명하든 유명하지 않든 어떤 마지막 말도 계획하고 있지 않지만, 막상 나의 날들이 끝났다는 것을 깨닫는 순간 뭐가 내 뇌로 슬그머니 들어올지, 아니면 거기서 뭐가 나올지 누가 알겠는가.

'도착'이 뒤따르지 않는 '떠남'은 생각할 여유도 없이 갑자기 닥칠 수도 있다. 하지만 가장 가능성이 커 보이는 대로 의학적 관리 아래 죽음을 맞이한다면 그때는 새로운 어휘를 고려해 봄 직하다. "우리는 환자를 편안하게 해드리려고 최선을 다하고 있을 뿐입니다"는 공식화된 표현이다. 의료계에 종사하는 사람들이 죽어가는 모두에게, 다시 말해서 젊든 늙었든, 정신이 명료하든 치매 상태이든, 신앙심이 있든 불가지론자든, 겁에 질렸든 초연하든 그들 모두에게 어울리는 어휘를 찾는 것은 어려운 일이다. 하물며 절망하는(또는 누가 알랴, 기대감에 찬?) 유족을 상대할 때는 말할 것도 없다. 최근의 유행어는 '오솔길'이다. 말기 암에 걸린 친구가 병원에 갈 때 함께 간 적이 있다. 그녀는 의자에 앉아 있었고 수술복을 입은 한 여자 의사가 친절하게 그녀 앞에 무릎을 꿇었다. 내 친구는 의아한 표정으로 말했다. "내가 어떤 오솔길로 접어든 건지 모르겠어요." 의사는 수첩을 내려다보더니 부드럽게 대답했다. "통증 완화 오솔길입니다." "그런 것 같았어요." 내 친구는 그렇게 대답했다. 그런 식으로 중대한 소식이 전해졌다. 그런 언어라면 나쁘지 않을 것이다. 오솔길은 일반적으로 걷기 좋은 곳으로, 조용하고 명상을 자극하고 긴장을 풀게 하는 들판이나 숲이나 고지 목초지를 통과한다. 그 가운데 일부는 벼랑에 이를 수도 있지만. 그러나 어떤 사람들은 '오솔길'에 하나의 길이 모두에게 적합하다는 함의가 있기 때문에 어울리지 않는다고 판단한다. 그래서 "개인 특화 말기 돌봄 계획"이라는 표현으로 대체하자고 제안한다. 하지만 우리 가운데 일부는 여전히 '오솔길'이 낫다고 여길 것이다.

오늘날 필요한 클리셰에 종종 더 세련된 언어가 선구자로 자리 잡고 있음을 발견하는 것도 즐거운 일이다. 프로스페르 메리메(작가, 비평가, 중편 『카르멘』의 저자, 프랑스 유산의 많은 부분을 구한 자)는 1870년에 죽었다. 4년 뒤 그가 40년간 친구로서 서신을 교환한 제니 다캥에게 보낸 편지가 공개되었다. 메리메는 말년에 심각한 호흡기 질환으로 고생한 뒤 칸에서 쉬고 있을 때 다캥에게 보낸 마지막 편지들 가운데 한 통에서 말했다.

나는 여전히 아프고 이따금 내가 무덤 너머로 이어지는 놀라운 철로에 올라서 있다는 생각이 듭니다. 때로는 이런 생각이 매우 고통스럽지만, 때로는 거기서 사람들이 기차에서 얻는 위로를 찾기도 합니다. 저항할 수 없는 우월한 힘과 마주한 상황에서 모든 책임이 사라지는 상태.

어쩌면 이것이 언어적 해법이 될 수도 있다. 장면: 앞으로 몇 년 뒤 병원 침대 옆. 낯익은 얼굴이 등장한다. "그래, 어떤가요, 옛 친구/달링/미스터 B?" JB⁕는 희미하게 웃으며 대답한다. "나는 철로 오솔길에 접어들었소." 이 책을 읽은 사람들은 무슨 말인지 알 것이다. 어떤 사람들은 고개를 저으며 뒤로 물러설 것이다. "가엾은 우리 JB, 어떠냐고 물었더니 철로니 벼랑이니 주절거리네. 아주 늙으면 어린 시절이 기억나기 시작한다더니 그런 것 같아. 어렸을 때 JB는 액턴 메인 라인 역에서 기차가 지나가는 걸 지켜보곤 했지……. 그러다가 기차 관찰자가 됐지……. 아니면 자기가 쓴 첫 소설 『메트로랜드』를 말하는 건지도 몰라. 아, 작가들의 유아론이란……."

⊖ 줄리언 반스(Julian Barnes)의 머리글자.

사람들 말에 따르면, 나이가 들수록 잊고 있던 어린 시절 기억이 자주 돌아온다. 동시에 중간에 긴 세월을 쥐는 힘이 약해진다. 아직 나한테는 이런 일이 일어나지 않았지만, 노쇠가 자리를 잡으면서 어떻게 상황이 전개될지 상상할 수는 있다. 우리의 정신적 공간은 생생한 초기 장면들, 그다음에는 긴 공백, 그다음에는 반복되는 나날, 그리고 반복되는 혼란이 구름처럼 흐릿하게 지나가고 있는 그럴듯해 보이지만 무가치한 현재가 점령하게 될 것이다. 우리 삶은, 다시 말해서, 중간에 커다란 구멍이 있는 이야기로 축소될 것이다.

자연스럽게 (그래—자연의 방식대로) 나는 이것저것 잊어버리기 시작하고 있다. 아니, 더 정확히 말하자면, 사람들을. 아니, 더 정확히 말하자면, 이름들을. 왜 뇌는 이런 짓을 해서 우리가 오랫동안 알고 있던 이름을 쫓아 머릿속 뒷골목을 달려가고, 그러다 종종 막다른 곳에 이르러 당황하여 거짓말을 하고 사과하는 순간에 이르게 하는가("미안, 안경을 벗고 나와서")? 그래서 어쩔 수 없이 암기법을 만들어낸다든가 하는 방어적 계책에 의존하지만, 그러면 이번에는 그런 암기법 자체를 잊어버리기도 한다. 또 왜 뇌는 그렇게 무차별적이어서 친구와 적의 이름을 똑같이 삭제하는가? 우리한테 소용없는 것, 또 일깨워 주지 않아도 화를 내지 않을 것은 어김없이 떠오르게 하는가? 왜 우리 머리뼈 속에 자리 잡은 서커스는 핵심적 순간에 우리—현장 요원—를 저버리는가? 틀림없이 이번에도 비유가 엉터리이기 때문일 것이다. 뇌의 서커스에는 **의도**가 없으니까. 그리고/또는 아마도 하나의 단일한 법인으로 활동하는 것이 아니라 자율적으로 일하는 여러 부문을 거느리고 있고, 이 부문끼리 서로 의심할 테니까. 그리고/또는 서커스는 최선을 다하지만 우리와 똑같이 오류를 저지를 수 있으니까. 사실 서커스가 수십 년에 걸쳐 해온 어마어마한 양의 일, 무수한 입력 정보를 처리하고 정리하고 버려온 과정을 생각해 보라. 이런 메커니즘에 어떻게 결함이 없을 수 있겠는가? 왜 내 골수가 갑자기 대량으로 과잉생산을 시작하여 그 자신의 생명유지시스템의 존속을 위태롭게 만들었느냐(이번에도 그릇되게 **의도**를 가정했지만 이는 정상이다. 벌어지는 일에서 어떻게 목적을 찾지 않을 수 있겠는가?)고 묻자 나의 자문의사는 대답했다. "그냥 몸이 닳은 거죠." 인류의 수명 연장으로 뇌에 과로를 강요하는 상황—추가로 보수도 주지 않으면서—을 고려하면 뇌를 탓할 수도 없다.

그냥 우주가 자기 일을 하는 것일 뿐이다. 그렇다 해도 약이 오를 수는 있다. 예를 들어 몇 시간 전에는 어떤 사람과 전화하면서 내가 가장 최근에 쓴 소설 제목을 기억하지 못했다. 왜 하필이면 그것, 내 머릿속에서 가장 신선해야 할 그것이었을까? 왜 뇌는 이전 작품으로―또는, 훨씬 반길 일이지만, 다른 사람의 책 제목으로 나에게 좌절감을 안겨주지 않았을까? 왜 뇌는 나에게 이래야만 할까? 하찮은 수모를 주고, 그래서 그냥 입에서 나오는 대로 "내 최근 소설"이라고 멍청하게 언급하게 하는 것 외에 무슨 목적으로.

내가 지금까지 발견한 그런 망각의 유일한 (아주 작은) 장점은 기따금 신문의 서평에서 평자 이름과 마주치거나 파티에서 어떤 얼굴을 마주했을 때, 과거 같으면 이 새끼가 오래전에 그 잘난 척하는 서평을 썼지 하면서 속으로 욕을 내뱉었을지도 모르는데, 지금은 이게 진짜로 그놈인지(늘 남자다) 정확하게 기억하지 못하면서 놀랍게도 갑자기 마음이 편해진다, 아니, 근심이 사라진다는 것이다. 애초에 미워했던 게 그놈인지 확신하지도 못하면서 다시 미워하는 건 아무 의미 없는 길이니까. 대단한 장점은 아니다, 인정한다, 더 큰 단점에 근거한 것이기에, 하지만 그렇다 해도…….


우리 모두 기억이 정체성임을 알고 있다. 기억을 가져가

버리면 우리에게는 뭐가 남는가? 그저 그 순간의 어떤 동물 같은 생존뿐이다. 이건 지미 잭 러셀(동네 동물병원에 그런 이름으로 등록한 적이 있다)보다 못한 삶의 형태일 것이다. 지미는 이제 비틀거리고 멈칫거리면서도 여전히 냄새를 맡아 친한 인간 공범들을 알아볼 수 있고, 여전히 산책 경로와 자신이 즐겨 발을 멈추었던 오줌에 젖은 거리 모퉁이를 인식한다. 그리고 여전히 먹이 그릇의 내용물에 만족을─또는 실망을─표현한다.

나는 지미를 보며 스티븐과 나눈 대화를 기억하곤 한다. 당시에는 지미가 스스로 어떤 종류의 개인지 모르고, 심지어 자기가 개라는 것도 모른다는 게 재미있어 보였다. 그러나 한참 지나자 재미가 없어졌다. 아니, 여전히 재미있었지만 동시에 슬퍼지기 시작했다. 자신이 개라는 것조차 알지 못한다는 것. 그래도 우리는 우리가 인간임을 안다. 아니, 알까? 인간은 종종 사느라 바빠 자신이 인간임을 잊는 듯하다. 적어도 인간이 된다는 게 뭔지, 그 결과가 뭔지─따라서 죽는게 무슨 의미인지도.


머칠 전 층계에서 넘어졌다. 재미있는 경험이었다. 초저녁에 목욕을 하는데 초인종이 울렸다. 욕조에서 나가 타월을 두르고 얼른 거품투성이 발을 욕조 매트에 닦았다. 열두 단짜리 리기다소나무 층계 앞에 이르렀을 때 나는 난간 지주의 나무 공을 꽉 쥐며 나 자신에게 단호하게 말했다. "층계에서 넘어지면 안 돼." 그리고 다음 순간 몸을 지탱하던 발이 미끄러지면서 그대로 아래로 굴렀다. 하강 중에도 두 가지는 관찰할 여유가 있었다. 첫째, 단에 부딪힐 때마다 속도가 빨라진다는 의식. 둘째, 뼈가 부러지거나, 그 이상의 일이 생길 거라는 확신. 결과적으로 운이 좋았다. 나는 모로 떨어졌고, 그 덕분에 피해가 최소화되면서 몇 주 지속되는 총천연색 멍으로 끝났다. 엎드리거나 누워서 떨어졌다면 훨씬 심각했을 것이다.

얼마 지나지 않아 지미도 똑같은 층계에서 넘어졌다. 그때도 초저녁이었는데 아직 불은 켜지 않았다. 나는 서재에서 지미가 굴러떨어지며 보따리가 부드럽게 구르는 소리가 나는 걸 들었다. 내가 층계 꼭대기에 갔을 때 지미는 이미 현관 카펫까지 내려가 비를 맞은 것처럼 몇 번 몸을 흔들고 있었다. 그러더니 천천히 먹이를 확인하러 갔다. 당시에 그것은 일화 중심으로 살아가는 존재의 추락으로 보였다. 자, 이제 추락은 끝났으니 다음으로 나아가자. 하지만 그의 서사성, 또는 기억이 개입하기 시작했고, 그래서 이제는 층계를 의심스럽게 본다. 가끔 맨 위 계단에서 웅크린 모습이 눈에 띄는

데, 근시처럼 아래를 내려다보기만 할 뿐 움직이는 건 주저한다. 그러다 결국 내려가지만 한 단 내려갈 때마다 불안하게 몸을 흔들며 일단 멈추고, 다시 용기를 내어 다음 단으로 내려간다. 공포에 몸이 얼어붙어 내가 가서 안아 옮겨주기를 기다리는 경우도 많다.

이건 놀랄 일은 아니다. 지미는 열여섯 살이고, 듣기로 이건 인간으로 치면 112살이다. 따라서 지미는 노쇠에서 나를 훨씬 앞서가고 있다. 지미는 관절염이 있고 앞다리가 활처럼 휘어 있어, 게임을 하거나 공을 잡거나 다람쥐를 사냥하던 시절은 지나갔다. 지미가 요즘 사냥하는 것은 오직 성형 펄프 제품인 먹이 그릇뿐인데, 지미는 영양의 마지막 자취를 찾아 맹목적으로 이것을 핥으며 부엌 바닥을 반쯤 가로지른다. 발이 아파서 아스팔트 길보다 풀밭을 좋아한다. 지미는 잠을 오래 자며, 나이 든 동물치고는 감탄할 만큼 배설 억제력이 훌륭하다. 지미는 최근까지도 기린 무늬 패드를 두른 통나무에 아랫도리를 박아대는 것을 즐기곤 했는데(거기서 느끼는 쾌감은 모호하고 상징적일 게 틀림없는 것이 진이 지미를 어린 나이에 중성화해 버렸기 때문이다), 지금은 이 자기성애적 장치를 단호히 무시한다. 지미는 오랜 세월에 걸쳐 천천히 귀가 어두워져 이제는 개 호각이나 인간 목소리에 반응하지 않는다. 오직 크고 힘찬 손뼉 치는 소리만 그의 귀에 가닿을 뿐이다. 그래도 그 소리가 어디서 왔는지는 파악하지 못한다. 지미는 가만히 선 채로 주인을 떠올리게 하는 뭔가를 찾기를 바라며 다른 방향을 보고 있다. (개도 보청기를 낄 수 있을까 궁금하다. 어쩌면 죽음을 부정하고 반려동물을 별스럽게 애지중지하는 미국에서는 가능할지도.) 거의 귀가 안 들리는 상태의 한 가지 이점은 지미가 이제는 불꽃놀이를 두려워하지 않는다는 것이다. 전에는 축제 날 밤이면 세탁기 안이나 개수대 밑에 숨곤 했다. 시력도 나보다 빠르게 나빠지고 있다. 아직 가구에 부딪히지는 않지만 움직이지 않는 형체는 인식하지 못하는 것 같다. 지미가 기다리는 것은 개 눈높이에서 두 손을 흔들어주는 것이다. 원래의 이가 여덟 개 정도만 남았다는 점이 지미와 내가 가장 비슷한 점이다. 지미의 이 몇 개는 심하게 상해 수의사가 닦아주려는 순간 빠져버렸다. 밖으로 45도 기운 송곳니는 이제 하나뿐이며, 성숙기의 호전적인 깨물기는 이제 잇몸으로 붙드는 수준으로 쇠퇴해 버렸다. 내 입안 사정이 그보다는 낫지만, 이것은 오로지 오랜 기간의 크라운과 브리지와 임플란트 덕분이다.

지미는 전에는 현관문이 어떻게 열리는지, 빛이 어디에서부터 새어 들어오는지 기억했다. 그러다 어떤 이유에서인지

문의 경첩이 있는 쪽에서 기다리기 시작했는데, 이 때문에 이상하게 멍청해 보였다. 그래서 뇌의 혈류를 개선해 주는 약을 얻어 와 아침 식사에 갈아 넣어주었다. 그렇게 일주일 정도 지나자 다시 걸쇠 밑에서 기다리게 되었다. 마치 늘 그랬던 것처럼.

이건 좀 무섭다는 생각이 들었다. 그걸 보면서 전에 알던 나이 든 아일랜드 작가가 떠올랐다. 그보다 연하인 부인은 집의 현관문 안쪽에 메모를 붙여놓았다. 경첩이 어느 쪽에 있는지 알려주려는 것이 아니라 이렇게 물어보려는 것이었다. "T－열쇠는 챙겼죠?" 우리 모두 그 지점에 이를 것이다, 그때 나는 생각했다. 당시 아마 나는 40대였을 것이고 그는 여든쯤이었을 것이다. 어느 날 저녁을 먹으면서 T는 자신이 아는 다른 작가 이야기를 시작했다. 그러다 말을 멈추고 물었다. "그런데 그 친구가 지금 살아 있나 죽었나?" 당시 나는 기억력에 자신이 있었기 때문에 이것이 미래의 노쇠를 보여 주는 무서운 지표라고 생각했다. 누가 살아 있고 누가 죽었는지 모른다는 것이. 요즘은 나 자신이 가끔 그와 똑같은 의문이 생기는 상황에 빠지지만 그것 때문에 속이 상하는 일은 없다. 죽은 것과 산 것의 차이가 전에 그랬던 것만큼 뚜렷해 보이지 않기 때문이다. 결국 살아 있는 우리는 죽은 이들과 비교하면, 거기에 아직 태어나지 않은 이들까지 보태서 비교하면 극단적 소수자에 속한다. 이 때문에 삶은 박약한 순간으로 느껴지고 실제로도 그렇다.

아, 내가 확인해 보았다. 개를 위한 보청기를 실제로 만든다. 하지만 별로 성공적인 것 같지는 않다. 기본적인 청력 검사를 하는 것도 힘들어 보인다. 어떻게 개에게 쏟아지는 물소리 위로 희미하게 **띠잉**이나 **삐이** 소리가 들리면 앞발을 들어 단추를 누르라고 가르칠 것인가? 늙은 개들은, 통념●에 맞서, 새로운 재주를 배울 수 있다. 하지만 이 개는 아니다, 내 생각에는.


내가 직접 알게 된 첫 작가는 도디 스미스였는데 ─ 집에 개가 많았다 ─ 그녀는 1930년대에 매우 인기 있는 극작가였고 나중에는 소설을 쓰기 시작하여 비슷한 성공을 거두었다. 그녀는 나보다 쉰 살 위였지만 우리는 즉시 서로에게 끌렸다. 나중에 그녀는 나를 자신의 유저遺著 관리자로 지명했다. 그녀는 남편이 죽은 뒤에도, 희곡에서 돈이 흘러 들어오던 시절에 산 에식스의 갈대 지붕 오두막에서 계속 몇 년 더

●  늙은 개에게 새로운 재주를 가르칠 수 없다는 속담이 있다.

살았다. 그녀는 두뇌가 늘 예리했으며 90대에 들어서도 '여전히 도디'였다. 나는 그녀의 에이전트인 로런스 피치와 함께 그녀를 찾아가곤 했는데, 피치는 반세기 이상 전 '런던 극단'의 사환 시절에 그녀의 희곡 「가을 크로커스」를 처음 읽고 추천한 사람이었다. 그가 있는 자리에서 내 인생의 가장 통절했던 순간 가운데 하나가 찾아왔다. 그 자체로도 통절했지만 그것이 제시하는 것도 통절했다. 도디는 건망증이 심해지는 것을 한탄하고 있었는데, 그 말에 자극을 받은 로런스가 상냥하게 물었다. "그런데 도디, 도디가 예전에 유명한 극작가였던 건 기억나세요?" 그러자 도디는 신중하게 대답했다. "그래, 기억나는 것 **같아**." 당시 나는 이게 그저 몹시 슬프다고 생각했다. 하지만 나중에 그 말에서 예언적 아이러니를 보게 되었다. 당시 나는 작가의 길로 가는 출발점에서 허우적거리고 있었다. 상상해 보라, 그냥 상상해 보라. 당신은 늘 간신히 꿈이나 꿀 수 있을 것 같던 일을 해서 '작가가 되었다.' 심지어 성공을 거둔 작가가 되었을 수도 있다. 그런데 인생이 끝날 무렵에는 무엇이 당신을 기다리고 있는가? 당신이 가장 이루고 싶었던 것의 망각. 당신이 의도하고 구축하여 세상에 내놓은 모든 것이 당신의 뇌에서 지워져 버린다. 더 상상해 보라. 예를 들어 눈이 먼 채로 침대에 몸져누

웠는데 간호사나 보호사가 당신 소설 가운데 한 권을 담은 오디오 북을 들려주면 당신이 좋아할지도 모르겠다고 생각한다. 그들은 헤드폰을 씌워주고 당신은 성우―또는 어쩌면 심지어 **당신 자신**―가 당신이 수십 년 전 쓴 글을 읽는 소리에 귀를 기울인다. 그래서? 그게 반쯤이라도 익숙하게 느껴질까? 당신이 오래전에 읽은 적이 있는 어떤 책이 틀림없다고 생각할까? 아니면 혹시 귀에 들리는 소리가 그 글을 쓴 진짜 기억을 촉발할 수도 있을까? 마지막 가능성이 있을 법하지 않은 것은 아니다. 내가 쓴 글 대부분은 여전히 "이 위 어딘가에" 있으며, 이 사실은 내가 쓴 책 어느 한 권에서 한두 문장을 듣고 종종 다음 한두 줄을, 정확히 인용까지는 하지 못하더라도, 느낄 수 있을 때 확인된다. 그렇다면 이것은 위로가 되는 순간일까, 아니면 고통을 주는 순간일까?

무슨 수가 있는 것도 아닌데 왜 그런 질문으로 골치를 썩이나? 골치를 썩이든 말든 몸과 뇌의 쇠퇴는 계속될 것이고, 적절한(또는 부적절한) 순간에 답이 주어질(아니면 주어지지 않을) 텐데. 이것을 잘 알면서도, 나는 가능한 한 오래 사물을 관찰하고 싶다. 내가 나의 관찰이 옳다는 걸 믿을 수 없다고 인정하게 되는 시점까지, 나 자신의 자아에 작별을 고해야 하는 시점까지. 그건 한순간일 수도 있다, 아니, 한순간일 것이다, 안 그런가? 혹시 당신의 떠남을 한동안 음미하고 싶을지도 모르겠다. 하지만 그 시간은 빠르게 지워질 것이다.

당신은 이게 터무니없이 유아론적이라고 생각할지도 모른다. 하지만 나는 나 자신이 겪을 거라고 상상하는 고통이 무엇보다 중요하다고 주장하는 게 아니다. 나는 자신의 음악을 알아듣지 못하는 작곡가, 자기가 만든 줄도 모르고 자기 다리에 감탄하는 건축가, 승리의 퍼트를 잊어버린 골퍼, 예전에 학교를 찍은 사진을 물끄러미 바라보면서도 아무것도 알아차리지 못하는 교사, 자기 자식을 알아보지 못하는 어머니, 어느 순간 평소에 사람들 눈에 비치던 모습과는 정반대의 인간성을 드러내는 사람 등, 이루 다 예를 들 수 없는 수많은 사람과 같은 배를 타게 될 것이다. 나는 50대 말에 노화, 붕괴, 죽음에 가까워진 시간에 관한 이야기들을 모아 책을 냈다. 출판 기념 행사에서 낭독을 끝내고 청중의 질문 시간이 되었다. 머리가 하얗게 센 부인이 손을 들더니 질문이라기보다는 할 말이 있다고 했다. "그렇게까지 나쁘지는 않아요, 아시다시피." 그렇게 책망을 당하는 건 즐거운 일이었지만, 나는 여전히 최악에 대비하여 계획을 세우는 쪽을 선호한다. 그래서 자선단체 '존엄한 죽음'을 후원한다. 교회와 법은 너무 오랜 세월 수모를 강요해 왔다.

모든 작가는 자기 글이 영향력을 발휘하기를 바란다. 소설가들은 재미를 주고 진실을 드러내고 감동을 주고 백일몽을 자극하기를 바란다. 그것을 넘어? 독자가 소설가의 글을 읽은 결과로 **행동**하기를 바랄까? 경우에 따라 다르다. 가끔 공개 행사 뒤에 젊은 한 쌍이 찾아와 처음 만났을 때 둘 다 내가 쓴 같은 책을 읽고 있었다는 말을 해준다. 내가 그들이 서로 어울린다고 예언했기 때문에 함께하게 되었다는 함의―아니, 공개적 확신―가 담긴 말이다. 그런 뒤에 그들이 나를 보고 명랑하게 활짝 웃으면 나도 명랑하게 활짝 웃으며 말한다. "물론, 나는 책임을 지지 않습니다만……." 그러고 우리 모두 웃음을 터뜨린다. 또 결혼식에서 나의 책『10과 ½장으로 쓴 세계 역사』가운데 사랑에 관한 반쪽 장의 한 대목을 낭독하고 싶다고(또는 이미 낭독했다고) 말하는 쌍들도 있다. 그러면 나는 저작권에 관해 농담하거나, 어떤 세속적 축복을 해주기도 한다. 딱히 책임감을 느끼는 것은 아니지만, 그래도 그들 때문에 갑작스러운 불안감, 제대로 되기를 바란다는 갈망, 잘못되면 어쩌나 하는 두려움은 분명히 느낀다. 나는 뭉클해지기도 하고 묘한 책임감 비슷한 것도 느낀다(그래서 책임을 부정하는 것이다). 만일 잘못되면 그들이 나를 탓할까? 아마 아닐 것이다, 스티븐과 진을 기준으로 삼는다면. 그래서 결국 약간 신경이 곤두서서 축하를 하고 만다.

한번은 이미 지나간 일과 관련된 성적 질투, 그리고 아내의 과거에 대한 남편의 강박적 집착에 관한 소설을 쓴 적이 있다. 거의 40년이 지난 뒤 자기 친구 하나가 비슷한 심리적 병에 걸린 일이 있다는 이야기를 한 친구가 해주었다. 나는 친구가 그 사례를 이야기하는 것에 귀를 기울인 뒤 한마디 했다. "『나를 만나기 전 그녀는』하고 비슷하네. 그 사람이 그걸 읽어야 할지도 모르겠군"(즉 통제되지 않는 질투의 위험에 대한 경고로). "그래." 친구가 대답했다. "내가 그 말을 했더니 이미 읽고 어떻게 해야 할지 생각할 때 본보기로 이용하고 있다더군." **어떻게 해야 할지 생각할 때 본보기로 이용한다**……. 이 말을 듣고 나는 결혼하는 쌍들의 이야기를 들었을 때보다 훨씬 신경이 곤두섰다. 혹시 내 소설을 읽는 사람 가운데 누가 책에서처럼 이미 지나간 일과 관련된 성적 질투에 대한 합리적(또는 비합리적, 또는 적어도 어떤 식으로든 불가피한) 대응이 자기를 죽이는 것이라고 결론을 내리는 게 아닐까?

책에 그런 영향력이 있을까? 괴테의『젊은 베르테르의 슬픔』은 그런 고전적인 예로 여겨진다. 스물세 살의 괴테가 베 츨라어에서 법률가로 훈련을 받고 있을 때, 예루잘렘이라는 이름의 친구가 유부녀와 가망 없는 사랑에 빠져 절망한 나머지 총으로 자살했다. 바로 베르테르가 하게 될 것처럼 자신의 슬픔을 끝냈다. 이 소설은 독일만이 아니라 유럽 전역에서 큰 화제를 일으켰다. 한편으로는 '베르테르 복장'―파란 연미복, 황동 단추, 노란 조끼, 노란 가죽바지, 장화―을 유행시켜 해로울 것 없는 공적 영향을 주기도 했다. 괴테 자신도 그런 차림이었는데, 바이마르에 갔을 때는 궁정의 모두가 그런 차림이라는 것을 알게 되었다.

그러나 '베르테르 효과'는 의상을 넘어섰다. 그 잠재적 영향력을 두고 일부 독자는 공포를 느끼기도 했다. 괴테보다 스무 살 연상인(그리고 매콜리에 따르면 "논란의 여지 없이 유럽의 일급 비평가"인) 고트홀트 레싱은 이 책이 감수성이 예민한 젊은 연인들을 자살로 몰아갈지도 모른다고 걱정했고, 다른 사람들도 동의했다. 라이프치히와 코펜하겐에서는 책의 판매가 금지되었고, 밀라노에서는 한 사제가 교구민에게 미칠 해로운 영향이 걱정되어 책을 시중에서 눈에 띄는 대로 다 사들였다. 괴테는 나중에 자서전에서 이 현상을 이렇게 묘사했다. "나는 현실을 시로 바꾸면서 안도와 깨달음을 얻은 반면 내 친구들은 사람들이 시를 현실로 바꿀 거라고 믿는 바람에 당황했다. 그들은 사람들이 이런 소설을 실생활에서 모방하여, 필요하다면, 자신을 쏠 수도 있다고 믿었다." 좀 지나치게 교활하다 싶을 만큼 빈틈없고, 심지어 자화자찬으로 들리지 않는가?

　이렇게 해서 모방 자살의 물결이라는 신화가 확립되었다. (하지만 인과관계를 확정할 때는 가엾은 예루잘렘의 '책임'도 고려해야 하지 않을까? 사실 그가 시작한 일이고, 괴테는 그저 그의 폭력적 행위를 픽션으로 만들어 도관 역할만 했을 뿐이니까.) 그러나 괴테 연구자들이 이 전설의 엄밀한 증거를 찾아보니, 사실들은 괴테 자신의 익살스러운 말을 뒷받침해 주지 않았다. 어쩌면 그래서 괴테가 그렇게 익살스럽게 말한 것인지도 모른다. 1778년 1월 16일 『젊은 베르테르의 슬픔』을 가방에 넣고 물에 뛰어든 크리스텔 폰 라스베르크라는 여자의 사례가 있었다. 또 스탈 부인은 이 책이 세상에서 가장 아름다운 여자 몇 명의 자살 원인이 되었다고 말했지만 이름과 장소는 밝히지 않았다. 시간이 흘러 19세기에는 남성의 죽음이 보고되었다. 즉 '베르테르 때문에' 자살한 두 젊은 남자의 사례가 있었는데, 한 명은 호주머니에 이 책을 넣고 높은 건물에서 뛰어내렸고, 다른 한 명은 죽기 전에 소설의 몇 구절에 밑줄을 그어놓았다. 그 이상의 디테일은 안타까울 정도로 부족하다. 왜 초기 사례는 여자의 자살이었을까(18세기 남자들은 덜 예민하고 더 자기중심적이었을까?) 우리는 또 피해자의 기질이나 이전 상황을 거의 알지 못한다. 한 위대한 소설이 유럽 전역에 미친 강력한 영향을 믿고 싶은 것은 이해가 가지만,『젊은 베르테르의 슬픔』에 대한 가장 안전한 결론은 스웨덴 공중보건 담당 관리가 예전에 했던 말일 것이다. "사례가 하나면 사례가 아니고, 둘이면 좀 많아서 무시할 수가 없고, 셋이면 유행이다."

조금 전에 "우리 모두 기억이 정체성임을 알고 있다"고, 기억이 없으면 우리는 그저 표류하는 무無일 뿐이라고 말했다. 도디 스미스는 자신이 유명한 작가였음이 기억나는 것 "같다"고 했지만 확신하지는 못했다. 나의 나이 든 어머니는 자기를 세 번이나 연속으로 테니스 코트에서 바람맞혔다고 나에게 '격분'했지만, 사실 어머니는 병원 휠체어에서 일어나지도 못했다. 노년의 할머니는 딸(나의 어머니)이 사실은 자신의 막내 여동생이라고 믿었는데, 그 여동생은 60~70년 전에 결핵으로 죽었다. '실성失性'의 세 단계에 있는 세 여자. 이때 '성'이란 그들 자신의 정체성이다. 기억이 없으면 정체성도 없다.

하지만 지금은 그렇게 자신하지 못한다. 더 견실한 정신과 기억을 가진 사람들은 제정신이 아닌 사람들이 잃어버리고 있는 것, 그들의 뇌가 제자리에 두지 않아 찾지 못하는 것, 그들이 잘못 파악하는 것에 주목한다. 이 눈금의 제일 아래에 자리 잡은 사람들을 우리는 식물인간이라고 부른다(또는 부르곤 했다). 마치 인간적 삶만이 아니라 동물적 삶마저도 걸러져 나와버린 존재인 것처럼. 1870년 3기 매독으로 발광한 쥘 드 공쿠르가 죽었다. 형 에드몽은 동생의 쇠퇴를 기록으로 남겼다. 동생은 자기 책의 제목을 다 잊었고, 그다음에는 "우둔이라는 초췌한 가면"이 나타났다. 한번은 에드몽이 쥘에게 지금 어디 있느냐고 물었다. "저 멀리 공간에," 동생이 대답했다, "텅 빈 공간에." 그 말들이 전에 가졌던 의미를 가지지 않는다 해도, "그"는 여전히 "있었다". 쥘과 그의 정신은 전에 가본 적이 없는 장소에 있었지만, 그는 죽지 않았다. 여전히 이름을 부르면 대답했고, "그 모든 것" 밑에서 "그 자신"이었다. 적어도 형은 그렇게 생각했다. 치매 상태인 사랑하는 사람과 마주할 때 우리도 그렇게 생각하듯이. 그들은 다른 누군가로 바뀌지 않았다. 심지어 곧고 궁핍한 삶을 살다가 갑자기 노망과 함께 강박적 외설증이 분출한 공동체의 기둥 같은 사람조차 다른 사람이 되거나, 다른 영이 씐 게 아니다(우리는 그렇게 믿고 싶은 마음이 간절할 수도 있지만). 그의 강박적 외설증은 아마 저 위쪽 그의 뇌 안 어딘가에 늘 자리 잡고 있으면서—우리 모두의 뇌 안에 자리 잡고 있을지도 모른다—IAM처럼 밖으로 쏟아져 나올 어떤 계기를 기다렸는지도 모른다. 따라서 우리는 이렇게 결론을 내리고 싶은 유혹을 느낄 수도 있다. 실용적인 목적을 위해서는 기억이 정체성이고 정체성이 기억이지만, 어떤 절대적인 맥락에서 어떤 정체성은 아무리 경첩이 떨어져 나가고, 아무리 닻을 제대로 내리지 못한 상태라 해도 살아남는 것처럼 보인다. 아무리 많은 부분이 "공간에, 텅 빈 공간에" 살고 있어도, 아무리 알아볼 수 없어도, 그것은 여전히 있다, 심지어 기억이 사라진 뒤라도.

반면 이것은 우리의 감상적 희망 사항에 불과할 수도 있다. 최종적 부재가 오기 전이라도 전면적 부재가 얼마든지 가능하다는 사실을 인정하지 않으려는 태도. 그러나 우리가 그 길—또는 오솔길—을 따라 멀리 내려간다 해도 진실을 전해줄 수는 없을 것이다.


노화와 그 종착점에 대해서는 우리 모두 전면적 부정에서부터 삶을 질식시키는 고집스럽고 과도한 관심에 이르기까지 다양한 태도를 드러낸다. 나의 어머니는 70대와 80대에 들어서도 "마을의 늙은 사내아이"나 어떤 "가엾은 늙은 것"
이 병원에 가야 했다고 언급하곤 했다. 마치 어머니 자신은
아직 "늙었다"는 말을 들을 자격을 갖추지 못한 것처럼. "나
이가 좀 들었다"고 할 수 있을지는 몰라도.

한 친구는 남편이 70대에 노쇠해지기 시작하자 말했다.
"이건 내가 계약한 것과 다른데." 그러나 그런 내용으로 계
약하지 않는다는 생각은 결혼식에서는 입 밖으로 드러내지
못하고 안에 가두어두고 있었을 것이다. 아내나 남편을 돌보
겠다는 약속을 하지 **않는** 것은 기독교 결혼 서약이나 그 세
속적 등가물에서는 선택지가 아니다. 아플 때나 건강할 때
나, 부유해질 때나 가난해질 때나—아니, 잠깐, 그 부분은
빼, 나는 건강할 때와 부유해질 때 부분에만 동의하겠어. 그
건 회중에게는 잘 받아들여지지 않을 것이다.

아내는 욕실 서랍에 작은 수첩을 두었다. 나는 뭐에 쓰는
거냐고 물어보았다. "나의 '노쇠 일기'야." 아내가 대답했다.
내 눈에는 아내가 환하게 빛나고 있었기 때문에 나는 그 말
을 진지하게 받아들이지 않았고, 당연히 노쇠의 증거를 보
는 데도 관심이 없었다. 지금 그 수첩이 내 책상에 있고, 방
금 처음으로 펼쳐보았다. 1995년 3월(아내가 쉰다섯이었을 때)
에 시작하고 마지막 기록은 2007년 9월, 죽기 1년 전이다.

첫 일기는 "오른손 힘줄염 물리치료"다. 그다음에는 왼팔 통증, 오른쪽 손목 약화, "?테니스 엘보", 왼뺨 흉터 치료, 왼쪽 어깨 물리치료. 그다음에는 아내가 사용한 약과 크림이 있다 ― 프로-제스트, 레티노바, DHEA, 피브로젤, 에퍼딕스, 세인트 존스 워트, 미노신, 라크릴루브, 솔라레이즈, 펠덴 젤, (이름 없는) 수면제. 아내는 팔·다리·어깨 통증, 귀 진공 청소, 왼쪽 눈의 터진 핏줄, 갈빗대 통증, 다래끼, 모턴 신경종 치료, 갑작스러운 홍조, 빨간 코, 구역질, 피부 발진, 부은 관절, 관절염 가능성, 무어필즈 병원에서 찢어진 망막 응급 레이저 치료 등을 기록하고 있다. 이걸 보면 마치 건강 염려증 환자가 적어놓은 것처럼 보일 수도 있지만 아내는 전혀 그런 사람이 아니었으며, 이런 치료를 나한테 언급한 적도 거의 없고, 말이 나와도 농담으로 웃어넘기곤 했다. 아내는 또 초연하고 대담하고 대체로 두려움이 없었으며, 죽음이 갑자기 닥쳤을 때도 용감하게 평정심을 유지하며 죽음에 다가갔다. 이 작은 수첩 마지막 페이지는 뜯겨나갔지만, 면지에 그녀가 기록한 것의 자국이 희미한 잉크 빛으로 남아 있다. 나는 소설―대개 스릴러―에 나오는 인물이 할 만한 일을 했다. 욕실로 가서 밝은 빛을 페이지에 비추고 거울로 그것을 보았다. 하지만 이것은 스릴러는커녕 소설도 아니라서, 나는 한 단어도 파악할 수 없었다.

우리는 병을 아주 개인적으로 받아들인다, 그렇지 않나? 그게 **우리**에게 일어나고 있는데 달리 어쩔 수 있겠나? 하지만 병에는 지독하게 비개인적인 면도 있다.

자동차 촉매 변환장치 도난이 만연했던 때가 기억나는가? 정비공으로 가장한 두어 명이 밴을 타고 도착해서 차를 얼른 들어 올리고 90초 안에 무슨 희귀한 금속인지 뭔지가 들어 있다는 변환장치를 떼어내 사라진다. 내 오랜 친구이자 이웃이 거리에서 들리는 소리가 시끄러워 침실 커튼을 열었더니 그의 차 밑으로 반쯤 몸이 사라진 남자가 보였다. 그는 얼른 현관문으로 내려가 소리쳤다. "뭐 하는 거야?" 남자는 일어서서 그를 가리켰다. **"당신하고는 아무 상관 없는 일이야."** 남자는 위협조로 말했다. "그러니까 **씨발** 어서 안으로 **꺼져.**" 내 친구는 순순히 ─지혜롭게─ 시키는 대로 했다.

나는 병과 노쇠를 생각할 때 가끔 이 사건을 떠올린다. 그냥 우주가 자기 일을 하고 있을 뿐이야, **당신하고는 아무 상관 없는** 일이야. 그러니까 **씨발** 어서 안으로 **꺼져,** 알았어? 내가 무슨 말을 하는지 알겠나?

기억이 있고, 그리고 죽음이 있고, 이것은 모든 기억을 지운다. 유족에게는 죽은 자에 대한 기억을 남기는데, 이것은 처음에는 그 사람이 살아 있던 때처럼 생생하고 움직임으로 가득하다. 하지만 그것은 짧은 환영幻影일 뿐이다. 1943년 1월 전투기 조종사이자 기억술사 리처드 힐러리는 야간 훈련 임무를 수행하다 죽었다. 스물세 살이었다. 석 달 뒤 아서 쾨슬러는 잡지《호라이즌》에 추모하는 글을 발표했다.

죽은 친구에 관해 쓰는 것은 시간에 맞서 쓰는 것이다. 물러나는 이미지를 추적하는 것이다. 그가 화석화되어 신화로 자리 잡기 전에 그를 붙들고 그를 안는 것이다. 죽은 자들은 오만하기 때문이다. 그들과 함께 있는 게 편하기는 힘들다. 사병으로 복무하다 장교가 된 사람과 함께 있는 것과 마찬가지다. 그들의 심술궂은 침묵은 사람을 마비시키는 효과가 있다. 우리는 경주가 시작되기도 전에 진 것이다. 예전 모습 그대로인 그는 절대 잡을 수가 없다. 이미 운명적인 전설 형성 기제가 작동 중이다. 그 유쾌하고 하찮던 것들이 전기적 일화로 고정되고 있으며, 아무 무게 없던 일화들은 기억의 동굴에 종유석처럼 매달려 있다.

나는 훌륭한 친구, 내가 40년 동안 가까이 지내는 출판업

자이자 불같은 정신의 소유자 카먼 칼릴이 죽었다는 소식을 듣고 나서 한두 시간 뒤에 이 글을 쓰고 있다. 아니지, 죽음과 더불어 시제가 바뀌지. 따라서 "가까이 지내는"이 아니라 "가까이 지낸"이라고 써야 한다(하지만 저항하고 있다). 나는 죽기 사흘 전에 그녀를 보았는데—그녀는 암 치료를 중단하고 집으로 돌아가 침대에 누워 있었다—우리는 수다를 떨고 웃음을 터뜨리며 거의 한 시간 동안 손을 잡고 있었다. 그런 뒤 나는 그녀에게 늘 그녀를 사랑했다고 말했고 우리는 작별 키스를 했다. 그 집에 가면서 이게 그녀를 마지막으로 보는 것임을 알았기 때문에 나는 미리 나 자신에게 죽어가는 카먼 칼릴에게서 핵심은 그녀가 죽어간다는 게 아니라 카먼 칼릴이라는 것임을 잊지 말자고 다짐했다. 실제로 그녀는 그것을 증명했다. 다음 날 우리 둘 다 아는 친구가 작별 인사를 하러 갔는데 카먼은 과연 그녀답게 친구에게 말했다. "줄스가 와서 늘 나를 사랑했다고 하더라고. 물론 둘이 붙어먹는 식으로는 아니지만."

나는 쾨슬러가 한 많은 말에 동의하는데, 특히 화석화와 전기적 일화가 그렇다. 카먼은 이야기 자산을 많이 갖고 있었다. 그녀가 한 이야기와 그녀에 관한 이야기. 그것이 그녀를 계속 살아 있게 할 것이다. 동시에—그 이야기의 반복과

242

이제는 그 이야기가 늘어날 가능성이 없다는 사실로─그녀
가 죽은 상태임을 확인해 줄 것이다. 하지만 죽은 자가 "오만
하다"는 것, 새로 임관한 장교 같다는 것, 하물며 그들의 침
묵이 "심술궂다"는 것에는 동의할 수 없다. 그건 너무 가혹
한 듯하다. 마치 죽은 자가 소멸을 겪은 뒤 이제 도덕적으로
심판까지 받아야 한다는 것 같아서. 말이 선택지가 아닌 상
황에서 어떻게 그들의 침묵이 "심술궂을" 수 있을까?

나는 카먼이─비록 '대영제국의 데임'◗이고 MCC◖의 회
원이었지만─내 마음과 기억에서 절대 장교 계급은 되지 않
을 거라고 생각한다. 그녀는 그러기에는 너무 전복적이고 활
기가 넘쳤다. "생명력이 터질 듯하다"는 말은 클리셰지만 완
전히 죽은 클리셰는 아니며, 여기서는 딱 들어맞는다. 마치
생명─하나의 몸이 수용할 수 있는 한계를 넘어서는 생명─
이 그녀 안에 있어 마구 뿜어져 나오는 듯했다. 레스토랑의
위층에서 우리 무리가 그녀를 기다리던 기억이 난다. 우리
는 그녀가 올라오는 발소리를 들었고, 아직 보이지도 않는데
그녀가 선언했다. "카먼이 왔어요!" 마치 이제부터 재미있어
질 거라는 듯이. 나는 그녀가 내 미래의 기억에도 그렇게 쳐

◗ Dame. 영국에서 훈장을 받은 여성에게 붙는 존칭.
◖ Marylebone Cricket Club. 영국 크리켓 연맹.

들어올 거라고 생각한다. 그리고 내가 살아 있는 동안 죽을지도 모르는 다른 어떤 사람보다 화석화에 오랜 시간이 걸릴 거라고.

아직 나타날 전기적 일화가 몇 개 더 있을지도 모르며, 그것은 그녀라는 인물을 규정하며 지속될 것이다. 아마 그녀의 친구들이 그녀를 묘사하는 데 사용하던 형용사들이 먼저 흐릿해질 거라는 생각이 든다. 조금 전 나는 그녀를 "불같다"고 말했는데, 거기에 보태야 할 표현들이 있다. 따뜻하고, 재미있고, 격렬하고, 영리하고, 다정하고, 모질고, 부산스럽고, 지칠 줄 모르고, 헌신적이고, 호기심 많고, 잘 싸우고, 즐거움을 사랑하고, 붙임성 있고……. 내가 이걸 쓰는 동안에도 이 표현들은 힘을 잃는, 곧 죽을 듯이 힘을 잃는 느낌이다. 내 생각으로는 그녀가 내 생일 기념 저녁 식사 자리에서 그녀의 아주 좋은 친구이자 같은 출판인인 리즈 콜더와 함께 「지금이 그 시간Now is the Hour」을 부르는 인스타그램 클립이 이런 표현 가운데 어느 것보다도 그녀의 화석화를 잘 막아줄 것 같다. 그리고 그녀는 절대 내 기억에서 장교 계급이 되지 않을 것인데, 삶에서 그녀는 공화주의자이고, 기성 체제에 항거하고, 가부장제에 저항했기 때문이다……. 오 이런, 더 빈사 상태의 표현들만. 그럼 나은 표현을 찾아봐라, 당신은 당연히 그렇게 요구할 수 있다. 하지만 살아 있는 사람에게는 유용하게 적용하는 표현들도 죽은 자에게 적용하면 광택을 잃는다.

또, 전기적 일화가 어떤 사람의 죽음 뒤에 말라버릴 거라는 내 말도 얼마든지 틀릴 수 있다. 예를 들어 몇 주 전 나는 기금 모금 행사 때문에 옛날에 다니던 학교에 갔다. 청중 가운데 곧 여든이 될 남자, 수십 년 전에 교실에서 우리 형 옆의 책상에 앉던 남자가 있었다. 남자 말이 자기 부모가 우리 부모와 친구 사이였는데(형도 나도 알지 못하던 일이었다) 어느 날 그의 어머니가 우리 집에서 우리 어머니를 만나고 와서 어머니에 관해 이렇게 말했다고 한다. "그 사람은 하수구 위에 서 있는 것처럼 보이더라." 그 일화가 나에게 즐거움을 주었다. 지금까지도 모호하기 때문에 더욱 즐겁다. 우리 어머니가 그의 어머니를 환대하지 않았나, 갑자기 자신의 운명에 연민을 느꼈나, 소화불량 때문에 괴로웠나, 세상으로 인한 턴뇌Weltschmertz가 갑자기 찾아왔나? 이렇게 거리가 멀어지고 말았으니―어머니가 세상을 뜬 지 36년이고, 원래의 사건이 벌어진 뒤 아마 70년은 되었을 것이다―절대 알아낼 수 없을 것이다.


늘 지혜롭고 은근한 헨리 제임스의 표현은 이런 식이었다.

1892년 제임스는 고인이 된 친구 제임스 러셀 로월을 기억
하며 죽음의 효과 가운데 하나가 알던 사람의 "주름을 펴주
는" 것이라고 썼다. "기억에 담긴 인물의 모습은 압축되고
강화된다. 우연적 사건들은 떨어져 나가고 그늘은 이제 중요
하지 않다. 그 모습은 무리 지은 많은 가능성을 떼로 보여주
는 게 아니라, 몇 가지 높이 평가하고 소중하게 여기는 것을
또렷하게 보여준다."

지금만큼 나이를 먹지 않았을 때 내 규칙 가운데 하나는
"모든 책을 마지막 책인 것처럼 쓰자"였다. 이런 식으로 자
기를 다그친 것은 죽음을 날카롭게 인식하고 있어서가 아니
었다. 그보다는 내가 할 수 있는 가장 좋은 작업을 해내도록
조용히 압력을 가하는 것이었다. 이것은 필요한 허세였다.
내 가족이 죽지 않았지만 죽었다 생각하고 쓰는 것과 마찬
가지로(그렇다고 죽기를 바랐다는 것은 아니지만). 이런 두 규칙
때문에 내 책 가운데 어느 한 권이라도 그런 규칙이 없었을
경우보다 나아지거나 나빠졌다는 생각은 들지 않는다. 하지
만 얼마 전부터는 모든 책을 마지막 책인 것처럼 쓰는 것이
더 가혹하고, 동시에 더 현실적인 면을 드러내게 되었다. 이
따금 이런 생각도 딸려 나온다. "이것으로 끝내도 나쁘지 않

을 듯해.”

10여 년 전 나는 오랜 시간 친구이자 나의 작품 연구자(아니, 교수)였던 버네사 기녜리, 라이언 로버츠 두 사람과 ‘마지막 인터뷰’라는 제목으로 만났다. 당시 나는 그전 30년 동안 죽도록 질문을 받았으니 이제 공식적인 침묵 선언을 할 때가 되었다고 느꼈다. 하지만 그 인터뷰로부터 여섯 달이 지나지 않아 새 책이 나오면서 여러 번 인터뷰 자리에서 책 이야기를 하여—또다시—급기야 그 책에 대한 나의 실제 기억과 이해가 뒤틀릴 지경에 이르렀다. 최근 그들 둘이 ‘마지막에서 두 번째 인터뷰’ 또는 ‘분명히 마지막 인터뷰’라고 불러도 좋을 만한 것을 하자고 제안했다. 한다 해도 내가 그 맹세를 얼마나 오래 지킬지는 두고 봐야겠지만.

글을 발표한 지 44년이 지나니 내가 나 자신을 반복하기 시작하고, 똑같은 낡은 비유와 밈meme으로 돌아가고, 내가 좋아하는 작가들의 좋아하는 말을 되풀이하고, 심지어 (실제로는 아니기를 바라지만) 내 우스개마저 반복한다는 느낌, 또는 생생한 두려움도 있다. 가끔 라이언과 버네사에게 내가 어떤 걸 전에 말한 적이 있느냐고 묻는다. 예를 들어 몇 년 전에는 젊은 남자(나와 많이 다르지 않은)가 부모(나의 부모와 많이 다르지 않은)의 친구 집에서 열린 저녁 식사 자리에 부모와 함께 도착하는 장면을 쓴 적이 있느냐고 물었다. 아들의 상의 위쪽 호주머니에서는 미러 선글라스가 머리를 삐죽 내밀고 있다. 집주인은 키가 작고 발끈하기 잘하는 벨기에 광산 엔지니어인데, 인사도 하기 전에 그 선글라스를 뽑아 들고 휘두르며 말했다. "이건 똥 같은 물건이네!" 나는 이 장면, 또는 이 비슷한 장면을 분명히 사용한 적이 있다는 느낌을 받았다. 이것은 나의 어린 시절에 있었던 사건으로, 기억이 생생했기 때문이다. 나는 1965년 친구들과 여섯 주 동안 밴을 타고 '철의 장막' 너머를 여행했을 때 헝가리에서 그 선글라스를 구했고, 우스꽝스럽게도 그걸 자랑하고 다녔다. 그걸 쓰면 할리우드 스타라기보다는 공산국가 비밀 경찰관처럼 보였음에도. 집주인의 공격적인 반응은 나에게 강렬한 수모의 순간이었으며, 나의 부모가 대응하지 않으려는 게 표나게 느껴졌기 때문에 수모감은 더 심해졌다(아마 우리 부모도 친구와 생각이 같았을 것이다). 그 사건은 나에게 화상을 남겼기 때문에 나는 그것을 어딘가에서 어떤 식으로든 사용했을 게 틀림없다고 느꼈다. 하지만 라이언과 버네사에게 물어본 결과 둘 다 내가 그 사건을 전에 배치한 적이 없다고 입을 모았다.

이것은 단순한 형태에 속하는 반복이며, 여기에는 알려진 방어법이 있다(예를 들어 전자책에서 그 이야기를 검색해 보는 것—나는 친구들의 기억을 이용하는 쪽을 선호하지만). 하지만 더 폭넓은 주제의 반복은? 내가 전에 죽음에 관해 썼는지, 또는 사랑, 또는 프랑스, 또는 기억에 관해 썼는지 라이언이나 버네사에게 물어볼 수는 없다. 나는 여전히 이 문제들에 관해서는 더 할 말이 남아 있다고 느낄 수도 있지만, 나에게 신선해 보일 수도 있는 것이 다른 사람에게는 식상해 보일 수 있다, 심지어 나에게 가장 공감하는 사람에게도. 아내는 사람들이 '은퇴하다'라는 말 대신 쓸 다른 동사를 만들어내면 은퇴하겠다고 말하곤 했다. 아니면 누군가 자신을 벽에 밀어붙이고 "당신은 이제는 **이걸 더 할 수 없어**" 하고 말하면.

　나이가 들도록 계속 계속 계속 '이걸 하는', 전형적으로는 자서전적인 쉬운 수다로 빠져드는(작가 대부분의 삶은, 특히 작가 자신이 나서면, 한 권으로 정리할 수 있고 정리되어야 한다) 작가의 수많은 예가 있다. 2008년에 아내가 죽은 뒤 나는 집안을 돌아다니며 나 자신을 향해 소리 내어 말하는 게 자연스럽고 필요한 일이라고 생각했다. 하지만 나를 엄격하게 바로잡는 말을 자주 버릇처럼 내뱉곤 했다. "시끄러워, **지겨워지고 있잖아**." 그렇다고 내가 글을 쓸 때 나 자신이 지겨워진다는 것은 아니지만—내가 가장 살아 있고 독창적이라고 느끼는 때 가운데 하나다—그러나 그 안에 함정이 있다.

또 다른 요인이 있을 수도 있다. 남아프리카의 댄 제이컵슨은 내가 오랜 세월에 걸쳐 오며 가며 알고 지내게 된 작가(이자 비평가이자 학자)다. 그는 은근히 비꼬기를 좋아하고 상냥하지만 논쟁에서는 격렬하다. 나는 1970년대 말 함께《뉴 리뷰》에 기고하면서 그를 처음 만났는데, 그러다 수십 년 보지 못했다. (중간에 공백이 있는 또 하나의 서사.) 비교적 최근에는 ㄹ자 동네 공원 산책으로 쇠약해지는 심장 혈관 체계를 살살 강화해 주는 동안 마주치곤 했다. 가장 최근에는 지역 농부들의 장터 근처에서 마주쳤는데, 그는 부인의 심부름을 나온 길이었다. 댄은 리틀 잭 호너에서 나온 고기파이 깡통을 보여주었는데, 그 빈 깡통을 다시 채워 오라는 지시를 받은 것이었다. 나는 어떻게 지내냐고 물었다. 별로다, 그는 말했다, 글쓰기를 중단했기 때문이다. "언제부터요?" "1년 됐소." "집중력 부족 때문인가요? 관심 부족 때문에?" 내가 물었다. "아니." 그가 대답했다. "역겨워서요." 당시에는 그 말을 이해 못 했지만—제이컵슨의 작품에는 저자가 그런 식으로 회고하는 게 적절하다 할 만한 게 전혀 없었다—지금은 이해할 것 같다.

임박한 침묵을 발표하는 더 화려한 방법도 있다. V. S. 나이폴은 후기 소설 하나를 발표하면서 라디오에서 "소설은 죽었다”고 선언했다. 따라서, 청취자가 이해한 바에 따르면, 나이폴은 이제 글을 쓰지 않을 것이다. 또 따라서, 웃음이 터져 나오게도, 다른 누구도 쓰면 안 된다. 나중에 이런 강압적 권유에 관해 묻자 나이폴은 자신은 그런 선언을 한 적이 없다고 부인했다. 자기가 그렇게 믿지 않기 때문에 그렇게 말했을 가능성도 없다. 자신은 (그리고 게으른 청취자가 잘못 이해했을 수도 있는 것은) 19세기 후반의 50 내지 60년의 기간에 소설 형식이 충실해졌고, 따라서 완성에 이르렀다고 믿는다. 그 뒤에 쓰인 모든 소설은, 그의 선언에 따르면, 이미 사라진 것의 “흐릿한 모방”에 지나지 않는다.

하지만 이것은, 어떤 면에서는, 훨씬 놀랄 만한 주장이자 다른 종류의 적극적인 자기희생일 수도 있다. 이 선언은 이런 질문을 촉발하기 때문이다. 나이폴은 언제 이런 진리에 이르게 되었는가? 젊은 시절에 이것을 알게 되었는가? 그렇다면 그는 이미 소진되었다고 믿는 문학 전통에 헌신하고 있었던 셈이다. 아니면 소설을 써나가면서 천천히 알아채고, 자신이 흐릿한 모방에 불과한 것을 거래하고(그리고 독자에게 제공하고) 있다는 걸 알게 되었는가? 이런 경우라면 이것은 얼마나 끔찍하고 참담한 깨달음이었을까.

다행히도 소설을 쓰는 공동체는 설사 저명한 편에 속하는 업자가 그런 선언을 해도 무시하고 계속 즐겁고 다양하고 반복적인 길을 가는 경향이 있다. 그리고 소설을 읽는 공중도 그것을 무시한다. 그들은 쇠퇴와 모방의 모든 이론에 관심이 덜하고, 덜 주목하며, 그런 이론과 상관없이 소설에서 즐거움을 찾고, 가끔 함께 사는 시대가 어떻게 그려졌는지 보기 위해 같은 시대의 픽션을 읽고, 또 다른 세상이나 그들과 공유하는 진실을 알기 위해 이전에 나온 픽션도 읽는다. 양쪽 공동체 모두 수십 년 동안 V. S. 나이폴의 최고의 소설을 계속 읽을 것이다.

나로 말하자면, 나는 이제 일흔여덟이고 이것이 분명히 나의 마지막 책이 될 것이다. 나는 공식적으로 떠나고, 이 책은 나와 당신의 마지막 대화가 될 것이다. 나 자신이 고른 시간에 마지막 책을 끝내고 입을 다무는 것에는 적어도 한 가지 유용한 결과가 있다. 뭔가를 쓰던 중간에―브라이언 무어가 걱정했듯이―중단되지는 않는다는 것. 이런 식으로 죽음에 선택권을 넘겨주지 않고 있는 셈이다. 별거 아닌 방식이라는 건 인정하지만.


한번 책이 출간되면 그 주위로 하나의 확실성이 자리 잡기 시작한다. 모든 게 계획되고, 제자리에 있고, 전부터 늘 의도하던 것처럼 보인다. 반면 책을 만드는 동안에 작가에게는 늘 확실한 게 없다. 이 연결이 먹힐까, 내가 지나치게 설명하고 있나(아니면 지나치게 에두르나), 구조를 완전히 다시 생각해야 할까 등등. 완성이 되면 책은 또 작가의 머릿속에서 굳는다. 걸려 넘어질 뻔했던 모든 곳, 유혹을 받고 따라갔지만 타당성이 없어 떠나온 작은 길들을 잊어버린다. 가끔은 애초에 구상이 어디에서 시작되었는지조차 잊는다. 그러다가 책이 나오면 여러 방식으로 읽히고 해석이 되며, 이 방식 가운데 어떤 것들은 너그럽게 용납하고 어떤 것들은 정중하게 거부한다. 아니, 이 책은 『쥘과 짐Jules et Jim』에 대한 오마주가 아니다. 또 저 책은 "데리다에 대한 은근한 응수"가 아니다. 또 최근에 나온 책은 "실화소설roman-à-clef도 옛 친구에게 바치는 헌사"도 아니다. 하지만 책은 자기 자리를 찾아 정착하기 마련이고(비평적 반응이 무엇이든), 독자의 눈에는 책의 뚜렷하고 흔들림 없는 의도로 여겨지는 것이 보통 분명하게 드러나기 마련인 듯하다.

따라서 프루스트로 돌아가, 『잃어버린 시간을 찾아서』에서 레오니 아주머니가 어린 시절의 프루스트에게 해주었던 것처럼 라임꽃 차에 담근 마들렌 조각이 기억의 문을 여는 것은 이제 우리에게 절대적으로 옳고 달리 바꿀 수 없는 것으로 느껴진다. 마들렌은 완벽한 상징이다. 그것이 순례자의 조개를 닮았고, 마르셀은 잃어버린 시간을 찾아서 자기 나름의 순례를 시작하기 때문이다. 하지만…… 하지만 1907년 프루스트가 이 소설의 첫 권을 쓰고 있을 때 과거로 들어가는 환희에 찬 여행을 시작하게 해준 것은 차에 담근 오래된 빵 조각이었다. 수정 원고에서는 토스트 조각이었다. 그러다 1908년 언젠가에는 딱딱한 비스킷이었다. 그가 이 가운데 어느 것을 선택했어도 우리는 기꺼이 그것이 옳다고 박수 치며, 소박한 샘에서도 풍부한 기억이 솟아오를 수 있다는 점에 주목했을 것이다, 마치―프루스트 자신의 비유에서―물에 넣은 찢어진 종잇조각이 일본 꽃으로 변할 수 있는 것처럼. 프루스트가 책을 쓰면서 떠올렸던 여러 가지 가운데 어떤 것을 택했든 우리는 그게 옳고 적절하다고 판단했을 것이다. 그리고 우리가 1906년으로 돌아가, 가령 프루스트가 처음에 마들렌을 생각했다가 그것을 폐기했다는 것을 알았다 해도, 우리는 그것이 너무 안이하게 자전적인 동시에 너무 표가 나는 이미지라며 폐기 결정에 동의했을 것이다. 순례자의 배지라니―콤포스텔라의 길*과 같은 기억의 길이라니―

* 흔히 산티아고 순례길로 알려진 길.

아니지, 그건 너무 강요하는 거고, 너무 예술가연하는 거고, 너무 아는 체하는 거지. 프루스트가 마들렌 대신 딱딱한 비스킷이나 오래된 빵 조각을 고르다니 얼마나 마음이 놓이는지—지나치게 기발한 발상을 억제하다니 정말 옳아—마르셀, 당신은 진정한 예술가야!

코로나 봉쇄 기간 동안 사람들은 처음에는 긴 소설과 빵 만드는 기계를 들이더니 이내 벽장과 다락과 지하실에 쌓인 잡동사니를 없애기 시작했다. 지방자치단체의 재활용 센터가 문을 닫자 보도와 계단과 앞쪽 벽에 치우라고 둔 물건들이 그대로 있었다. 그런데 도무지 용도를 알 수 없는 플라스틱 기구든 VHS 테이프 묶음이든, 기적적으로 늘 뭔가를 원하는 누군가가 있었다. 이렇게 물건을 내놓는 습관이 적어도 런던의 내가 사는 구역에서는 계속되었다. 나는 며칠 전 버려진 책 더미를 뒤지다가 1967년에 '소비자 협회'에서 낸 『누군가 죽으면 어떻게 할 것인가What To Do When Someone Dies』라는 보급판 책을 발견했다. 내가 그 책을 집은 건 나 자신을 위해서가 아니라—나 자신은 이제는 죽음의 감정적·관료적 의전儀典을 배울 만큼 배웠다고 생각한다—연로한 부모가 있는 친구를 위해서였다. 그 책은 약간 시대에 뒤떨어졌는데, 주로 재정적 부분이 그렇다. 당시에 장례의 최소 비용은 매장 또는 화장 비용을 포함해 75파운드 정도였다. 사산한 아이는 장례나 화장 비용이 "약 5파운드에서 7파운드"였다.

그러나 내가 가장 놀란 것은 이 안내서의 첫 문장이었다. "어떤 사람이 죽은 것처럼 보일 때, 그 사람이 정말로 죽었는지 아닌지 아는 것은 어려울 수도 있다." 그러다가 몇 문장 뒤에는, "누가 죽었는지 아닌지 조금이라도 의심이 들면 살아 있다고 간주해라." 나는 이게 무척 위로가 되는 조언이라고 생각한다. 하지만 (나의 상상은 습관적으로 그렇듯이 최악의 선택지를 향해 뻗어나간다) 당신이 하수도에서 의식을 잃고 쓰러져 스스로 도움을 청할 수 없는 처지가 되었고 무관심한 낯선 사람들은 역겹다는 표정으로 고개를 돌리고 있는 상황이라, 행인 가운데 어느 한 사람이 『누군가 죽으면 어떻게 하는가』의 이 여섯 번째 문장을 읽었을지도 모른다는 희망에 의지할 수밖에 없다면 어쩔 것인가?


지기 잭 러셀이 몇 달 전에 죽었다. 그리고 이번 주에는 이스마일 카다레가 그 뒤를 따랐다―아직 노벨상을 타지 못했는데

　그래서, 결론적으로, 나는—말 그대로—어디로도 가지 않는다(그리고 안됐지만, 나의 친구여, 당신도 마찬가지다. 하지만 가능한 한 오래 버텨라, 나를 위해서라도). 나는 곧 선반에 꽂힌 책들, 그리고 한 무더기의 전기적 일화로만 존재하게 될 것임을 알고 있다. 그리고 종교의 약속에도 불구하고 삶은 행복한 결말이 있는 비극이 아니다. 오히려 비극적 결말이 있는 익살극, 또는 기껏해야 슬픈 결말이 있는 가벼운 희극이다. 또는, 오래된 공식대로 하자면, "생각하는 사람들에게는 희극이고 느끼는 사람들에게는 비극이다." 내가 사랑한 첫 번째 사람은 그녀 자신이 미래에 맞이할 죽음을 바라보면서 나에게 말한 적이 있다. "나는 무슨 일이 벌어지는지 알려고 하던 게 그리울 거야." 당신에게는 미래가 지금 보이는 것만큼 나쁘지 않기를 바란다. 하긴, 나의 잠재의식이 내가 죽어가는 것에 낙담하는 걸 최대한 막기 위해 미래가 내 눈에 고질적으로 황량해 보이게 만드는 전술을 구사하는 것일지도 모른다. 15년 전 죽음에 관한 책을 쓰고 있을 때 나는 아직도 밤의 공포에 시달리고 있었다. 한밤중에 영원한 비非존재와 더불어 공포의 외침을 생생하게 느끼며 갑자기 깨어나곤 했다. 가끔 비틀거리며 침대에서 나와 층계참에 서고 나서야 내가 어디 있는지 나의 비非미래가 얼마나 절대적인지 깨달았다. 지금도 매일 죽음에 관해 생각하지만, 그런 생생한 현실화는 줄어들었다. "그래서, 미스터 반스, 그 빛이 죽어가는 것에 맹렬히 분노하고 있나요?" 아니, 그렇게 분노하지는 않는다. 조금 더 받아들이고, 조금 더 철학적이 되는 느낌이다.

마침내 약간의 성숙에 이르렀기 때문일까? "무르익음이 전부입니다." 내가 60여 년 전 학교에서 처음 읽은 희곡 『리어왕』에서 에드거는 그렇게 말하는데, 그때 내가 둘러본 세상에서 "무르익음"은 있을 법하지 않은 것으로 보였다. 부모와 조부모와 그들의 친구들은 어떤 면으로도 "무르익어" 보이지 않았고 그저 **늙어** 보일 뿐이었다. 일부는 중년으로 늙었고, 일부는 노년으로 늙었고. 그들 가운데 누구도 무르익지 않았고, 기껏해야 시들었을 뿐이었다. "사람은 여기로 오는 것과 마찬가지로, 여기에서 떠나는 것도 / 견디어야 합니다." 에드거는 직전의 대사에서 촉구한다. 그렇다고, 전체적으로 보아, 우리가 여기로 오는 것을 '견딘' 것은 아니다, 그때 우리가 내질렀을 수도 있는 비명에도 불구하고. (한 가지 생각. 뇌의 어느 지점을 정확히 찔러서 우리가 산도를 통과하여 간호사의 라텍스 장갑 낀 두 손으로 내려오던 순간의 IAM을 자극할 수 있다면 어떨까? 나도 재출생 치료는 알고 있지만, 그 결과가 진

258

짜인지 늘 의심해 왔다. 그렇다고 재출생을 경험한 사람들이 그걸 꾸며낸다는 건 아니지만, 그것은 기억의 진정한 회복이라기보다는 상상이 만들어낸 체험으로 보인다. 그 경험이 IAM으로 찾아온다면 우리는 그게 더 진실하다고 여길 수 있을지도 모른다. 나 자신은 그런 환경에서 어머니를 다시 만나보고 싶은지는 잘 모르겠지만. 그보다는 화창한 오후에 샌드위치를 만들고 있는 어머니를 다시 만나보고 싶다.)

나를 철학적으로 만드는 게 나에게 무르익음이 도래해서라고 생각하지는 않는다. 오히려 반대다. 쇠퇴를 인정하는 것이다. 내 몸의 일부는 수십 년 동안 천천히 기능이 약해져 왔다. ("이 세상에 오는 순간부터," 플로베르는 말했다―그래요, 라이언과 버네사, 나도 내가 이걸 전에 인용했다는 걸, 틀림없이 여러 번 인용했다는 걸 압니다―"우리의 조각들이 떨어져 나가기 시작한다.") 20대 후반에 안경. 40대 후반에 메니에르병과 더불어 청력 일부를 잃고 곧이어 보청기가 따라오고. 10년 뒤 바이러스가 후각 대부분을 가져가고(하지만 다행히도 미각은 아니고), 그다음에 70대 초반에는 혈액암. 이 마지막 공격은 흥미로운 부작용이 있다. 앞서도 말했듯이 골수 증식성 종양은 변이가 일어나지 않는 한 나를 죽이지 않을 것이다. 하지만 내가 그걸 죽일 수도 없다. 화학 치료는 단순히 방어적인 것으로, 이 병이 광포해지는 걸 막을 뿐이다. 따라서 나의 암과 나는 죽는 날까지 팔짱을 끼고 터덜터덜 갈 것이다. 그 지점에서, 그래, '승리'가 있을 것이다. 내가 죽으면서 내 암도 죽었을 것이다! '반스' 대 '암' 경기 최종 결과 1 대 0! 이 글을 쓰면서(다시 내 정신은 더 섬뜩한 시나리오로 손을 뻗고 있다) 나에게 암이 하나 있다고 해서 다른 암의 추후 침입을 배제하는 건 아님을 깨닫지만. 내 친구 하나는 현재 이 새끼들 넷을 거느리고 있다. 따라서 결과는 의미 없는 승리가 아니라 압도적 패배일 수도 있다.

나는 우리가 뇌의 작용을 완전히 파악하는 일이 이루어지기 전에 죽는 게 다행이라는 생각이 든다(IAM의 폭포를 한번 **시도**해 보는 것 정도는 사양하지 않겠지만). 만일 인류가 아주 큰 현실을 견딜 수 없다면 자신에 관한 너무 큰 지식도 견딜 수 없다고 생각한다. 우리는 의식적으로 또는 무의식적으로 우리의 지식과 우리의 현실을 제한함으로써만 성공적으로—또는 '행복하게'—살 수 있다. 이 둘이 지나치면 우리는 미쳐버린다. 우리는 이것을 이해하고 있으며, 그래서 꾀바른 공포로 우리 자신으로 들어가는 문을 닫아버린다.

나는 불가지론자/무신론자로서 내가 죽어버린 상태의 장점을 많이 보지 못하는 것이 분명하다. 오직 소소한 위안이 있을 뿐이다. 내 세대의 운(대체로 평화로웠고, 이전 세대들보다 여러 면에서 큰 자유를 얻었다)과 내 삶의 운(가난에서 자유로웠고, 종교 때문에 불구가 되지 않았으며, 대체로 행복했고, 늘 재미있었으며―적어도 나에게는―또 후반은 일에서 성공을 거두었다). 그리고 또 하나 내가 다음과 같은 것들을 피할 수도 있다는 의미에서 소극적인 종류의, 훨씬 섬뜩한 위안도 있다. 권력을 쥔 자들이 나태하게 외면하는 동안 불타오르는 세상, 사고 때문이든 적의 때문이든 닥쳐올 가능성이 높은 핵겨울, 현재까지 봤을 때 최악에서 가장 먼 형태의 통치인 민주주의의 파괴 가능성, 자기 이익에 가차 없이 무너지는 이타주의. 미래는 묵시록적으로 보인다. 이것이 메리메의 위로를 주는 벼랑행 기차를 아직 타지는 않았어도 기다리고는 있는 사람의 망상일지는 몰라도. 흠. '벼랑.' 아니, 그건 너무 신파적인 죽음의 이미지다. 기차의 종착점은 그저 조르주 브라상이 시간의 공동묘지la fosse commune du temps라고 부른 것, 그 익명의 뼈 마당에 불과할 것이다.

　나는 '당신'이 '그리울' 것이다. 그게 무슨 의미이든. 그 구절의 각 단어는 죽음에 의해 약해지고 훼손된다. "～할 것"이라는 미래 시제는 의미가 없어지게 된다. 또는 없어지게 될 것이다. 그리고 지금, 마지막에 와서, 나에게는 제시할 만

한 웅장한 선언, 유명한 마지막 말이 없다. (최근에 훌륭한 예
와 우연히 마주치기는 했지만. 그것은 제1대 로드 그림소프가 부인
에게 남긴 다급한 죽음의 메시지다. "마멀레이드가 바닥을 드러내
고 있스.") 대신 당신이 굳건하게 자리를 지켜준 것에 감사하
고 싶다—나의 암과 마찬가지로, 보이지는 않지만 늘 그곳
에 숨어 있는 것에 대해. 우리 관계를 어떻게 보느냐고 묻는
다면 나는 가르치는 작가는 아니라고 대답하겠다. 나는 당신
에게 무엇을 생각하라거나 어떻게 살라고 말하지 않는다. 나
는 권위를 갖고 ex cathedra 쓰지 않는다. 소설가는 더 큰 지혜
를 가정한 자리에서 독자를 내려다보며 말하면 안 된다. 대
신 나는 어딘지 모르는 어느 나라의 어딘지 모르는 어느 소
도시의 한 카페 실외석에 앉아 있는 작가와 독자의 이미지를
좋아한다. 따뜻한 날씨고 우리 앞에는 시원한 음료가 있다.
우리는 나란히 앉아 우리 앞을 지나가는 다양하고 많은 삶
의 표정을 바라본다. 우리는 지켜보다 생각에 잠긴다. 가끔
나는 중얼거린다. "저 한 쌍을 어떻게 생각해—결혼했을까,
아니면 바람?" "저 패션의 피해자들을 봐, 자기가 자기라는
데 너무 만족한 모습이 거의 감동적이야." "저 사제는 어디
를 저리 급히 갈까?" "저 키스는 무슨 **의미**일까?" "손을 잡
은 나이 든 한 쌍—저런 모습을 보면 늘 뭉클해." "저 남자

는 부랑자일까 예술가일까?" "저게 싸우는 걸까, 아니면 그냥 연인의 장난스러운 습관일까—약간 체호프적이야." "봐, 잭 러셀 같네, 저건 행운의 징조인데." "이 날씨에 비가 오진 않겠지, 안 그래?" "하느님이 있다고 생각해—나는 그렇게 생각하지 않는다는 걸 알잖아." "왜 저 사람들이 갑자기 **우리**를 보는 거지?" 보통의 대화에 섞여 있는 중얼거림, 그 가운데 하나가 이야기로 전이할 가능성이 있을지도(또는 없을지도) 모른다. 흘끔 보니 당신도 나와 함께 주의를 기울이고 있다는 걸 알 수 있다. 하지만 나는 당신의 대답은 거의 듣지 못한다—당신은 나의 안 들리는 귀 쪽에 앉아 있기 때문이다, 안된 일이지만.

그럼에도 오랜 세월 당신이 우리의 관계를 기쁘게 여겼기를 바란다. 나는 분명히 그랬다. 당신이 있어서 나는 즐거웠다. 사실 당신이 없었다면 나는 아무것도 아니었을 것이다. 그러니 당신 팔에 잠깐 손을 얹었다가—아니, 당신은 계속 구경하고 있어라—나는 슬쩍 사라지겠다. 아니, 계속 구경하고 있어라.

2022~2025년 런던에서<br>
줄리언 반스

# 옮긴이의 말

이 책 마지막의 지극히 평범한 장면, "어딘지 모르는 어느 나라의 어딘지 모르는 어느 소도시의 한 카페 실외석에 앉아" 지나가는 사람들을 관찰하는 줄리언 반스의 모습은 거기까지 이어지는 이 책 전체의 흐름, 또 거기까지 이어지는 줄리언 반스의 작가 인생 전체의 흐름을 등에 업고 지극히 강렬한 인상을 남긴다. 만일 이 책의 흐름 가운데 그 장면과 가장 직접적으로 이어지는 한 문장, 역시 지극히 평범하면서도 문맥을 알게 되는 순간 지극히 강렬해지는 한 문장을 꼽으라고 한다면, 옮긴이는 "나는 가능한 한 오랫동안 계속 사물을 관찰하고 싶다"는 말을 꼽고 싶다. 자신의 책이 탄생하는 과정을 보여주는 여러 대목에서 반스는 실제로 늘 꾸준히 꼼꼼하게 관찰하고 기록(또 물론 기억)하는 관찰자로 등장한다. 반스는 반세기 동안 그런 관찰자로서 일기를 써왔는데—매일 쓴다는 뜻은 아니지만—그 분량은 이제 약 777,000단어에 달한다. 그렇게 말하고 나서 자신이 봐도 좀 민망할 만큼 많게 느껴졌는지, 반스는 "사람은 오래 살수록 더 편집광적으로 보이게 된다"고 한 마디 던진다—반스답게.

보통 사람들이 "나는 가능한 한 오래 살고 싶다"고 말할 때 반스는 "나는 가능한 한 오래 사물을 관찰하고 싶다"고 말하는 듯하다. 그래서 반스는 작가일 것이다. 사실 옮긴이는 그런 관찰도 관찰이지만, 그렇게 쉼 없이 관찰하게 하는, 관찰을 즐기게 하는, 관찰 자체가 삶이게 하는 그 강력하고 수그러들지 않는 관심이랄까, 호기심이랄까, 어쨌든 관찰의 동력이 되는 그 마음의 강렬하고 끈질긴 힘에 경탄하게 된다. 삶의 가장 주요한 동력을 넘어 삶 자체가 될 정도로 강렬한 알고 싶은 욕구. 어떤 면에서는 그것이야말로 작가의 재능이라고 부를 수도 있을 듯하다. 그게 재능이 아니라면 어떻게 책에 다음과 같은 말이 나올 수 있을까.

"나는 아무도 내게 한 적이 없는 질문, 그리고 나 자신도 한 적이 없는 질문의 답인 것 같아."

반스의 주요 관찰 대상의 입에서 나온 이 말은 소설의 앎, 픽션의 앎에 다가가는 결정적 열쇠인 듯하다. 보통의 지식은 어떤 질문에 대한 답이다. 그러나 여기에서는 답은 있는데 질문이 없다. 소설은 이렇게 어떤 질문도 다가가 본 적이 없는 영토에 뛰어들어 질문을 창조하는 난감한 과제를 떠안는다. 실제로 반스는 그 말을 듣는 순간, 소설의 명예를 걸고, 인생 최대의 배신을 불사하며, 과제 해결에 나서기로 한다.

어쩌면 진은 그저—일부 유아론적 독자들이 그러듯이—**자신**의 개인적 사례, **자신**의 곤경, **자신**이 만족스럽게 사랑받지 못하는 상황이 픽션에서 제대로 묘사된 적이 없다는 말을 하고 싶었던 것인지도 모른다. 음, 내가 할 수 있었다. 내가 그녀를 위해 그 문제를 해결해 줄 수 있었고, 또 해결해 줄 생각이었다. 그녀가 절대 알 수는 없겠지만.

사실 반스는 평생 이런 작업을 지속해 온 것일 수도 있다. 위에 인용된 말을 한 진이라는 인물만이 아니라 모든 인간이 각자 다른 방식으로 질문 없는 답으로서 존재하고 있을 테니까. 그런 면에서 반스의 관찰 대상은 끝이 없고, 소설적 질문을 창조할 대상도 이론적으로는 끝이 없을 테니까(물론 그 대상이 소설까지 갈 만큼 흥미로운 '답'인가 하는 것은 다른 문제이지만).

하지만 대상의 수가 끝이 없을 뿐, 한 대상이 질문 없는 답 노릇을 하는 시간도 한정되어 있고, 관찰자가 관찰한 대상에 대한 소설적 질문을 창조하는 시간도 한정되어 있다. "오래 살고 싶다"는 게 바람일 뿐이듯이, "오래 관찰하고 싶다"는 것도 바람일 뿐이다. 그래서 반스의 "나는 가능한 한 오래 사물을 관찰하고 싶다"는 말 뒤에는 "내가 나의 관찰이 옳다는 걸 믿을 수 없다고 인정하게 되는 시점까지, 나 자신의 자아에 작별을 고해야 하는 시점까지"라는 단서가 곧바로 따라붙는다.

그렇다. 이 책에서 반스는 그 어느 때보다 이런 유한성을 강하게 의식하고 있으며, 죽음을 앞둔 자의 절박하면서도 초연한 '교수대 유머'가 책의 기조를 장악하고 있다. 사실 이 책 전체를 줄리언 반스의 '교수대 유머'라고 부를 수도 있을 듯하다. 사실, 이 책에 나온 말을 약간 비틀어 보자면, 반스에게 교수대 유머를 허용하지 않는다면 누구에게 허용할 것인가. 그래서 반스는 이 책에서 스스로 교수대에 올라 지금까지와는 또 다르게 반짝이는 눈으로 사물과 사람과 자신을 관찰하는 듯하다. 그래서인지 이 책은 옮긴이가 읽은 반스의 책 가운데 가장 재치 있고 웃기고 통렬하고 느긋하고 지혜롭다. 반스의 책은 늘 재미있지만, 사실 이 책을 읽기 전에는 반스가 이렇게까지 재미있는지 미처 몰랐다.

정영목

# 추천의 말

스물네 살, 내가 첫 책을 펴냈을 때, 사람들은 소설은 죽었다고 갈했다. 이제부터는 영상의 시대이니 각본을 써보라고 권하는 사람도 있었다. 그런 말에 그다지 흔들리지 않을 수 있었던 것은 내가 좋아하던 소설가들 덕분이었다. 그중 하나가 바로 줄리언 반스였다.

내가 처음 읽은 줄리언 반스의 책은 『10과 ½장으로 쓴 세계 역사』였고, 그다음은 『플로베르의 앵무새』였다. 정신이 멍할 정도로 아름다운 소설들이었다. 이렇게 근사한 소설이 발표되고 있는데 어떻게 소설이 죽었다는 것인지 도무지 이해할 수 없었다. 그러고도 30여 년간 그는 계속 소설을 썼다. 독자로서도 그렇지만 소설가로서도 무척 감사하다. 소설은 죽지도, 늙지도 않는다는 사실을 나는 그에게 배웠다. 내가 소설을 써서 후대에 전할 교훈이란 바로 이런 것이다.

그리고 이제 그는 이렇게 쓴다. "나는 이제 일흔여덟이고 이것이 분명히 나의 마지막 책이 될 것이다." 꼭 자신이 아니어도 또 다른 소설가가 멋진 소설을 계속 써주리라는 믿음이 있기에 이런 문장을 쓸 수 있었겠지만, 오래전 내게 큰 힘을 준 분이기에 아쉬운 마음을 감추기가 어렵다.

나는 이미 이 소설을 다 읽었지만, 출간된 뒤에 천천히 읽을 걸 그랬다는 생각이 든다. 여러분도 너무 빨리 읽을 필요는 없다. 이제 더 이상 줄리언 반스의 다음 책을 읽을 수 없으니까.

그러므로 내용에 대해서도 나는 말하고 싶지 않다. 다만 이 기나긴 작별의 글이 2022년부터 2025년에 걸쳐 아주 느리게 쓰였으며, 마지막에는 이런 문장이 나온다는 사실만 밝혀두고 싶다. "그럼에도 오랜 세월 당신이 우리의 관계를 기쁘게 여겼기를 바란다. 나는 분명히 그랬다." 오랜 세월. 우리의 관계. 기쁨. 돌이켜 보니 오랜 세월, 우리의 관계…… 그건 기쁨이 맞았다. 그 기쁨에 감사한다.

김연수(소설가)

**옮긴이 정영목**

이화여자대학교 통번역대학원 교수로 재직하며 번역가로 활동하고 있다. 지은 책으로『완전한 번역에서 완전한 언어로』『소설이 국경을 건너는 방법』이 있고, 옮긴 책으로는『연애의 기억』『우연은 비켜 가지 않는다』『아버지의 유산』『미국의 목가』『에브리맨』『네메시스』『달려라, 토끼』등이 있다.『로드』로 제3회 유영번역상을,『유럽문화사』로 제53회 한국출판문화상(번역 부문)을 수상했다.

# 떠난 것은 돌아오지 않는다

**초판 1쇄 발행** 2026년 1월 22일
**초판 4쇄 발행** 2026년 1월 29일

**지은이** 줄리언 반스
**옮긴이** 정영목
**펴낸이** 김선식

**부사장** 김은영
**콘텐츠사업본부장** 임보윤
**책임편집** 박하빈 **디자인** 박영롱 **책임마케터** 최민경
**콘텐츠사업2팀장** 김보람 **콘텐츠사업2팀** 박하빈, 채윤지, 김영훈, 박영롱
**마케팅사업1팀** 이고은, 지석배, 최민경, 이현주, 김은지 **홍보1팀** 김민정, 홍수경, 변승주
**브랜드사업본부장** 정명찬
**브랜드홍보팀** 오수미, 서가을, 박장미, 박주현 **영상홍보팀** 이수인, 염아라, 이지연, 노경은
**저작권팀** 성민경, 이슬 **편집관리팀** 조세현, 김호주, 백설희
**재무관리팀** 하미선, 임혜정, 이슬기, 김주영, 오지수
**인사관리팀** 강미숙, 김재경, 김혜진, 김주림, 황종원
**제작관리팀** 이소현, 김소영, 김진경, 유미애, 이지우, 이승협
**물류관리팀** 김형기, 김선진, 주정훈, 양문현, 채원석, 박재연, 이준희, 최대식

**펴낸곳** 다산북스 **출판등록** 2005년 12월 23일 제313-2005-00277호
**주소** 경기도 파주시 회동길 490
**대표전화** 02-704-1724 **팩스** 02-703-2219 **이메일** dasanbooks@dasanbooks.com
**홈페이지** www.dasanbooks.com **블로그** blog.naver.com/dasan_books
**종이** 스마일몬스터 **인쇄 및 제본** 상지사 **코팅 및 후가공** 제이오엘앤피
ISBN 979-11-306-8100-9 (03840)



다산북스(DASANBOOKS)는 책에 관한 독자 여러분의 아이디어와 원고를 기쁜 마음으로 기다리고 있습니다. 출간을 원하는 분은 다산북스 홈페이지 '원고 투고' 항목에 출간 기획서와 원고 샘플 등을 보내주세요. 머뭇거리지 말고 문을 두드리세요.